Le Lys d'Emeraude

AMANDA McCABE

Le Lys d'Emeraude

LES HISTORIQUES

éditions Harlequin

Titre original : A SINFUL ALLIANCE

Traduction française de MARIE-FRANCE BALAZS-KNOPP

Photo de couverture
Sceau : © ROYALTY FREE / FOTOLIA

83/85 boulevard Vincent-Auriol 75646 PARIS CEDEX 13.
Service Lectrices — Tél. : 01 45 82 47 47
www.harlequin.fr

ISBN 978-2-2808-0998-6 —ISSN 1159-5981

Prologue

Venise, 1525

Sa proie était là, bien en vue.

Penchée vers la cloison de bois, Marguerite scruta la salle à travers le minuscule judas. Ce n'était pas l'un de ces lupanars huppés de la Sérénissime Cité. Rien à voir avec ces bonbonnières de velours où le client pouvait jouir à la fois des vins les plus fins, des mets les plus savoureux et des plus belles courtisanes — pour un prix exorbitant, bien sûr.

Mais ce n'était pas non plus l'un de ces bouis-bouis crasseux où un homme avait tout à craindre pour sa bourse… C'était juste une maison close comme tant d'autres, pittoresque et bruyante. On y respirait une forte odeur de poussière, de bière et de sueur, et l'on entendait s'élever derrière les portes les éclats de rire aigus et les gémissements sincères ou feints des filles en pleine action. Un lieu fréquenté par les artisans ou les comédiens ambulants attirés à Venise par le carnaval.

Elle avait connu pire, indéniablement.

Les yeux étrécis, elle se concentra sur son gibier. C'était lui, aucun doute possible. Tout cadrait avec la description minutieuse qu'on lui avait fournie. Et c'était bien l'homme qu'elle avait vu ce matin-là sur la place Saint-Marc.

Oh, il ne correspondait pas à l'image qu'elle s'était faite du Russe fruste tout droit sorti de ses steppes, il fallait lui reconnaître cela. En France, on était persuadé que les Moscovites ignoraient les bonnes manières, se laissaient pousser la barbe jusqu'aux genoux, jetaient la nourriture sur le sol et se mouchaient dans le coin de la nappe. Bref, une vision peu ragoûtante, songea-t-elle en fronçant le nez de dégoût. Mais qu'attendre d'autre des habitants de ces contrées neigeuses, si éloignées du monde élégant et raffiné de Paris ?

Et c'était bien pour la France qu'elle se trouvait là ce soir, dans cette maison close vénitienne. Elle avait un devoir à accomplir pour son roi, pour son pays.

Même si c'était un peu dommage en l'occurrence, songea-t-elle en examinant le Russe.

L'homme était certainement le plus beau spécimen de beauté masculine qui eût croisé son chemin. Imberbe — et même soigneusement rasé —, il avait des traits élégants et bien dessinés, que ciselait la lueur fumeuse des torches. La lumière orangée des flammes jouait sur ses pommettes hautes et ses lèvres sensuelles. D'un blond de blé mûr, ses cheveux formaient dans son dos une masse soyeuse qui appelait la caresse d'une main féminine. C'était du moins ce que semblaient penser les deux filles installées sur ses genoux. Les doigts enfouis dans ses mèches brillantes, elles ne cessaient de roucouler et de rire, tout en lui mordillant l'oreille et le cou.

Négligeant leurs clients habituels, d'autres ribaudes s'étaient suspendues à ses épaules, visiblement fascinées par l'aura du personnage, son rire profond, l'éclat de ses yeux et de sa peau.

Et il se laissait faire avec une telle complaisance ! Nonchalamment renversé contre le dossier de son fauteuil, il acceptait ces hommages comme un dû, avec une indolence de pacha. Il avait ôté son pourpoint et délacé sa chemise blanche, dont les pans dévoilaient un torse musculeux, luisant d'un léger voile de sueur.

Rien à voir avec l'ours mal dégrossi qu'elle s'était attendue à trouver ! Plutôt un félin, dont la grâce dissimulait mal une force dangereuse...

Dommage qu'il faille détruire tant de beauté. Mais elle n'avait pas le choix. L'homme et ses amis moscovites, sans parler des négociants espagnols et vénitiens avec lesquels il s'était lié, menaçaient les intérêts de la France. Ne projetaient-ils pas d'ouvrir une nouvelle route commerciale entre Moscou et la Perse, en suivant la Volga et la mer Caspienne ? Ce projet risquait d'interférer dans le commerce français des épices, des soies et des fourrures, et il n'était pas question de le laisser aboutir. C'était plus vital que jamais, après l'humiliante défaite du roi de France à Pavie.

Les dés étaient jetés. Nicolaï Ostrovsky devait mourir.

Après un dernier regard sur la poitrine nue et dorée du Moscovite, Marguerite se détourna, laissant retomber le volet du judas. Elle avait une tâche à accomplir. Après tout, elle avait déjà fait pire pour le bien de la France. Elle ne pouvait se permettre d'hésiter à présent, sous prétexte que la proie était séduisante. N'était-elle pas le Lys d'Emeraude ? L'échec ne faisait pas partie de son programme.

Forte de sa résolution, elle s'approcha du petit miroir accroché au mur de la chambre. Elle s'examina à la lueur de la chandelle et le reflet lui renvoya l'image d'une étrangère. Elle avait tant l'habitude des déguisements ! Paysanne au visage fripé, vieille marchande juive, laitière ou duchesse, elle avait pris toutes sortes d'apparences. Mais c'était la première fois qu'elle endossait un rôle de prostituée. Expérience fort intéressante…

Sa longue chevelure blond cendré, dont les vagues brillantes et soyeuses ondulaient d'ordinaire sur ses épaules, avait été frisée et poudrée, puis crêpée sur les côtés et rassemblée en catogan sur sa nuque. Un nuage de poudre de riz dissimulait son teint de lys et de rose, si prisé à Paris. Deux ronds de fard rouge avivaient ses joues et un lourd trait de khôl soulignait le vert de ses prunelles.

En cet instant, elle n'était plus Marguerite Dumas, la perle de la cour des Valois, ni même la spectatrice modestement voilée qui avait regardé jouer Nicolaï Ostrovsky sur la place Saint-Marc. Acrobate, jongleur et comédien, le Russe dissimulait sa véritable personnalité sous ses sourires et le tintement de ses clochettes. Un peu comme elle, en somme…

Maintenant, elle était Bella, une simple catin italienne venue glaner quelques ducats à Venise pendant le carnaval. Mais, Dieu merci, une catin assez belle pour attirer le regard de Nicolaï, si entouré qu'il fût ce soir…

Elle recula d'un pas pour examiner sa tenue dans la glace. La robe de soie rouge, achetée quelques heures plus tôt à une marchande à la toilette, avait dû appartenir à une courtisane de renom. Mais à présent la broderie d'or était légèrement ternie, les coutures, délavées, et la traîne usée avait connu des jours meilleurs. N'importe, elle était seyante tout de même et mettait bien en valeur sa silhouette déliée.

D'un geste résolu, elle tira sur le décolleté qu'elle fit glisser sur son épaule, dévoilant un de ses seins. Puis elle jugea de l'effet dans le miroir. Hmm… Elle avait une poitrine superbe, grâce au ciel. Ni trop lourde, ni trop petite, parfaitement galbée et blanche à souhait. La beauté de son buste compensait sa taille relativement petite et les cicatrices sur son ventre… Mais il manquait quelque chose pour qu'elle pût rivaliser avec les autres ribaudes. Elle trempa le doigt dans son pot de fard et posa une touche de rose sur le mamelon dénudé. Là… c'était parfait à présent. Tout à fait ce qu'il fallait pour attirer le regard.

Pour faire bonne mesure, elle ajouta un peu de carmin à ses lèvres et posa une goutte de jasmin derrière ses oreilles. C'était un parfum lourd et exotique, très différent de l'essence de lys dont elle usait habituellement.

Voilà, elle était prête. Un dernier geste pour vérifier que sa dague était bien enfoncée dans sa jarretière, la lame parfaitement affûtée. Puis elle remit ses jupes en place et se glissa hors de la pièce. Situé à l'arrière du bâtiment, l'étroit corridor qui desservait les chambres était si bas de plafond qu'elle dut avancer en baissant la tête. Personne aux alentours. Mais, même ici, elle pouvait entendre les rires et les gémissements étouffés par l'épaisseur des portes, le cliquetis des verres, voire le sifflement d'un fouet pour les clients aux goûts plus exotiques. Pourvu que le Russe n'ait pas ce genre d'exigence avec elle ! En dénudant ses fesses, elle pourrait dévoiler la présence de la dague…

Après avoir descendu une volée de marches en oscillant sur ses hauts talons, elle franchit une porte basse et se retrouva dans la grande salle.

Ce fut comme si elle avait brusquement pénétré dans un autre monde. Ici, plus de bruits étouffés, mais un vacarme assourdissant qui montait vers le plafond bas encrassé de suie. L'âcre fumée qui s'échappait de l'âtre se mêlait aux parfums des femmes, aux relents de sexe et à l'odeur de la bière répandue sur les tables et le parquet. Sous ses pieds, le parquet de bois était tout poisseux et constellé de taches.

Marguerite resta un instant debout sur le seuil à balayer la scène du regard. Près du feu, des parties de cartes ou de dés battaient leur plein. On jouait gros, à en juger par la hauteur des piles de ducats entassés sur les tables et l'expression sérieuse des joueurs. La boisson coulait à flots et le pain et le fromage circulaient à profusion. Mais la première *commodité* du lieu, c'étaient les filles. Grandes ou courtes sur pattes, maigres ou grasses, blondes ou brunes, il y en avait pour tous les goûts. Marguerite repéra même un travesti en robe de satin bleu. Il avait fort belle allure avec ses cheveux de soie sombre et sa peau satinée. Dommage qu'il eût la pomme d'Adam aussi proéminente...

D'un regard tranquille, elle évalua la concurrence. Depuis le jour déjà lointain de son enfance où son père l'avait amenée à la cour, elle savait qu'elle était belle. Mais elle n'en avait jamais tiré vanité. C'était simplement un plus pour son travail, surtout quand les circonstances l'exigeaient comme en cet instant. Elle était plus belle que n'importe quelle autre fille dans cette salle, plus belle même que le travesti en bleu.

Du reste, la compétition s'annonçait moins rude que prévue. La patronne avait rappelé à l'ordre les donzelles qui se pressaient autour de Nicolaï, les renvoyant vers d'autres clients. Il ne restait plus que les deux ribaudes assises sur ses genoux, à demi nues dans leurs *camicias* de lin grossier et gloussant à qui mieux mieux.

Marguerite redressa les épaules et se dirigea lentement vers le Russe et son harem. La tête haute, elle cambra le buste, la poitrine outrageusement exposée dans son écrin de satin rouge. Lorsqu'elle passa devant Ostrovsky, elle prit soin de laisser traîner la queue de sa robe jusque sur ses bottes et ralentit suffisamment pour qu'il ait le temps d'inhaler l'odeur de son parfum et d'admirer son sein nu.

Elle lui adressa ensuite un demi-sourire et continua son chemin pour aller quérir une chope de bière.

Puis elle attendit, confiante, tout en sirotant le contenu de son gobelet. L'expérience lui avait appris qu'une touche de mystère était souvent plus efficace que de la franche provocation. Surtout quand l'intéressé avait déjà eu plus que son content d'invites directes…

Tout en buvant, elle observait la salle dans le vieux miroir craquelé suspendu en face d'elle. Les deux gueuses étaient toujours perchées sur les genoux du Russe, mais il ne faisait plus attention à leurs charmes plantureux. Penché en avant sur son siège, c'était *elle* qu'il regardait à présent, les sourcils légèrement froncés. Elle se tourna imperceptiblement pour lui offrir son meilleur profil. Ses doigts se crispèrent d'impatience sur sa coupe. Au nom du ciel, qu'il se dépêche de l'aborder, avant que quelqu'un d'autre ne s'avise de le devancer !

Dieu merci, le charme secret ne tarda pas à agir. Quelques secondes plus tard, elle le sentit s'approcher d'elle. Un rayonnement émanait de sa personne, mais sans rien de lascif ni de brutal, contrairement à la plupart des hommes. Marguerite songea au soleil de sa Champagne natale. Une douce tiédeur qui effleurait la peau, invitait à la caresse et à l'intimité. Quant à son odeur… Il sentait l'été, le savon aux herbes mêlé à un imperceptible relent de corps masculin. De la virilité à l'état pur…

Allons, c'était le moment !

Elle se retourna avec un sourire engageant. C'était bien lui, grâce au ciel. Sa chemise ouverte béait toujours sur son torse et il se tenait assez près pour qu'elle discernât les poils blonds qui frisaient sur sa peau dorée par le soleil. Or sur or.

— Bonsoir, *signor*, lança-t-elle d'une voix rauque, tout en dissimulant habilement son accent français.

— Bonsoir, *signora.*

Il s'inclina très bas devant elle comme s'ils avaient été dans le palais des Doges et non dans un lupanar enfumé des bas quartiers. Il avait les yeux bleus, remarqua-t-elle. D'un bleu ciel si extraordinairement clair que tout devait pouvoir s'y lire, de la moindre crainte au plus fugace désir...

L'espace d'un instant, il l'examina avec une attention soutenue. La joie rieuse qu'il avait partagée avec les autres femmes était toujours là, mais à l'arrière-plan. L'homme était méfiant, de toute évidence. Elle allait devoir se montrer doublement prudente. Pendant quelques secondes, le regard bleu la fixa sans ciller et elle sentit un léger sentiment de malaise se glisser en elle. L'espace d'un instant, elle regretta de ne pas porter de masque. « Ne sois pas ridicule, le maquillage suffit. De toute façon, il ne te reverra jamais plus après ce soir... »

Chassant résolument sa gêne, elle fit face. Elle avait une tâche à accomplir avant de disparaître.

— C'est la première fois que je vous vois ici, commença-t-il enfin.

— Je suis nouvelle. Mon nom est Bella et je suis venue de mon village pour assister au carnaval.

Elle fit signe à une servante d'apporter un peu plus de bière.

— Dois-je comprendre que vous êtes un habitué du lieu, *signor* ?

— J'y viens régulièrement lorsque je séjourne à Venise.

Elle roucoula un petit rire.

— Je l'aurais parié ! Les pâles courtisanes des grands palazzos ne sauraient satisfaire un homme tel que vous.

Elle lui tendit une chope de bière.

— *Salute!* A la vôtre...

— *Nazdrovie*..., répondit-il.

Il pencha la tête en arrière et laissa couler dans sa gorge le breuvage amer.

— Venise abrite décidément les plus belles femmes du monde, *signora*. Plus belles que toutes celles que j'ai eu le loisir de rencontrer dans mes voyages... Et pourtant, j'ai parcouru beaucoup de pays. Mais je préfère la compagnie qui me ressemble.

Elle jeta un regard oblique au travesti en bleu. Est-ce que par hasard...

— Qu'entendez-vous par là ?

Il éclata de rire et, de nouveau, elle pensa à la Champagne, au vin blond qui pétillait dans les coupes.

— Pas de cette façon-là, *signora* ! Je voulais seulement dire que j'aime les gens simples, ceux qui sont proches de la terre.

Elle devait avoir l'air intrigué, car il ajouta avec un sourire :

— C'est un dicton de mon pays.

— Vous n'êtes donc pas d'ici ?

— Non. On s'y tromperait, n'est-ce pas ? Je parle si bien l'italien ! plaisanta-t-il, une étincelle de gaieté dans les yeux. Je suis originaire de Moscou, bien que je n'y sois pas retourné depuis des années.

— Ah, voilà qui explique...

— Voilà qui explique quoi, *signora* ?

— Eh bien, votre... virilité. Il y a tant de neige à Moscou ! On doit passer beaucoup de temps devant le feu... ou à deux dans un lit bien chaud.

— C'est exact, *signora*.

Il lui enlaça soudain la taille et l'attira vers lui. Le

geste avait été si prompt qu'elle n'eut pas le temps de se composer une attitude et se raidit instinctivement. Mais elle se reprit vite et s'abandonna avec la souplesse d'une liane. Le corps arqué contre lui, elle sentit la dureté de son érection à travers l'étoffe de leurs vêtements.

— Il ne neige pas ce soir, à ce que je vois.

— Le soleil italien a fait fondre la glace. Enfin, presque…

Elle lui sourit, taquine, et lui enlaça la nuque, les mains enfouies dans la crinière blonde dont les mèches soyeuses coulaient entre ses doigts. Dieu, qu'il sentait bon…

— Je suis sûre que l'Italie va achever de vous réchauffer, *signor.* Plus jamais vous ne ressentirez la morsure du froid…

Il l'embrassa pour toute réponse, d'un geste si prompt qu'elle n'eut pas le temps de penser. Rien de brutal ni d'agressif dans son baiser… L'homme se contentait de jouer doucement avec ses lèvres, tentateur, insinuant. « Viens. Suis-moi dans ce pays de soleil… et oublie tout ! » semblait-il chuchoter. Et, l'espace de quelques secondes, elle oublia tout en effet. Il n'y avait plus de Marguerite Dumas, ni de Lys d'Emeraude. Elle n'était plus qu'une femme embrassée par un homme infiniment séduisant, prise au piège de ses bras puissants, de sa chaleur, de ses lèvres expertes. Elle se pressa contre lui, le corps fondu dans le sien jusqu'à perdre totalement la notion du temps. Elle le sentit glisser la langue dans sa bouche, prélude à des incursions plus intimes.

Dieu, que lui arrivait-il ? C'était elle qui avait besoin de recouvrer son sang-froid à présent. Penser froidement, et surtout agir, se souvint-elle. Surmonter cet alanguissement, cet insidieux désir… Le Lys d'Emeraude n'avait pas de désir, pour l'amour du ciel ! Surtout pas d'ordre charnel… Nicolaï Ostrovsky représentait une mission, rien de plus.

Pourquoi avait-elle tant de mal à se le rappeler quand elle plongeait dans ses yeux couleur de ciel ?

Elle se força à sourire.

— Vous êtes brûlant ce soir, *signor.*

— Je vous ai dit que c'était le soleil italien !

— Alors suivez-moi, et je saurai vous rafraîchir… tout à la fin.

Elle dénoua son étreinte et lui saisit la main. Il lui emprisonna fermement les doigts, et, tandis qu'elle le conduisait vers la porte basse, elle eut l'impression que c'était elle, la captive. Le vacarme de la salle s'estompa peu à peu tandis qu'ils gravissaient l'escalier étroit et bas de plafond. Marguerite sentait son cœur cogner dans sa poitrine. Un frisson lui hérissa la peau. Allons, le moment approchait…

Dès qu'ils eurent pénétré dans la chambre, Ostrovsky l'attira à lui et la fit pivoter pour la plaquer contre le mur. L'avait-il percée à jour ? Elle sentit une boule d'angoisse lui monter à la gorge. Et si c'était elle qui était tombée dans un piège ?

Mais il ne lui trancha pas la gorge comme elle l'avait craint un instant. Il se contenta de la maintenir là, le corps pressé contre le sien dans la pénombre de la pièce. Elle sentait sur elle son incroyable regard bleu qui semblait pouvoir lire jusqu'au fond de son âme. Une âme chargée de péchés. *Oh, Dieu, faites qu'il ne devine pas…*

— D'où venez-vous exactement, Bella ?

Son accent russe était plus prononcé à présent et sa voix avait pris des intonations chantantes. La musique de son pays des neiges…

Elle lui sourit.

— Je vous l'ai déjà dit, de l'arrière-pays. C'est la période de l'année où les affaires marchent le mieux. Encore faut-il venir à Venise. C'est là qu'on fait danser les ducats !

— Y a-t-il longtemps que vous vous prostituez, *dorogaya* ?

Elle eut un petit rire de gorge.

— Oh, oui… Une éternité.

— Un vrai miracle que vous soyez encore aussi fraîche. Toutes vos dents, les yeux clairs et…

Il effleura les contours de son sein dénudé et son pouce s'attarda sur le mamelon fardé. Un frisson la parcourut.

— … la peau douce comme du satin…

— Je suis née sous une bonne étoile, assura-t-elle d'une voix légèrement tremblante. C'est ce que mon père me disait toujours.

Cela, au moins, n'était pas un mensonge. Combien de fois son père ne lui avait-il répété cette phrase, quand il la tenait sur ses épaules en lui montrant les astres qui scintillaient dans le ciel de la Champagne ?

Mais son étoile à elle avait cessé de briller et elle était là à présent, dans ce lupanar vénitien. Confrontée à ce bel homme énigmatique…

— Une bonne étoile de Vénétie…, murmura le Russe de sa voix chantante.

— On peut le dire ainsi. Mais vous aussi, vous avez dû naître sous d'heureux auspices. Un homme si séduisant…

Elle raillait, mais ce n'était que la vérité après tout. Tant de beauté et de charme ne pouvaient être le fait d'un mortel ordinaire. Cet homme était béni des dieux. Du moins l'avait-il été jusqu'à ce soir.

L'instant qui approchait allait sceller leur destin à tous deux.

— Si nous avons tous deux tant de chance, *signora* Bella, pourquoi sommes-nous *ici* ? Une catin et un acteur, qui doivent tous deux jouer la comédie pour gagner leur pitance… Il n'est même pas sûr que nous puissions mutuellement nous payer nos services.

Elle se haussa sur la pointe des pieds pour lui chuchoter à l'oreille :

— Oh, mais je ne suis pas si chère… du moins, pas pour vous. Après tout, nous nous ressemblons, vous et moi. Deux comédiens, comme vous l'avez si bien dit. Et chacun de nous aime son pays à sa manière.

Il recula, surpris par ses paroles. Mais elle n'allait pas le laisser s'éloigner ainsi… D'un geste, elle le ramena à elle et l'enlaça farouchement, avec toute la passion qui sommeillait en elle.

— Vous n'êtes pas de ce monde, chuchota-t-il en promenant des lèvres brûlantes de son cou à son épaule nue. Vous appartenez au royaume des fées et vous allez y retourner aux premières lueurs de l'aube.

— Il reste bien des heures d'ici là. Nous avons toute la nuit devant nous…

Il saisit le mamelon dénudé dans sa bouche, suçant le fard du bout de la langue jusqu'à ce qu'elle joigne son gémissement rauque à tous ceux qui résonnaient derrière les portes. Le désir déferla en elle comme un nuage ardent. Tout son corps frissonnait, bien qu'elle eût la peau brûlante. A travers le brouillard qui l'enveloppait, elle sentit qu'il remontait sa jupe sur ses cuisses. La sensation de froid sur sa jambe nue la rappela brusquement à la réalité. « Non, pas cela ! » Il ne fallait pas qu'il découvre sa dague ou tout serait perdu. Elle se dégagea avec un petit rire.

— Ne vous ai-je pas dit que nous avions toute la nuit ?

Nous n'allons tout de même pas faire l'amour contre ce mur…

Grâce au ciel, il n'éleva pas d'objection et elle l'entraîna vers le petit lit disposé sous l'unique fenêtre de la pièce. Dans quelques instants, sa tâche accomplie, elle se glisserait par cette ouverture et s'éclipserait par les toits… Non vers le royaume des fées, mais dans une gondole aux rideaux tirés où Bella disparaîtrait pour toujours.

D'un geste mutin, elle poussa Nicolaï sur la couche et se tint un instant au-dessus de lui, scrutant son visage à la lueur du clair de lune. Ses cheveux d'or brillaient, répandus sur l'oreiller douteux. Si incroyablement beau… Existait-il vraiment, ou n'était-il que le fruit de son rêve ? Il lui adressa un sourire malicieux. Un ange, songea-t-elle. Un ange déchu…

— Nous allons donc faire l'amour entre des draps, comme des gens civilisés ?

— Mais oui…

Elle se pencha vers lui et traça du bout du doigt les contours de sa poitrine musclée. L'arc de ses côtes, les disques bruns de ses mamelons : il y avait là tout un pays à découvrir, inconnu, exotique. Elle sentit les battements de son cœur s'accélérer sous ses mains aventureuses.

— Il faut savourer chaque moment. Chaque caresse…

Elle passa la langue sur l'une des aréoles, goûtant la saveur salée de sa peau. Nicolaï remua et elle le sentit se raidir sous elle, le corps aussi tendu qu'un arc. Oui, à présent il était bien sous l'emprise du désir. A elle maintenant de garder la tête froide, de ne pas céder à la tentation.

— Combien cela me coûtera-t-il ? s'informa-t-il d'une voix tendue.

Elle s'étendit sur lui.

— Votre âme, chuchota-t-elle.

Et elle passa à l'acte, avec sa prestesse habituelle. N'était-ce pas pour cela qu'on l'avait entraînée ? Il ne lui fallut qu'une seconde pour relever ses jupes et tirer sa dague de sa jarretière. Puis elle leva le bras pour frapper. A la lueur argentée de la lune, elle eut la furtive vision de ce corps nu offert à ses coups. Elle n'avait qu'à plonger la lame et ce serait un ennemi de moins pour la France.

Mais il y avait ces yeux. Ces yeux inhumains, omniscients. Ils la fixaient d'un regard imperturbable, sans même un battement de cils, et elle se retrouva captive de leurs profondeurs océanes.

Oh, une seule seconde, à peine le temps d'un battement de cœur... Mais c'était déjà trop : elle avait perdu l'avantage de la surprise. D'un geste brutal, Nicolaï lui agrippa le poignet et le tordit jusqu'à faire craquer l'os. Elle poussa un cri de douleur, tandis que ses doigts s'ouvraient convulsivement, laissant tomber la dague sur le sol. Puis il la fit basculer sous lui en un tournemain, la plaquant contre le matelas. Le comédien lascif et nonchalant s'était évanoui en un clin d'œil... Ce qu'elle avait en face d'elle à présent, c'était un prédateur aux gestes prompts. Aussi impitoyable qu'elle-même.

Marguerite était experte au maniement de l'épée, du poignard et même de l'arbalète. Elle connaissait toutes les ruses pour compenser sa frêle stature. Mais elle savait aussi quand elle était vaincue, et c'était le cas à présent. Elle comprenait ce qu'elle avait lu dans les yeux du Russe. C'était son destin.

Elle le regarda, étrangement calme, comme si elle flottait déjà au-dessus de son propre corps et observait la scène de là-haut. Sa victime allait devenir son meurtrier, et c'était bien ce qu'elle méritait pour tous les péchés qu'elle avait commis. L'heure du châtiment avait sonné pour elle. Si seulement elle n'était pas damnée… Elle ne reverrait pas sa mère au paradis, c'était son plus cuisant regret.

Mais ce qu'elle voyait par contre au-dessus d'elle, dans l'ombre de la chambre, c'était la vivante allégorie de l'archange de la vengeance. Elle sentait toute la force que dissimulait ce corps mince. Ses muscles souples d'acrobate avaient la solidité de l'acier et c'était un jeu pour lui de la maintenir immobile. Tout en la clouant sur le lit d'une main de fer, il examinait sa dague avec une évidente curiosité. La lame mince brillait dans le clair de lune, parfaite. Mortelle. Et l'émeraude sertie dans la poignée jetait des éclairs.

— Pourquoi moi ? demanda-t-il d'une voix rauque. Pourquoi tuer un pauvre baladin ?

— Vous n'êtes pas un « pauvre baladin », monsieur Ostrovsky, nous le savons tous les deux. Vos secrets sont au moins aussi nombreux que les miens…

Elle s'était exprimée en français et ce fut dans la même langue qu'il lui répondit.

— Et quels sont les vôtres, mademoiselle ?

Elle eut un rire amer.

— Qu'importe à présent ? J'ai échoué dans ma mission, mais j'emporterai mes secrets dans la tombe.

— Hum… Voilà qui risque de prendre du temps, mademoiselle. J'ai toujours pensé que les fées, comme les chats, devaient avoir plusieurs vies. Vous êtes encore très jeune…

Elle lui jeta un regard intrigué, mais le visage du Russe demeurait indéchiffrable. L'amant passionné qui lui avait prodigué des baisers enflammés avait bel et bien disparu. Celui qu'elle affrontait à présent était aussi beau et glacé que les statues de marbre de la *piazza*.

— Que voulez-vous dire ?

— Tout simplement que votre dernière heure n'est pas encore arrivée, mademoiselle dont-je-ne-sais-pas-le-nom. Ni la mienne non plus, ne vous en déplaise.

Il leva la dague, mais ce ne fut pas pour lui en percer le cœur. Déchirant l'étoffe de sa jupe, il y découpa de larges lanières de soie. Puis il cala le poignard entre ses dents, comme un corsaire, et se servit du tissu pour lui lier les chevilles et les poignets.

Marguerite, stupéfaite, le regarda serrer les nœuds d'une main experte. Quel jeu jouait-il là ? Les choses ne prenaient pas du tout la tournure escomptée !

— Que faites-vous ? s'étonna-t-elle. Je vous aurais vraiment tué, vous savez ? Alors pourquoi me feriez-vous grâce ? Vous avez le droit de vous venger.

— Ce n'est que partie remise, mademoiselle. Ma revanche, je la prendrai un jour. Mais pas ce soir…

Il serra fermement le dernier nœud autour de ses poignets. Il l'avait ligotée si serré qu'elle ne pouvait même pas remuer les phalanges.

— Je la prendrai le jour où vous vous y attendrez le moins…

Lorsqu'elle fut enfin troussée comme un poulet, il se pencha vers elle et effleura ses lèvres d'un baiser. Son parfum d'herbes sauvages, mêlé à quelques relents de malt et de fard, flotta jusqu'aux narines de la captive. Une senteur enivrante de beau jour d'été… *Le diable l'emporte !* songea-t-elle avec colère.

— En cet instant, je ne me sens pas capable de détruire tant de beauté, chuchota-t-il à son oreille. Vos services étaient trop parfaits… même s'ils sont demeurés incomplets, hélas. Adieu, mademoiselle. Ou plutôt au revoir !

Il lui noua la dernière lanière de soie autour de la bouche, puis ouvrit la fenêtre par laquelle Marguerite avait projeté de s'échapper. Elle le suivit d'un regard furibond, tandis qu'il enjambait l'embrasure. Avant de sauter, il se retourna vers elle pour lui adresser un clin d'œil.

Puis il se laissa tomber sur le toit d'un mouvement souple et disparut dans la nuit.

Marguerite cria à travers son bâillon et se débattit, arquant le dos et tâchant de dégager ses jambes à coups de pied. En vain. Elle était bel et bien ficelée comme un saucisson, prise à son propre piège. Et cette brute n'avait même pas eu la décence de la tuer. Il y avait tout de même un code de conduite chez les espions, bonté divine ! Du moins, chez les Français…

Et ce beau mufle arrogant prétendait prendre un jour sa revanche… Eh bien, c'était ce que l'on verrait ! Elle le retrouverait la première et achèverait le travail, dût-elle explorer pour cela toute l'Europe jusqu'aux confins de la neigeuse Russie.

Le Lys d'Emeraude ne connaissait pas l'échec.

1

Palais de Fontainebleau, janvier 1527

La convocation royale serrée dans sa paume, Marguerite Dumas enfila le corridor d'un air impassible. Le regard fixé droit devant elle, elle allait sans se presser, ignorant les chuchotements des courtisans qui se retournaient sur son passage.

Elle savait que ce jour viendrait enfin. Une nouvelle tâche. Une mission de plus pour le Lys d'Emeraude. Pourvu que celle-ci se termine mieux que la dernière, cette maudite expédition manquée à Venise !

Elle s'arrêta un instant à l'extrémité du couloir, là où le palier obscur débouchait sur un étroit escalier. Ici, personne ne pouvait plus la voir et elle ferma les yeux, luttant contre un spasme de douleur. Elle n'était pas malade, non. C'était le souvenir de Venise qui lui remontait à la gorge comme une nausée. Le lupanar, le beau Moscovite… Le goût amer de l'humiliation et de la défaite.

Le roi était resté muet lorsqu'elle était rentrée à Paris et lui avait rendu compte de son échec. Il s'était contenté de la renvoyer à ses fonctions « légitimes » de fille d'honneur de la princesse Madeleine, celles qui justifiaient officiellement sa présence à la cour.

Des mois avaient passé depuis lors, et elle languissait toujours à son poste. Déambuler dans les jardins avec les autres dames, faire la lecture à la princesse, danser aux bals de la cour et repousser les avances de courtisans aussi insipides qu'arrogants... Dieu, qu'elle était lasse de ce métier ! Qu'avait-elle à faire de ces godelureaux parfumés qui tentaient de l'embrasser dans des coins sombres ? Ils ne lui étaient d'aucune utilité. Le seul qui aurait pu faire quelque chose pour elle était le roi François. Et il la tenait à l'écart avec une politesse distante, se contentant de la saluer d'un signe de tête quand ils venaient à se croiser dans les jardins ou dans la salle des banquets.

Elle savait ce qu'on chuchotait autour d'elle. Nombre de courtisans croyaient que le roi et elle avaient été amants et se trouvaient en froid depuis qu'il avait jeté son dévolu sur la duchesse de Vendôme. Dieu merci, ils ne soupçonnaient pas la vérité. L'auraient-ils apprise qu'ils n'y auraient même pas cru. Une espionne, Marguerite Dumas ? Allons donc !

Elle y croyait à peine elle-même, depuis qu'elle vivait confinée dans les paisibles quartiers de la princesse. Avait-elle jamais été envoyée aux quatre coins de l'Europe pour y pourfendre les ennemis de la France ? Avait-elle usé de ses talents chèrement acquis de « bretteuse » pour remporter de secrètes victoires sur ceux qui défiaient le pouvoir du roi ? Vu d'ici, cela semblait impossible.

Et pourtant, c'était vrai. La nuit, dans son grand lit à courtines, elle se souvenait. Oui, elle avait été une aventurière. Et elle avait su se tailler une place dans le monde à la pointe de l'épée. Et il avait suffi d'une seule erreur, d'un unique instant de défaillance, pour annihiler tous ses efforts.

Dire qu'il ne lui était même pas venu à l'esprit qu'on puisse, d'un seul coup, se priver de ses services, surtout à un moment où ils pouvaient se révéler plus utiles que jamais. Depuis que le roi avait été humilié par les armées de Charles Quint à Pavie et que ses deux fils avaient été envoyés comme otages en Espagne, la France vivait des heures bien sombres. Ses ennemis se faisaient plus hardis de jour en jour.

Marguerite *savait* à quel point ses talents auraient pu être utiles en ces temps de trouble. Et elle devait se contenter de danser et de jouer aux cartes. Tout cela à cause de ce Russe aux yeux bleus, le diable l'emporte !

Dieu merci, le temps de sa disgrâce semblait toucher à sa fin. Elle resserra les doigts autour du parchemin royal avec tant de force que les anneaux de ses bagues s'imprimèrent dans sa chair. Enfin, elle allait avoir l'occasion de se racheter !

Des bruits de marteaux et de scies lui parvinrent comme elle gravissait l'étroit escalier privé, témoignant de la dernière lubie du roi pour les constructions. Depuis son retour d'Espagne et sa défaite, François s'était jeté dans une frénésie de rénovation et ne cessait d'agrandir et embellir ses palais.

Fontainebleau, qui était l'un de ses châteaux préférés avec ses dix-sept mille hectares de forêt regorgeant de gibier, était à présent l'objet de tous ses soins. Depuis les fêtes de Noël, si attristées par l'absence du petit Dauphin et de son frère, les travaux y battaient leur plein. La vieille demeure de saint Louis et de Philippe le Bel se transformait peu à peu en une résidence plus vaste et beaucoup plus moderne.

Marguerite releva la traîne de sa jupe de velours pour enjamber des gravats. Une averse de poussière faillit atterrir sur ses épaules et elle se hâta de gagner la grande galerie, relativement préservée. C'était l'une des rares pièces du palais à être pratiquement achevée. Le sol en parquet poli fuyait entre des murs de stuc blanc incrusté de boiseries sombres. Quelques statues de dieux étaient déjà en place, mais beaucoup de niches restaient encore vides, dans l'attente de leurs futurs occupants de marbre ou de granit.

A l'autre extrémité, elle aperçut le roi François en personne. Penché sur une table couverte de croquis, il s'entretenait avec le *signor* Fiorentino, l'un des artistes qu'il avait fait venir d'Italie pour orchestrer cette splendeur.

Il ne la voyait pas et Marguerite ralentit le pas, le regard anxieusement fixé sur lui. Elle l'étudiait, cherchant à déchiffrer ses pensées et ses intentions. A l'affût du moindre signe montrant qu'il lui avait vraiment pardonné...

Très grand, François était aussi imposant qu'un monarque pouvait l'être, avec son abondante chevelure sombre et sa barbe en pointe taillée à la dernière mode. Son regard brun était d'une acuité méfiante au-dessus de son nez busqué typiquement valois, et il semblait que rien ne lui échappait. Il avait maigri depuis Pavie et sa captivité, mais son corps était toujours aussi athlétique et son attrait bien connu pour le luxe vestimentaire n'avait pas faibli d'un iota.

Même en un jour ordinaire comme celui-ci, il portait un pourpoint de velours incarnat brodé d'or et d'argent, sous un surcot de pourpre sans manches bordé de renard argenté. Un chapeau cramoisi orné de perles et de grenats recouvrait sa tête, dissimulant ses yeux tandis qu'il se penchait sur les dessins.

— Il y en aura douze en tout, Majesté, déclara Fiorentino, en désignant les niches vides dans les murs de la galerie. Des scènes tirées de la mythologie, pour illustrer les hauts faits de Votre Majesté...

— Hmm, je vois, murmura François, qui héla Marguerite sans relever la tête : Ah, mademoiselle Dumas ! De toutes les dames de mon royaume, vous êtes certainement la plus sensible à la beauté. Que pensez-vous des plans du *signor* Fiorentino ?

Marguerite s'approcha et examina les dessins, tout en glissant le message du roi dans sa manche. La première esquisse représentait Danaé. Avec sa robe de soie bleue et sa coiffe élaborée, elle ressemblait plus à une dame de la cour qu'à une princesse grecque de l'Antiquité. Mais le fond de colonnades brisées et d'oliviers avait été traité avec talent et l'escouade de belles suivantes et de chérubins replets qui escortaient l'héroïne ne manquait pas de grâce.

— C'est tout à fait charmant, assura-t-elle. Le tableau fera très bien dans la galerie. A la lumière de l'après-midi, la robe de Danaé resplendira comme un vrai ciel d'été. Sans doute allez-vous utiliser du cobalt, *signor* ? De petites touches d'or ne seraient pas mal non plus…

— Votre Majesté avait raison, s'exclama Fiorentino, visiblement aux anges.

Il frappa l'une contre l'autre ses mains maculées de peinture.

— La demoiselle a vraiment le sens de la beauté.

Peut-être se réjouissait-il aussi de ne pas avoir à jeter le coûteux cobalt qu'il avait fait préparer.

— Nous garderons donc la Danaé, décida le roi. Vous pouvez commencer sur-le-champ, *signor*.

L'artiste s'éloigna en hâte, suivi de ses assistants, et le roi adressa un sourire à Marguerite. Que cachait-il derrière cette courtoisie de commande ? Elle avait beau le scruter, le souverain demeurait indéchiffrable. Son regard opaque ne révélait rien de ses sentiments. Il maîtrisait encore mieux qu'elle l'art de dissimuler sa véritable personnalité.

— Voulez-vous que nous fassions quelques pas dans les jardins, mademoiselle Dumas ? s'enquit-il d'un ton léger.

Le temps s'est un peu radouci et j'aimerais avoir votre avis sur la nouvelle fontaine que j'ai fait ériger. Elle représente la déesse Diane, grande guerrière et chasseresse devant l'éternel. L'un de vos modèles, je suppose ?

— Je serai grandement honorée de marcher avec Votre Majesté. Mais je ne m'y connais guère en fontaines.

Pour toute réponse, le roi fit signe à l'un de ses gentilshommes.

— Egremont va vous prêter sa cape. Je ne veux pas que vous attrapiez froid. Des tâches trop importantes vous attendent, mademoiselle.

Des tâches importantes ? se répéta-t-elle, tandis que le jeune Egremont lui présentait son manteau doublé de fourrure. Le Lys d'Emeraude allait-il enfin sortir du placard ? Elle drapa la cape sur ses épaules et tâcha de ne pas trahir son excitation.

— Vraiment, Majesté ?

— Mais oui. Ma fille compte beaucoup sur vous depuis la mort de sa chère mère, Dieu ait son âme. Vous êtes sa suivante favorite.

— Moi aussi, je l'apprécie infiniment, répondit-elle en toute sincérité.

Il aurait été difficile de ne pas aimer la princesse Madeleine. C'était une enfant délicieuse, au caractère charmant et à l'esprit très vif. Mais la fonction que Marguerite remplissait auprès d'elle était loin de la satisfaire et ne pouvait en aucun cas lui assurer le genre d'avancement qu'elle convoitait. Ni la sécurité dont elle avait besoin. Elle songea au coffret qu'elle dissimulait sous son lit. Elle y avait dissimulé quelques pièces d'or, mais pas assez pour s'acheter le domaine dont elle rêvait : une maison, un vignoble, et surtout une vie qui ne devrait rien à personne…

— Très heureux de vous l'entendre dire, murmura le roi.

Ils descendirent l'escalier et gagnèrent les jardins assoupis dans le froid hivernal. Ici aussi, tout était bouleversé. On redessinait les allées et de nouvelles plantations s'apprêtaient à remplacer les vieilles plates-bandes. Mais, pour l'instant, les pelouses scintillaient de givre et tout semblait figé dans l'enchantement glacé de l'hiver.

François congédia sa suite d'un geste et entraîna la jeune femme dans une étroite allée qui serpentait entre les buis. L'air était froid, mais il n'y avait pas le moindre vent. On entendait résonner au loin les voix des courtisans demeurés en arrière.

— Malheureusement, ma fille va devoir se passer de votre compagnie pour un temps.

— Vraiment ?

— Oui. Il serait bon que vous fassiez un petit voyage en Angleterre, mademoiselle. Avec le Lys d'Emeraude.

L'Angleterre… Ainsi, la rumeur était fondée. On disait que le roi François voulait conclure une nouvelle alliance avec Henri VIII, afin de contrer la puissance grandissante de l'empereur Charles Quint.

— Je suis prête, Majesté, répondit-elle simplement.

François sourit.

— Chère Marguerite… Toujours si impatiente de nous servir…

— Je suis française, Majesté. Je fais ce que je peux pour mon pays.

— Et vous le faites bien. Du moins en général…

— Je ne vous décevrai pas, Sire. Vous avez ma promesse.

— Je l'espère, car cette mission est d'une importance capitale. Je suis sur le point d'envoyer à Londres une délégation chargée de négocier un traité d'alliance avec le roi Henri et peut-être le mariage de sa fille, la princesse Marie, avec mon fils Henri.

Marguerite rumina la nouvelle. Jusqu'ici, la France n'avait jamais réussi à établir une alliance avec ses voisins d'outre-Manche malgré de nombreuses tentatives, dont la fameuse rencontre du camp du Drap d'Or. La reine Catherine d'Aragon, épouse du roi Henri VIII et tante de l'empereur Charles Quint, s'arrangeait toujours pour que l'Angleterre se tourne vers l'Espagne. En vertu de quoi la petite princesse Marie, bien qu'elle eût seulement onze ans, avait déjà été successivement fiancée à plusieurs grands d'Espagne et même à l'empereur Charles en personne. C'était du moins ce qu'on prétendait...

— Et les Espagnols ? s'enquit posément Marguerite.

— J'ai entendu dire qu'Henri et son épouse n'étaient plus aussi... hum... aussi unis qu'autrefois. Catherine prend de l'âge et on prétend que le roi serait épris d'une jouvencelle qui a séjourné autrefois à la cour de France. Une certaine Anne Boleyn... Catherine n'a plus la même influence sur la politique anglaise et le regard d'Henri se tourne de nouveau vers nous. Je me sentirai comblé si nous arrivons à conclure un traité.

Marguerite hocha la tête. Une alliance avec l'Angleterre se révélerait hautement profitable pour la France. Mais elle avait assez côtoyé les Espagnols dans le passé pour savoir que leur pugnacité égalait leur austère ferveur religieuse. Sans doute lutteraient-ils aussi farouchement que les Français pour la défense de leurs intérêts.

— Les Espagnols ne se laisseront pas faire, murmura-t-elle. J'ai entendu dire que Catherine cherchait un nouveau fiancé espagnol pour sa fille.

— Voilà précisément pourquoi je vous envoie à

Londres. J'ai chargé Gabriel de Grammont, l'évêque de Tarbes, de conduire la délégation, et je suis sûr qu'il s'en tirera fort bien. Mais les femmes ont parfois le regard plus affûté que les hommes et peuvent se glisser en des lieux qui leur sont interdits. Surtout quand elles sont aussi bien entraînées que mon Lys d'Emeraude ! Gardez un œil sur la reine et surtout sur l'ambassadeur d'Espagne, don Diego de Mendoza. Il est possible qu'ils aient fomenté un plan à l'insu du roi Henri.

— Et si tel est le cas ?

Le roi eut un mince sourire, le regard perdu sur les jardins gelés.

— Alors vous savez ce qu'il faudra faire.

Il tira un petit rouleau de parchemin de son surcot et le lui tendit.

— Voici vos instructions. Vous quitterez la France dans quinze jours. Je vais vous envoyer des couturières dès ce soir pour que vous vous commandiez une garde-robe adéquate. Prévoyez un séjour de plusieurs semaines.

Il la quitta sur ces mots et rejoignit sa suite, qui l'attendait à quelques pas de là. Le groupe reprit la direction du château, la laissant seule dans cet après-midi glacé. Tout semblait figé aux alentours. Pas le moindre chant d'oiseau, ni même un gargouillis d'eau dans les fontaines. On n'entendait que le sifflement de la bise dans les branches nues des arbres.

Marguerite s'assura qu'il n'y avait pas de jardinier dans les parages et déroula le parchemin. Les instructions du roi étaient brèves : « Mon cousin, le comte de Calonne, fera partie de la délégation. Vous serez la dame de compagnie de son épouse, la comtesse Claudine. Vous l'accompagnerez chaque fois qu'elle sera invitée par la reine Catherine et assisterez à son côté aux divers banquets et tournois que le roi ne manquera pas d'offrir à ses visiteurs. »

C'était tout, mais Marguerite était habituée à lire entre les lignes. Elle savait que lors de ces fameux repas, son travail consisterait à flirter avec les seigneurs anglais entre deux vins, pour leur soutirer mine de rien le maximum d'informations. A observer non seulement le couple royal et l'ambassadeur d'Espagne, mais aussi Anne Boleyn, afin de déterminer si elle exerçait une réelle influence sur le roi et pouvait être convertie à la cause française.

Et si qui que ce soit tentait de nuire aux projets des Français, il lui faudrait l'écarter du chemin. Promptement et sans bavures.

C'était sans aucun doute la plus importante mission qu'on lui ait jamais confiée. Une façon de la mettre de nouveau à l'épreuve… Si elle réussissait, si le traité était signé et les fiançailles scellées entre la princesse Marie et le duc d'Orléans, il était fort probable qu'elle serait généreusement récompensée. Qui sait ? Peut-être lui donnerait-on l'autorisation de quitter la cour pour retrouver l'homme qui l'avait vaincue… et prendre enfin sa revanche ?

Le Russe. Nicolaï Ostrovsky.

Un pas derrière elle fit crisser le gravier et elle se retourna d'un bond, les genoux ployés dans une posture de combat. Mais ce n'était que Pierre Lebêque, un jeune prêtre au service de l'évêque de Grammont. Il plissa les yeux quand elle se tourna vers lui et recula d'un pas, incertain.

Marguerite laissa retomber ses mains mais demeura sur le qui-vive, prête à prendre la fuite en cas de besoin. Elle ne rencontrait pas souvent le père Lebêque, toujours fort occupé à effectuer des courses pour l'évêque. Mais elle n'aimait pas les sensations qu'il suscitait en elle quand elle venait à le croiser. Chaque fois, les cheveux de sa nuque se hérissaient comme à l'approche d'un danger.

Mais quelle menace pouvait bien représenter ce long et mince ecclésiastique aux manières solennelles ? Elle n'en avait pas la moindre idée. Si adonné qu'il parût à ses devoirs de piété, il passait son temps à l'observer dès qu'elle était dans les parages, comme s'il avait été à la fois ému et scandalisé par sa beauté. Marguerite avait parfois l'impression qu'il cherchait à lire en elle afin de percer à jour ses secrets.

Frissonnante, elle resserra sa cape d'emprunt sur ses épaules.

— Qu'est-ce qui vous amène dehors par un après-midi aussi glacial, mon père ?

Il la dévisagea sans lui adresser le moindre sourire. Avec son visage blême et ses traits figés, il faisait bien plus que son âge.

— J'apporte un message au roi de la part de l'évêque de Grammont, mademoiselle.

— Il faut beaucoup de zèle pour braver ainsi le froid, quand la plupart des gens demeurent blottis au coin de leur feu.

— Pas vous, à ce que je vois…

— Oh, j'ai eu envie de respirer un peu d'air frais. Mais j'étais sur le point de regagner mon appartement bien chaud.

— En ce cas, permettez-moi de vous escorter jusqu'au palais.

Marguerite chercha un prétexte gracieux pour refuser, mais elle n'en trouva pas et dut se contenter de hocher la tête. Le prêtre remonta l'allée à côté d'elle, sa robe noire bruissant sur les graviers.

— L'évêque m'a dit que vous nous accompagneriez en Angleterre, déclara-t-il d'une voix neutre.

Décidément, les nouvelles se propageaient vite ! A peine avait-elle eu connaissance de la chose que le père Lebêque en était déjà informé !

En savait-il plus qu'elle ne le pensait ?

— C'est exact, mon père. La comtesse de Calonne a besoin d'une dame de compagnie, et l'on m'a fait l'honneur de penser à moi pour ce poste.

— Vous êtes très courageuse, mademoiselle. La cour d'Angleterre n'est pas un modèle de raffinement ni de propreté, à ce qu'on raconte.

— Oh, j'ai certainement entendu pire.

— Vraiment ?

— Les Turcs ont plus mauvaise réputation encore en la matière. Sans parler des Russes… On dit qu'ils portent des barbes si longues et emmêlées que les souris y font leur nid !

Le père haussa les sourcils, incrédule.

— De simples racontars, sans doute…

Marguerite haussa les épaules.

— Je serais bien en peine de le dire. En fait de Russes, je n'ai rencontré que les ambassadeurs qui viennent quelquefois visiter Paris. Ils portent des robes de fourrure antédiluviennes, mais leur apparence est impeccable.

L'image intempestive d'un Russe glabre aux longs cheveux d'or surgit dans son esprit. Pourquoi fallait-il que son image s'impose à elle au moment le plus inopportun ?

— Je serais étonnée que les Anglais soient assez frustes pour abriter des souris dans leur barbe. Nous passerons là-bas quelques semaines très agréables, j'en suis sûre.

— Il n'en reste pas moins que nous serons en pays étranger, confrontés à des mœurs parfois déroutantes pour nous. J'espère que vous n'hésiterez pas à me demander conseil en cas de besoin, mademoiselle Dumas.

Conseil ? Comme si elle avait besoin de son avis ! Elle esquissa pourtant une courtoise révérence.

— C'est un réconfort de savoir qu'il y aura toujours un prêtre français pour m'entendre en confession, le cas échéant. Je vous souhaite une bonne soirée, mon père.

— Bonsoir, mademoiselle.

Elle le laissa au pied du grand escalier de marbre et sentit son regard glacé dans son dos tandis qu'elle gravissait les marches. *Qu'il aille au diable !* songea-t-elle en levant au ciel des yeux excédés. Faudrait-il qu'elle passe son temps à éviter ce prêtre bizarre pendant tout son séjour londonien ? Comme si elle n'avait déjà pas assez de pain sur la planche !

Décidément, ces quelques semaines anglaises risquaient fort de ne pas être de tout repos. Un véritable défi en perspective…

2

La mer s'était enfin calmée, après les orages de grêle qui avaient retardé la traversée, transformant ce qui aurait dû être un court voyage en un périple sans fin. Ce jour-là, le soleil avait enfin réussi à percer les nuages et une lumière ambrée tombait du ciel, jouant sur les vagues emperlées. L'air était encore froid et humide mais, Dieu merci, la pluie avait cessé de tomber. Avec un peu de chance, ils n'auraient pas à subir de nouvelle averse avant l'accostage.

Les coudes appuyés au bastingage, Nicolaï Ostrovsky contemplait l'étendue infinie de la mer. Dans quelques heures, le navire jetterait l'ancre dans le port de Douvres et il leur faudrait faire vite s'ils voulaient atteindre Greenwich avant les Français. Ce ne serait pas chose facile, avec tout ce cortège de serviteurs et de bagages, mais il leur faudrait bien y arriver.

Il rit de lui-même, étonné par sa propre sottise. Dans quelle galère était-il encore allé se fourrer ? C'était bien de lui de traverser ainsi le continent quand tous les gens sensés se tenaient sagement au coin de leur feu à attendre le printemps ! Et tout cela pour répondre à l'appel d'un ami. Son sens de la solidarité ne cesserait donc jamais de lui jouer des tours.

D'un geste tâtonnant, il tira la lettre de Marc Velasquez

de son pourpoint fourré. La missive lui était parvenue au moment le plus inopportun. Juste quand il venait d'établir ses quartiers d'hiver dans une petite ville des Alpes italiennes, bien décidé à y savourer les délicieux vins du cru et à courtiser les beautés locales… Après avoir mené à bien sa dernière mission, laquelle avait failli lui coûter la vie — une fois de plus ! —, il méritait bien quelques mois d'oisiveté et de plaisir. Mais non ! Un messager avait frappé inopinément à sa porte, dans cette maisonnette qu'il croyait pourtant à l'écart du reste du monde.

« Vous êtes le seul en qui je puisse avoir confiance pour un tel service, mon cher Nicolaï, écrivait Marc. Ma mère a récemment quitté le couvent Sainte-Thérèse où elle s'était retirée et vient de se remarier. Son nouvel époux, le duc de Bernaldez, doit se joindre à la délégation espagnole envoyée en Angleterre pour prêter main-forte à l'ambassadeur Diego de Mendoza, qui est l'un de ses parents. Leur mission risque d'être délicate, dans la mesure où les Français tentent de leur côté de négocier un nouveau traité avec le roi Henri et où il faut absolument leur couper l'herbe sous le pied, d'après mon nouveau beau-père. »

Nicolaï observa une pause, le temps de sécher avec son pouce les embruns qui maculaient le parchemin.

« Ma mère veut absolument accompagner son mari en Angleterre, continuait Marc. Son cœur tendre et les années paisibles qu'elle vient de couler dans son couvent ne la prédisposent guère à affronter les intrigues de la cour et je me fais un sang d'encre à son sujet. Le problème, c'est que je ne puis quitter Venise en ce moment, car Julietta est enceinte, comme vous le savez, et notre premier bébé doit arriver d'un jour à l'autre. Dans ces conditions, vous serait-il possible d'escorter dona Elena en Angleterre, afin de veiller sur elle ? Je sais que c'est beaucoup demander, et je vous serai redevable à tout jamais si vous acceptez, moi qui ai déjà tant de raisons de vous être reconnaissant. »

Nicolaï replia la lettre et son regard songeur balaya de nouveau l'étendue grise de la mer. Comment aurait-il pu refuser ? On ne faisait jamais appel en vain à son amitié, ni à son esprit chevaleresque envers les dames. Ses deux grandes faiblesses…

« D'accord, avait-il répondu à Marc. Mais j'exige en retour que le bébé soit baptisé Nicholas, ou Nicola si c'est une fille… » Puis il avait pris la route pour rejoindre dona Elena Maria Velasquez, nouvelle duchesse de Bernaldez.

Bien vite, il s'était aperçu que Marc avait sous-estimé sa mère. Dona Elena était la douceur et le charme incarnés, c'était un fait. Mais ses années de couvent n'avaient pas altéré la fermeté de son caractère. Pour l'heure, elle s'était mis en tête de marier Nicolaï avec l'une de ses suivantes d'ici la fin de leur séjour à Londres, et elle était plus que déterminée à réussir dans cette tâche.

— Ma vie de nomade est incompatible avec le mariage, avait-il protesté. Quelle femme voudrait s'encombrer d'un aventurier comme moi ?

Mais l'objection avait laissé la duchesse de marbre.

— Une bonne épouse vous aiderait à vous fixer, Nicolaï. C'est ce qu'a fait Julietta pour mon fils. Ne désirez-vous donc pas fonder une famille ?

Dieu merci, dona Elena et la plupart de ses demoiselles avaient succombé aux affres du mal de mer, ce qui avait momentanément détourné la duchesse de son acharnement matrimonial. Nicolaï avait déjà assez à faire à préparer leur mission hasardeuse en Angleterre sans devoir en plus contrer sa protégée à longueur de journée !

Officiellement, il était censé jouer le rôle d'un maître des divertissements au sein de la délégation espagnole. Aussi lui incombait-il d'imaginer toutes sortes de spectacles pour impressionner les Anglais aussi bien que les visiteurs français, et faire parade des splendeurs espagnoles. Son expérience d'acteur ambulant et d'acrobate lui serait d'une aide précieuse pour cette tâche, non moins que ses talents plus secrets. Non seulement il devait protéger dona Elena et son époux, mais il ne devait pas perdre de vue non plus les intérêts du grand-prince. Son projet d'ouvrir une nouvelle route commerciale vers l'orient ayant rencontré un franc succès, Basile III se tournait à présent vers l'ouest.

Evidemment, il n'allait pas être facile de déjouer les ambitions antagonistes de la France et de l'Espagne, sans parler de l'Angleterre et de Venise. Nicolaï pouvait d'ores et déjà faire son deuil du plaisant hiver qu'il avait envisagé de couler en Italie ! Mais le jeu était excitant et en valait la chandelle. Se déguiser était son métier après tout, et nul n'y était plus habile que lui. Ce séjour anglais représentait un enjeu de taille, plus important que tous ceux qu'il avait eu à affronter depuis longtemps. Aussi était-il prêt à relever le défi.

Et si Dieu le permettait, ce serait sa dernière mission…

Sa main se porta vers le fourreau suspendu à sa ceinture et il en tira la dague, qu'il soupesa dans sa main gantée. Dans la lumière hivernale, l'émeraude de la poignée jeta un éclair pareil à une silencieuse menace. Ou une promesse pas encore tenue…

Nicolaï lança la dague en l'air et la rattrapa, puis il examina le minuscule lys gravé dans l'acier bien trempé de la lame. Il la portait constamment sur lui, témoignage de sa rencontre avec le Lys d'Emeraude, la mystérieuse espionne française redoutée dans toute l'Europe. Non seulement il avait affronté le Lys, mais il l'avait vaincu, bien que ce fût surtout un effet de la chance.

Il n'avait parlé de cette fameuse nuit dans le lupanar vénitien à personne, pas même à Marc et Julietta. D'abord parce que, malgré la dague, il n'était pas certain de ne pas avoir rêvé. Et puis comment expliquer le pouvoir qu'avaient exercé sur lui ces extraordinaires yeux d'émeraude, dès le premier instant où ils avaient croisé les siens dans la salle enfumée du lupanar vénitien ?

Certes, elle avait la beauté d'un ange ou d'une fée, avec ses cheveux d'un blond argenté. Mais il y avait bien plus que cela. De belles femmes, il en avait connu des centaines. Mais jamais un regard pareil. Un regard glacial et dur où brûlait pourtant une flamme. Un feu que rien ne pourrait jamais éteindre…

Il avait été fou de la laisser en vie. Une telle mansuétude ne lui ressemblait pas, et sans doute ne lui aurait-elle pas fait grâce si les rôles avaient été inversés. Le Lys d'Emeraude passait pour impitoyable et n'avait sans doute pas apprécié d'être ainsi tourné en ridicule. Un jour, il la retrouverait sur son chemin, sans doute au moment où il s'y attendrait le moins.

Peut-être était-ce pour cela qu'il l'avait abandonnée pieds et poings liés dans cette chambre vénitienne, avec la certitude — ou l'espoir — qu'ils se rencontreraient de nouveau un jour. Sans doute voudrait-elle récupérer sa dague, après tout. Le problème, c'était qu'une seconde rencontre se solderait inévitablement par la mort de l'un d'entre eux. Ou même de tous les deux.

Il lança de nouveau la dague et la rattrapa d'un mouvement preste. En attendant le moment fatidique, il avait autre chose à faire qu'à rêvasser aux beaux yeux verts de la tueuse…

Son souci le plus immédiat s'incarna au même instant sous les traits de dona Elena, qui apparut sur le pont avec deux de ses dames. Apparemment, elles étaient enfin remises de leur mal de mer.

A première vue, la duchesse avait tout de la pieuse matrone espagnole, avec sa chevelure couleur de café emprisonnée dans une résille de perles et la croix garnie de grenats qui ornait sa poitrine. Une cape noire, jetée sur sa robe de velours, la protégeait du vent de la mer, et sa main serrait dévotement un livre de prières. Mais son doux regard brun reflétait une détermination qu'il commençait à bien connaître.

Marc avait dû hériter cela de sa mère : les Velasquez n'en faisaient *toujours* qu'à leur tête…

— Ah, Nicolaï, vous êtes là ! fit-elle en s'avançant vers lui. Le capitaine vient de m'assurer que nous accosterons aujourd'hui.

Il fit un geste vers l'horizon pour désigner les falaises blanches qui émergeaient lentement du brouillard.

— C'est exact. Nous sommes sur le point d'arriver, dona Elena.

Elle se signa en hâte.

— Dieu soit loué ! Ce voyage n'a pas été une partie de plaisir.

— Il n'est jamais très judicieux de se mettre en route au beau milieu de l'hiver.

La duchesse exhala un soupir.

— Oh, oui ! Surtout pour une femme aussi habituée que moi aux commodités de la vie. Marc aurait préféré que je reste à Madrid pour y attendre le retour de Carlos. Il ne comprend pas ce que je ressens. Julietta et lui ont la chance d'être toujours ensemble. Mais moi, il y a si longtemps que je n'avais joui des plaisirs du mariage…

Elle fronça les sourcils et le jeune homme courba les épaules, sachant trop bien ce qui allait suivre.

— Ah, Nicolaï, les joies du foyer n'ont décidément pas leurs pareilles ! Si seulement vous pouviez vous douter à quel point le mariage…

Lorsqu'il eut enfin réussi à la renvoyer dans sa cabine pour y achever ses bagages, le navire s'était considérablement rapproché de la côte et les falaises blanches semblaient lui souhaiter la bienvenue.

La laborieuse traversée s'achevait enfin, mais Nicolaï ne se faisait pas d'illusions. Ses épreuves ne faisaient que commencer…

3

Enveloppée dans sa cape, dont elle avait rabattu le capuchon en arrière pour mieux jouir du spectacle, Marguerite contemplait le paysage depuis l'arrière de la barge qui glissait sur la Tamise. Les Anglais semblaient si fiers de leur petite rivière bordée de jardins et de gentilhommières ! En tout cas, les courtisans qu'Henri leur avait dépêchés pour les escorter jusqu'à Greenwich ne cessaient de leur signaler les curiosités architecturales du coin.

— Voici la propriété des Howard ! annonça l'un d'eux.

Et désignant un manoir de briques rouges flanqué de tours en pierre :

— Vous voyez ici le château des Carew. Magnifique, n'est-ce pas ? Et un peu plus loin, c'est la résidence d'été des Poles.

Marguerite eut un reniflement de dédain. On voyait bien que ces gens ne connaissaient pas les châteaux de la Loire, dont les lignes aériennes et gracieuses semblaient sortir tout droit d'un conte de fées ! S'ils les avaient vus, ils auraient mis une sourdine à leurs vantardises, ces fanfarons britanniques.

Certes, ils avaient belle allure, devait-elle admettre. On

disait que le roi Henri aimait s'entourer de jeunes gens à l'esprit vif, rayonnant d'énergie et de joie de vivre.

Information exacte, à en juger par les spécimens de leur escorte : de grands hommes bien bâtis et vêtus avec faste, bien qu'avec moins d'élégance que les Français. Prompts à la plaisanterie, ils aimaient les jolies femmes et un charmant minois attirait aussitôt leur regard. Chacun d'eux l'avait déjà gratifiée d'une galante courbette, bien qu'elle n'occupât que la plus humble place dans la délégation française.

Tout en faisant mine d'étudier la rivière, elle les surveillait du coin de l'œil, ces fringants jeunes gens. S'il y avait en eux la moindre propension à la duplicité ou à la fourberie, ils le cachaient bien. On aurait cherché en vain la plus petite trace de méfiance sur leur beau visage ouvert, et rien ne sonnait faux dans leurs éclats de rire.

— Avez-vous déjà séjourné en Angleterre, mademoiselle Dumas ?

Surprise, elle tourna la tête et s'aperçut que l'un de ces messieurs avait pris place sur le banc étroit à côté d'elle. Un certain Roger Tilney, à la chevelure aussi noire que le ramage d'un corbeau…

— Jamais, répondit-elle avec un sourire. Je connais l'Italie, mais pas du tout les îles Britanniques. C'est un pays fascinant.

— Et vous n'avez encore rien vu ! Attendez un peu de découvrir Greenwich. Le roi nous a fait préparer une surprise et nous aurons droit à moult divertissements. Assez pour remplir toutes nos journées, de l'aube jusqu'au milieu de la nuit.

Marguerite pouffa.

— Des divertissements ? Et moi qui pensais que les hommes s'adonnaient à des occupations sérieuses !

— On ne peut travailler tout le temps, surtout quand il

y a tant de distractions à portée de main, rétorqua-t-il en se penchant plus près.

Elle sentit flotter jusqu'à elle l'odeur de son eau de toilette, plus épicée que les senteurs fleuries dont usaient les Français.

Un parfum bien agréable. On ne pouvait travailler sans cesse, il avait raison… Et pourtant c'était bel et bien ce qu'elle allait devoir faire. Il suffisait de baisser sa garde un seul instant pour que tout aille de travers. Sa mésaventure avec le Russe lui avait au moins appris cela.

— J'adore danser, déclara-t-elle. Vous restera-t-il un peu de temps pour une aussi frivole occupation ?

Tilney éclata de rire et elle sentit sa main lui presser brièvement le bras, à travers l'étoffe épaisse de sa cape.

— La danse est l'un des passe-temps favoris du roi Henri, vous savez !

— Vous m'en voyez ravie. Une cour privée de danse et de musique me semblerait aussi ennuyeuse que…

— … la cour d'Espagne, peut-être ?

Ils s'esclaffèrent de concert. Marguerite porta la main à ses lèvres pour étouffer son rire et s'aperçut que le père Lebêque l'observait, un pli réprobateur lui barrant le front.

Elle se détourna résolument. Aujourd'hui, elle avait mieux à faire que de se laisser impressionner par ses regards insistants.

— J'ai entendu dire que les Espagnols n'étaient guère portés sur les plaisirs mondains, reprit-elle dans un murmure. Mais votre reine est originaire d'Espagne, si je ne m'abuse. Que pense-t-elle de la danse ?

Tilney haussa les épaules.

— Oh, la reine Catherine est généralement enjouée. C'est une femme indulgente, connue pour son humeur égale et son sourire serein. Elle ne danse plus depuis longtemps, mais c'est une hôtesse charmante.

— Vous avez dit « généralement » ?

Il ouvrit la bouche pour répondre, mais se ravisa. Puis il sourit et désigna la rive.

— Regardez, mademoiselle. Voici enfin le palais de Greenwich.

Marguerite se pencha pour mieux voir, tandis que la barge ralentissait. Greenwich n'avait pas la grâce diaphane de Fontainebleau. Le lieu n'avait manifestement pas été conçu pour donner une fausse impression d'élégance. C'était une bâtisse longue et basse, qui ne prétendait à rien d'autre qu'à ce qu'elle était : un solide château destiné à abriter le pouvoir royal. Le toit en pente était aussi gris que le ciel au-dessus de lui, et des volutes de fumée s'échappaient de ses multiples cheminées. Mais les murs en briques rouges, bâtis dans le style bourguignon d'antan, formaient un agréable contraste avec les ardoises. Il n'y avait ni douves ni fortifications, et les innombrables fenêtres aux vitres étincelantes donnaient directement sur les berges de la Tamise.

— C'est magnifique, admit-elle. Le cadre rêvé pour des fêtes…

— Il y a trois cours intérieures, idéales pour jouer aux boules. Sans parler des courts de tennis…

Marguerite eut un rire moqueur.

— Décidément, vous ne devez pas vous ennuyer. La danse, les boules, le tennis…

— Vous allez finir par nous prendre pour des gens frivoles, je le crains ! Mais nous ne sommes pas des mécréants, mademoiselle. Regardez par ici ! Cette église abrite les prêtres de Saint-François. Patronnés par la reine, ils sont là pour nous rappeler que les plaisirs de ce monde n'ont qu'un temps...

— Et pour vous confesser séance tenante dès que vous avez péché ?

— Cela arrive, admit Tilney.

Hélé par ses compagnons, il dut rejoindre les autres Anglais, tandis que Marguerite allait proposer son assistance à Claudine de Calonne. La jeune comtesse était enceinte et le voyage s'était révélé fort éprouvant pour elle. L'un dans l'autre, elle était tout de même venue à bout de la traversée. Mais elle avait les traits tirés et la pâleur de son visage faisait ressortir les taches de rousseur qui constellaient ses joues. En fait, elle avait passé le plus clair de la traversée dans sa cabine à écouter l'une de ses suivantes lui lire de la poésie, pendant qu'une autre lui massait les tempes avec de l'huile de lavande. La plupart du temps, elle se passait fort bien de la présence de Marguerite, qu'elle ne semblait pas vraiment apprécier.

La rumeur assurait que le beau Calonne était un époux volage, et ses multiples infidélités expliquaient sans doute les sautes d'humeur de sa femme. Le comte et la comtesse étaient cousins et avaient été mariés fort jeunes. Mais si Claudine semblait profondément éprise de son mari, celui-ci ne lui manifestait aucune attention et paraissait peu enclin à l'aimer en retour.

— Nous sommes arrivés, madame la comtesse, murmura Marguerite, qui s'agenouilla près de Claudine pour défriper sa cape et redresser son chapeau. Vous allez bientôt vous retrouver sur un bon matelas de plumes, avec un grand feu et une coupe de vin chaud aux épices.

Claudine eut un sourire pincé.

— Ou plus probablement étendue dans un dortoir glacial avec dix autres personnes et une chope de bière pour toute boisson. Ces Anglais… Ils sont loin d'avoir notre sens de l'hospitalité.

— A nous de leur montrer l'exemple, madame, répliqua gaiement Marguerite, tout en faisant signe à une soubrette de la rejoindre.

A elles deux, elles aidèrent la comtesse à se relever, pour qu'elle puisse rejoindre son mari sur le débarcadère.

— Au moins ont-ils envoyé un cardinal pour nous recevoir, observa Claudine avec satisfaction.

Elle désigna du menton l'homme vêtu d'écarlate qui les attendait sur le quai, au milieu d'une petite foule d'ecclésiastiques en habit noir.

— Dieu merci, ils ne se sont pas contentés d'un simple clerc.

— Oh, le roi Henri a le sens du protocole, je n'en doute pas, répondit Marguerite en examinant le prélat.

Ce devait être le cardinal Wolsey en personne, supposa-t-elle à la vue du personnage, qui avait le même nez busqué que sur ses portraits. Le dangereux, le tout-puissant Wolsey, archevêque d'York, à qui le roi Henri accordait toute sa confiance… L'homme ne semblait guère en bonne santé, à en juger par son teint gris et ses narines pincées. Ne disait-on pas qu'il portait un cilice sous ses riches vêtements de velours et de satin ? Mais, même mal en point, Marguerite n'aurait pas aimé avoir à l'affronter et se réjouissait qu'il comptât parmi les alliés de la France.

Emboîtant le pas à Claudine, elle descendit de la barge. La comédie était sur le point de commencer !

Les craintes de Claudine se révélèrent infondées. Un appartement lui avait été réservé sous les combles du palais. Il n'était pas spacieux, certes, mais suffisamment confortable et bien agencé. Marguerite, quant à elle, se vit octroyer la chambre adjacente, un simple cabinet éclairé par un fenestron et juste assez grand pour contenir un lit et un coffre à vêtements. L'endroit était minuscule, mais il lui convenait parfaitement pour ce qu'elle avait à faire : tranquille, discret, et situé près d'un escalier dérobé qui permettait d'accéder aux jardins.

L'idéal pour ses déplacements secrets !

Livrée à elle-même pendant que Claudine se reposait en prévision des festivités du soir, Marguerite se mit en devoir de déballer ses affaires. Après avoir vidé ses malles de leur chatoyant contenu de robes, jupons et coiffes ornées de perles, elle défripa consciencieusement ses vêtements et les rangea dans le coffre avec des sachets de lavande. Puis elle plaça ses objets de toilette et son coffret à bijoux sur le dessus du meuble, avec sa collection de bas brodés et de chaussures de brocart à hauts talons.

Après avoir vidé la malle de son contenu typiquement féminin, Marguerite souleva une mince plaque de bois qui dévoila un double-fond. C'était là qu'elle avait dissimulé ses dagues et son épée, soigneusement enveloppées dans un morceau de cotonnade.

Les armes avaient été fabriquées en secret, sur ses instructions, dans les forges du roi et chacune d'elles était un miracle de précision, parfaitement adaptée à sa taille et à sa prise.

Tirant l'épée du fourreau, elle tendit le bras, plia les genoux dans une pose de combat, et traça quelques moulinets dans le vide. L'acier fendit l'air avec un sifflement menaçant avant de s'immobiliser sur une dernière vibration. Un véritable bijou !

En souriant, elle replaça la rapière dans sa cache. Puis elle souleva l'une des dagues, dont elle testa le fil acéré.

Vue ainsi, la mince lame semblait aussi inoffensive qu'un canif de dame. Mais elle n'avait pas sa pareille pour se planter entre les côtes d'un adversaire, ne laissant sur la peau qu'un mince filet de sang… Fatale. La poignée sertie de minuscules rubis scintillait dans la pénombre. On aurait dit des yeux de serpent… Avec une soudaine nostalgie, elle se rappela sa favorite, la dague à l'émeraude. Et la façon dont elle l'avait perdue.

Un jour, elle la retrouverait, se promit-elle.

Soulevant sa lourde jupe, elle glissa le poignard dans le fourreau attaché à sa jarretière. Non, elle ne penserait pas à *lui* maintenant. Il lui fallait se sortir le Russe de la tête. Du moins tant que durerait sa mission. Et sa tâche commençait justement le soir même, avec le banquet officiel de bienvenue que le roi comptait offrir à leur délégation. Il lui faudrait prendre un bain et troquer sa robe de voyage contre une tenue plus adéquate, autrement plus élégante.

Il était temps d'endosser son déguisement de velours et de perles… Celui d'une dame de compagnie sans histoires.

Pourquoi fallait-il que la pensée de ce Russe l'obsède à ce point ? Depuis des mois, son image semblait la suivre partout où elle allait. Ce regard bleu glacé…

D'un geste brusque, elle referma le couvercle de sa malle et la poussa sous la fenêtre. La petite fenêtre vitrée était placée si haut qu'elle dut monter sur le coffre pour regarder dehors.

Sa chambre donnait sur l'une des trois cours intérieures dont lui avait parlé Tilney, un jardin soigné mais dénudé par l'hiver. Les fontaines ne coulaient pas, comme figées par le froid. Les parterres carrés offraient à la vue leurs teintes brunes et leurs plantations fripées. Malgré l'aspect désolé des lieux, elle imaginait fort bien quel enchantement pouvait être ce jardin en été, avec sa profusion de rosiers en fleurs, d'herbes aromatiques, de lys et de vigne vierge enlacée aux treillis.

Bien que défleuris, les jardins n'en étaient pas déserts pour autant et elle pouvait voir d'élégants courtisans déambuler, riant et bavardant, dans les allées tapissées de gravier blanc. Leurs chatoyants habits de cour semblaient remplacer les corolles flétries par l'hiver. Etaient-ils anglais, français ou espagnols ? Elle n'aurait su le dire depuis son perchoir.

Mais elle le découvrirait bien assez tôt.

4

— Voici le pavillon des banquets, monsieur Ostrovsky. Tout récemment construit, comme vous pouvez voir. Et de l'autre côté de la cour, vous avez le théâtre.

Sir Henry Guildford, maître des divertissements royaux, désigna un long bâtiment de bois où sciait et tapait une horde d'ouvriers occupés à fignoler les derniers aménagements des nouvelles structures.

— Le lieu sera parfait pour les diverses représentations que nous projetons de donner, ajouta-t-il en entraînant son compagnon vers le théâtre.

Ils contournèrent un groupe de serviteurs occupés à construire de faux arbres pour un décor.

— Mais le roi adore aussi les spectacles improvisés. On ne sait jamais quand l'envie lui en viendra, et même des services aussi organisés que les miens sont parfois pris de court !

Une petite moue plissa ses lèvres poupines. Si discrète qu'elle fût, elle n'en révélait pas moins une certaine désapprobation. Le maître des divertissements était censé superviser les fêtes de la cour, fournir les costumes et distribuer les rôles, et sa tâche ne devait guère être aisée quand le caprice du souverain venait bouleverser toutes ses prévisions !

Nicolaï, qui avait eu assez de mal à diriger sa petite troupe ambulante, ne lui enviait certes pas sa tâche.

— Heureusement que vous avez un local à vous, sir Henry.

— Ce n'est pas seulement le mien, monsieur Ostrovsky. Je dois le partager avec le maître des ménestrels du roi et ses musiciens. Dieu merci, nous avons assez d'espace pour pouvoir laisser nos affaires sur place sans avoir à les transporter chaque fois.

Nicolaï lui répondit d'un hochement de tête convaincu. Il n'avait jamais eu cette chance, habitué qu'il était à stocker costumes et décors dans un chariot. Sans compter les objets plus dangereux qu'il dissimulait sous les masques et les clochettes d'Arlequin, en prévision de ses missions secrètes…

— Nous sommes très heureux de vous accueillir ici, monsieur Ostrovsky. Avec toutes les fêtes que nous donnons, une aide est toujours la bienvenue. Le seigneur Mendoza nous a dit que vous aviez une grande expérience de la *commedia dell'arte*.

— En effet. Je reviens juste de Venise.

— Ah, les Vénitiens ! Ils adorent les fêtes et les bals masqués, n'est-ce pas ? Vos compétences vont nous être très précieuses. J'ai tant à faire et mes assistants n'ont aucune initiative. Si je ne suis pas tout le temps en train de les surveiller…

— Je serai très heureux de pouvoir vous être de quelque secours, assura Nicolaï.

Il savait par expérience que les acteurs — professionnels ou courtisans amateurs de théâtre — en savaient toujours long sur ce qui se passait autour d'eux. S'insinuer parmi eux était une bonne façon de prendre la température de la cour.

— Le roi a ordonné un divertissement différent pour chaque soir ou presque, expliqua sir Henry. Aussi serai-je heureux de faire appel à vous pour diriger les comédiens.

Il secoua la tête et poussa un soupir excédé.

— Les dames se disputent pour jouer, mais elles ne comprennent pas qu'il faut travailler sérieusement. Au lieu d'apprendre leur rôle, elles passent leur temps à rire et échanger des cancans.

Nicolaï s'esclaffa.

— J'ai la réputation de bien m'entendre avec les dames, sir Henry.

— Oh, je n'en doute pas, assura Guilford. Avec vous, elles feront un effort, ne serait-ce que pour vous impressionner. C'est toujours ainsi quand il y a un bel homme dans les parages…

Il poussa une double porte en chêne sculpté où les armes des Tudor voisinaient avec celles de la reine — le joug et le faisceau de flèches d'Aragon. Pour combien de temps encore ? se demanda Nicolaï. Anxieux de ne pas avoir d'héritier, le roi avait jeté son dévolu sur une certaine Anne Boleyn, prétendait-on. Dieu savait combien de troubles allaient résulter de cette liaison…

Pensif, il emboîta le pas à son guide et pénétra à l'intérieur du théâtre, qui sentait encore la sciure et la peinture fraîche. La salle était superbe, bien plus spacieuse que toutes celles où il avait déjà joué. Tout en longueur, elle était éclairée par une profusion de torches dont les flammes palpitantes illuminaient le plafond bleu ciel et les tentures or constellées d'étoiles.

— C'est magnifique ! s'exclama-t-il en toute sincérité.

— Oui, mais c'est surtout du trompe-l'œil. Après le

départ des Français, la salle sera affectée à un autre usage et nous devrons nous installer ailleurs.

Guildford conduisit son invité dans un débarras où s'entassaient des coffres ouverts débordant d'étoffes chatoyantes et de costumes pailletés. Comme ils se frayaient un chemin dans ce capharnaüm, un chœur de voix angéliques s'éleva soudain dans la pénombre de la salle. Le son était si divinement argentin que Nicolaï, subjugué, tourna la tête pour écouter.

— Le chœur de la chapelle royale, expliqua sir Henry. Ils doivent donner un récital après le banquet de ce soir. Dieu merci, ils ne sont pas sous *ma* responsabilité.

Il prit un rouleau de parchemin sur une étagère et le tendit à Nicolaï.

— Voici le texte de la pièce historique que nous devons jouer dans quelques semaines, après le grand tournoi. Si vous le voulez bien, monsieur Ostrovsky, c'est à vous que je confierai la mise en scène.

— *Le Château vert*, lut Nicolaï à voix haute.

— Oui. C'est une œuvre déjà ancienne, mais tout le monde l'apprécie à la cour. Comme vous pouvez le voir, il y a seize rôles féminins. Ces dames seront ravies.

— Avez-vous déjà distribué les rôles ?

— Pas tous. Lady Fitzwalter et lady Elizabeth Howard ont déjà le leur, bien entendu, ainsi que miss Anne Boleyn. Dieu merci, cette dernière sait déjà chanter et danser, ce qui vous simplifiera la tâche. J'ai entendu dire aussi qu'il y avait une ravissante créature parmi les dames de la délégation française. Belle comme un ange, s'il faut en croire Tilney. Peut-être serait-il diplomate de notre part de lui confier le rôle de Beauté. Mais je m'en remets à vous, monsieur Ostrovsky. Je dois quant à moi mettre en scène

La Forteresse du danger, une pièce qui heureusement n'a que six rôles féminins.

Sir Henry lui assena une tape amicale sur le bras avant de se hâter vers la porte.

— Bonne chance messire, et tous mes remerciements ! Je vous enverrai demain une partie de mon équipe pour vous seconder.

Resté seul, Nicolaï poussa un soupir et tapota le parchemin contre sa paume. Quinze dames anglaises plus un ange français ! Sans compter les familles et divers alliés de chacune des belles... *Oh, Marc, j'espère que vous apprécierez ce que je suis contraint de faire par amitié pour vous !*

La délégation française devait se réunir dans les appartements de la reine Catherine avant de gagner la nouvelle salle des banquets.

Vêtue d'une robe de velours émeraude posée sur un jupon de satin doré, Marguerite rejoignit les autres dans la chambre de Claudine pour y attendre l'évêque de Grammont et sa suite. Le repos avait revigoré la comtesse. Elle semblait presque pimpante dans sa robe de soie cramoisie, assez lâche sur le devant pour contenir son ventre arrondi. Marguerite s'en réjouit. En tant que première suivante, elle aurait eu grand mal à trouver un prétexte pour assister au souper, si Claudine avait décidé de s'abstenir.

La camériste achevait de coiffer la chevelure auburn de sa maîtresse.

— Magnifique, commenta Marguerite en désignant la coiffe en filigrane d'or qui maintenait le chignon de la comtesse.

La sienne n'était pas mal non plus, songea-t-elle en jetant un furtif coup d'œil dans le miroir. En velours vert entrelacé de perles, elle mettait en valeur le flot de sa chevelure blond cendré, dont les boucles cascadaient dans son dos.

Claudine la considéra un instant, les paupières plissées.

— Comme vous faites jeune, mademoiselle Dumas…

— Merci, répondit gaiement Marguerite.

Elle lissa du plat de la main ses superbes manches à crevés vert et or.

— Nous allons faire honte à tous ces Anglais si mal attifés !

— Sans parler des Espagnols, intervint le comte de Calonne, en pénétrant dans la chambre avec son escorte. Michel m'a assuré qu'ils étaient tous en noir comme une volée de corbeaux.

La remarque fut saluée d'un éclat de rire général. Mais tout le monde reprit son sérieux pour se rendre dans les appartements de la reine. Là-bas, pas question de railler les Espagnols !

Marguerite ne savait pas trop ce qu'il fallait attendre de la souveraine. Tout ce qu'elle savait d'elle, c'était que Catherine était la fille d'Isabelle et Ferdinand, les légendaires rois d'Espagne. Pieuse et cultivée, elle était reine d'Angleterre depuis près de vingt ans et ses sujets l'appréciaient fort. Dommage qu'elle fût si hostile aux intérêts de la France !

La femme qui les accueillit quelques instants plus tard n'avait pourtant rien de redoutable en apparence, avec son gracieux sourire et son français parfait. Physiquement, elle avait tout de la matrone entre deux âges, avec ses cheveux noirs striés de gris et son corps usé par de multiples grossesses. Vêtue d'une lourde robe de brocart, elle portait une parure de rubis flamboyants et une croix incrustée de perles ornait sa poitrine. Mais ces riches atours ne pouvaient dissimuler l'expression d'inquiétude qui altérait les traits de son visage rond.

Elle les examina tous d'un regard amène avant de tendre la main à l'évêque de Grammont.

— Comme il est aimable à vous de venir illuminer notre hiver de votre présence, monseigneur.

— Nous remercions Votre Majesté de son gracieux accueil, répondit le prélat d'un air obséquieux. Nos deux nations sont unies par des liens de chaleureuse amitié.

Après un bref échange d'amabilités, Grammont offrit le bras à Catherine. Eclairée par des pages en vert et blanc munis de flambeaux, la compagnie se rangea en bon ordre et franchit le seuil d'une galerie ornée de somptueuses tapisseries.

Marguerite s'apprêtait à emboîter le pas à Claudine quand une voix calme résonna dans son dos.

— Me permettez-vous d'être votre cavalier, mademoiselle Dumas ?

Elle se retourna brusquement pour se trouver face à face avec le père Lebêque, qui lui tendait courtoisement le bras. Les yeux énigmatiques du prêtre brillaient à la lueur des torches. Prise de court, Marguerite jeta un bref regard autour d'elle, mais il n'y avait personne pour se porter à son secours. C'était son tour de se mettre en marche et elle ne pouvait se permettre de rester en arrière.

Hochant la tête, elle posa la main sur l'avant-bras du prêtre, dont elle sentit les muscles se contracter sous la manche de laine noire. Pourquoi était-il si tendu, au nom du ciel ? Avait-il quelque chose à craindre ?

Mais elle n'avait guère le temps de s'appesantir sur l'attitude étrange du père Lebêque. Après avoir enfilé la longue galerie, le cortège déboucha dans une immense salle où une foule de convives en costumes chamarrés s'était donné rendez-vous. Marguerite cligna des paupières, éblouie par le faste des lieux. Longue de plus de cent pieds, la pièce avait un plafond bas tendu de bougran cramoisi brodé de roses et de grenades. Des bannières aux couleurs éclatantes pendaient des poutres, et des buffets disposés le long des murs exposaient à la vue leurs précieux étalages de vaisselle d'or.

Partout, ce n'était que dorures, marbres et objets précieux. Quant aux convives, ils étaient presque tous vêtus de costumes étincelants. Si les Espagnols étaient effectivement en noir, la sobriété de leur tenue n'en faisait que mieux ressortir les chatoyantes tenues des courtisans anglais.

La seule fausse note dans ce spectacle enchanteur, c'était le gigantesque tableau qui ornait l'arche du fond : la victoire du roi Henri sur les armées françaises à Thérouanne. Voilà qui n'était guère diplomate de la part des Anglais !

Une voix tonitruante s'éleva soudain, couvrant le brouhaha des rires et des conversations :

— Bienvenue à notre cour, monseigneur l'évêque ! Dieu accorde longue vie au roi François…

Et le souverain descendit de l'estrade pour accueillir la délégation. Car ce ne pouvait être que le légendaire Henri en personne !

Grand et large d'épaules, il portait un habit d'or bordé d'hermine et un chapeau de velours cramoisi coiffait sa tête d'un blond ardent, aux cheveux coupés court à la française. Ses paroles débordaient d'affabilité, tandis qu'il accueillait avec chaleur la délégation française. Mais Marguerite décela une lueur acérée dans ses prunelles. Manifestement, l'homme avait l'attention en éveil et rien n'échappait à son coup d'œil sagace.

Sentant le regard du souverain s'arrêter sur elle, elle

plongea dans une profonde révérence. Le roi la gratifia en retour d'un sourire admiratif. De toute évidence, sa réputation de don juan n'était pas une simple légende et il était fort sensible à la beauté féminine. Même si on prétendait qu'il n'avait plus d'yeux que pour Anne Boleyn…

Où était-elle, du reste ? Marguerite examina les dames regroupées derrière la reine et n'en vit aucune qui pût rivaliser avec sa propre beauté. Mais Anne Boleyn pouvait attendre, il y avait plus urgent… Déjà un chambellan les conduisait à leurs sièges, disposés de part et d'autre d'une longue table à droite du foyer. Les Espagnols prirent place à gauche, tandis qu'Henri et Catherine se rasseyaient sur l'estrade entre Grammont et l'ambassadeur Mendoza.

Impressionnée, Marguerite admira la vaisselle d'or et d'argent disposée sur les nappes damassées. Servis dans des flacons précieux, les vins d'Osney et d'Alsace voisinaient avec les plats de venaison, de poisson, et les multiples pâtés et tartes empilés devant les convives. Un paon entier, recouvert de ses propres plumes, fut cérémonieusement présenté au roi, au milieu d'un concert d'applaudissements.

Des musiciens jouaient dans la galerie qui surplombait la salle, et le son des luths et des flûtiaux accompagnait le brouhaha confus des conversations. Tout en grignotant un morceau de pain d'épices, Marguerite prêtait une oreille distraite aux propos du père Lebêque, assis à côté d'elle. Elle se doutait bien qu'elle n'apprendrait pas grand-chose ce soir-là, chacun demeurant sur sa réserve malgré les vins qui coulaient à flots. Espagnols et Français, méfiants les uns envers les autres, se borneraient à évaluer les forces de l'adversaire. Tout ce qu'elle pouvait faire, c'était observer mine de rien, en glanant ici et là quelques miettes d'information.

Amusée, elle suivit du regard un acrobate au costume

chatoyant qui évoluait entre les tables en faisant tintinnabuler ses clochettes, suivi par une troupe de nains et d'animaux savants.

Le bruit des conversations enflait autour d'elle tandis que la soirée s'avançait, déliant peu à peu les langues des convives. Attentive à tout ce qui l'entourait, Marguerite surveillait le roi du coin de l'œil. Henri ne trahissait pas le moindre soupçon de mauvaise humeur à l'égard de son épouse, qu'il comblait au contraire de sollicitude et d'attentions. Riant gaiement aux plaisanteries de son fou, il n'en écoutait pas moins fort attentivement ce que Wolsey lui glissait parfois à l'oreille.

Quant à la jeune princesse Marie, elle se tenait sagement assise dans sa robe de brocart blanc et n'échangeait de menus propos qu'avec sa mère ou Mendoza, à qui elle s'adressait en castillan.

Si les Espagnols ne se montraient pas aussi exubérants que les Anglais, ils ne distillaient pas la tristesse pour autant et plaisantaient eux aussi avec enthousiasme. A leur table, la conversation était menée par une fort jolie femme entre deux âges, comme la reine Catherine, et dont le doux regard brun pétillait de malice. Marguerite l'entendit rire doucement tandis qu'elle se tournait vers son voisin, à qui elle tendit son verre à remplir.

L'homme se pencha en avant, rejetant en arrière son opulente crinière, aussi dorée qu'un soleil d'été. La lumière tomba sur son profil ciselé à la finesse de camée ancien.

Eberluée, Marguerite secoua la tête. C'était impossible, elle rêvait ! Le vin d'Alsace, dont elle avait un peu abusé, devait lui jouer des tours…

L'espace d'une seconde, elle serra les paupières pour dissiper l'illusion.

Mais lorsqu'elle rouvrit les yeux, l'homme était toujours là, riant avec impudence. Le Russe. Aussi beau qu'en ce fameux soir, dans la taverne vénitienne…

C'était bien lui ! L'ange déchu qu'elle s'était juré de tuer s'il venait de nouveau à croiser sa route. Là, à quelques pas d'elle, dans le dernier endroit au monde où elle aurait pensé le retrouver…

Effarée, elle reposa si brusquement son gobelet que des gouttes de vin pourpre éclaboussèrent ses phalanges, souillant la nappe immaculée. Pareilles à des taches de sang…

— Le goujat…, marmonna-t-elle entre ses dents. Comment ose-t-il ?

Le père Lebêque se pencha vers elle avec inquiétude.

— Vous vous sentez mal, mademoiselle Dumas ?

Elle secoua la tête.

— Ce n'est rien. La fatigue du voyage, je suppose…

— Prenez donc un peu plus de vin, conseilla le prêtre, qui adressa un signe à l'un des pages.

Tandis que l'échanson remplissait son verre, Marguerite surveillait Ostrovsky du coin de l'œil. Dieu merci, il ne semblait pas l'avoir remarquée. Ou du moins pas encore… Assis au milieu des Espagnols, il riait et chahutait avec ses compagnons, tout en s'assurant que sa voisine ne manquait de rien.

Indéniablement mieux vêtu qu'au lupanar, il ne portait pas non plus la blouse bigarrée de danseur de corde qu'il arborait place Saint-Marc. Ici, à Greenwich, il était habillé d'un superbe pourpoint de soie rouge sombre et l'une de ses oreilles s'ornait d'une unique perle, à demi dissimulée par la masse flamboyante de sa glorieuse chevelure d'or.

Quel jeu jouait-il à présent ?

C'était ce qu'elle allait devoir découvrir.

Très vite, avant qu'il ne s'avise de la démasquer le premier.

5

Le palais était endormi quand Marguerite se glissa hors de sa chambre, son capuchon abaissé sur le visage. L'aube ne devait pas être loin, car le banquet et le concert qui avait suivi s'étaient prolongés pendant de longues heures. Persuader des centaines de courtisans de se retirer pour la nuit n'était pas tâche aisée !

Mais tout était silencieux à présent dans le château enveloppé de ténèbres. Presque trop… Le seul bruit qu'on entendait encore était la respiration régulière des pages étendus dans les couloirs et le chuchotement des soubrettes de Claudine dans leurs lits gigognes.

A pas muets, Marguerite descendit l'étroit escalier éclairé par des torches fichées en haut des murs. Elle avait pris soin d'échanger ses souliers de brocart contre des pantoufles de cuir à semelle souple et ôté ses volumineux jupons pour se déplacer plus vite.

Avec la légèreté d'une ombre, elle se glissa hors du bâtiment et se faufila dans les jardins. Il lui avait suffi de soudoyer un page pour apprendre où le Russe était logé. Malheureusement, son appartement se trouvait à l'extrémité du palais et donnait sur une autre cour, derrière les appartements des Espagnols.

Marguerite se hâtait, l'œil aux aguets. Les allées qu'elle

avait vues si peuplées cet après-midi-là étaient à présent désertes. Les fenêtres des bâtiments étaient toutes noires et seules la lune et les étoiles semblaient la regarder avec dédain du haut du firmament. Un pur effet de son imagination, bien entendu ! *Assez rêvé,* se réprimanda-t-elle. *L'heure est à l'action.*

Dieu savait qu'elle ne s'était pas attendue à revoir si vite Nicolaï Ostrovsky. Il lui était littéralement tombé du ciel ! Etait-ce un signe de la providence ? Marguerite voulait y croire. Tout au long de la soirée, prenant garde à rester hors de sa vue, elle n'avait cessé de l'observer. Même après le banquet, pendant le concert. L'homme lui avait paru d'une insouciance confondante, parfaitement à son aise au milieu de ses compagnons avec lesquels il plaisantait et riait volontiers. Comment avait-il pu survivre à sa vie de voyages, de complots et d'intrigues, s'il n'avait pas la moindre notion du danger qui le menaçait ? Pourtant, c'était ce même homme qui avait su échapper aux traquenards des cours les plus dangereuses d'Europe. Venise, Madrid, Naples ou Mantoue…

Non, c'était impossible. S'il avait été aussi inconscient, il serait déjà mort. En fin de compte, ils avaient plus d'un point commun tous les deux. Comme elle, il avait fait son chemin dans un monde ô combien périlleux, sans autre arme que son intelligence, sa belle allure, la finesse de sa lame… et son talent de caméléon. Cependant, elle ne discernait pas la moindre ombre de méfiance dans ses yeux. Pas même cette vigilance accrue qu'elle sentait constamment en elle.

Elle avait eu beau surveiller ses faits et gestes avec la plus méticuleuse attention et le plus discrètement possible, à aucun moment il n'avait paru détecter sa présence. Elle avait fini par en conclure qu'il ne l'avait réellement pas vue. Une aubaine pour elle ! Jamais tâche n'aurait été aussi facile. Et à présent, elle touchait à son but. L'aile habitée par la délégation espagnole se dressait devant elle, telle une masse de briques silencieuse à l'extrémité du château assoupi.

Marguerite ralentit instinctivement le pas et contourna sur la pointe des pieds une fontaine. Seul témoin de ses gestes, le faune en marbre posé au sommet de l'édifice parut lui jeter un regard de connivence quand elle tira la dague cachée sous sa jupe. Un rayon de lune dansa sur la lame polie, tandis qu'elle refermait les doigts sur la poignée glacée. Elle était si près du but à présent…

Soudain, une main jaillit de l'arrière de la fontaine et se referma tel un étau d'acier sur son bras. Stupéfaite, Marguerite voulut crier, mais une paume ferme s'abattit sur ses lèvres, la réduisant au silence. Brusquement soulevée de terre, elle se retrouva immobilisée contre une large poitrine vêtue d'un pourpoint de soie.

Luttant contre le piège qui s'était refermé sur elle, elle donna des coups de pied et se débattit furieusement jusqu'à ce qu'elle réussisse à libérer sa main droite. Puis elle brandit sa dague et frappa. Un bruit d'étoffe déchirée lui parvint, mais elle ne sentit pas le heurt de la lame entrant en contact avec la chair.

— *Chert poberi !* jura sourdement son adversaire.

Soudain, elle sentit une étreinte de fer lui broyer le poignet et, sous la douleur, fut obligée d'ouvrir les doigts. Le poignard lui échappa et tomba dans l'allée avec un tintement de métal.

Le Russe, bien sûr ! Elle aurait dû s'en douter. Son insouciance était trop affichée pour être vraie. Quel acteur ! En fin de compte, c'était elle qui s'était montrée imprudente, une fois de plus…

La colère flamba en elle, contre lui, contre elle-même. Elle se débattit de toutes ses forces, avec l'énergie désespérée d'un animal pris au lacet.

— Lâchez-moi, abruti ! marmonna-t-elle derrière la main qui lui écrasait la bouche.

— Petite tigresse ! répliqua-t-il en resserrant les bras autour d'elle pour l'immobiliser.

Le contact de cette robuste poitrine réveilla en elle les souvenirs flamboyants de la nuit vénitienne. Comment aurait-elle pu l'oublier ? Ce long corps nonchalant cachait des muscles d'acier, une force entretenue par des années d'acrobaties sur la corde raide. Sa seule arme à elle, c'était la surprise et la rapidité de l'attaque. Mais elle venait de perdre ces deux avantages, par sa propre sottise.

A deux reprises, elle avait sous-estimé l'adversaire. Elle ne commettrait pas la même sottise une troisième fois. S'il y en avait une... Car, après tout, rien n'empêchait l'homme de lui trancher la gorge séance tenante et d'abandonner son corps en pâture aux corneilles anglaises !

Cette pensée lui donna la nausée et elle se plia en deux dans un ultime effort pour se libérer. Mais il était trop agile pour la laisser s'échapper. Elle sentit son corps accompagner le mouvement avec une déconcertante souplesse.

— Nous revoilà donc face à face, Lys d'Emeraude ! lui chuchota-t-il à l'oreille.

Il y avait dans sa voix une note d'amusement qui mit le comble à la fureur de Marguerite.

— Ou plutôt mademoiselle Dumas ? ajouta-t-il d'un ton railleur.

Il cessa enfin de lui bâillonner la bouche, la laissant libre de répondre.

— Appelez-moi comme bon vous semble. Pour moi,

vous n'êtes qu'un vulgaire barbare ! rétorqua-t-elle d'un ton rageur.

Il fit clapper sa langue, moqueur.

— Vous me blessez, mademoiselle. J'avais tellement entendu vanter le charme des dames françaises ! Me voilà cruellement désappointé.

— Mon charme ? Ce n'est pas avec vous que je le gaspillerai. Ce serait bien trop bon pour vous, sale brute moscovite.

— Vous m'insultez, ma chère enfant. Nous mettrons cela sur le compte de la colère et de l'humiliation.

— L'humiliation ?

— Oui, celle que vous devez éprouver en ce moment même.

Il la fit pivoter et lui plaqua le dos contre le mur de brique, dont elle sentit le contact froid sous sa cape. Puis il pencha vers elle sa tête blonde nimbée par le clair de lune en un halo magnifique. Il avait cependant le visage dans l'ombre et elle ne pouvait alors discerner l'expression de son visage. Mais de ses lèvres entrouvertes s'échappaient un souffle frais qui lui caressa la joue et elle sentit flotter jusqu'à elle une odeur d'été dont l'enivrante fragrance vint exalter tous ses sens. Il ne portait pas de manteau, et la chaleur de son corps la pénétrait à travers la soie de son pourpoint.

Elle frissonna, saisie d'une frayeur irraisonnée.

— Si l'un de nous a des raisons d'insulter l'autre, c'est bien moi, reprit-il d'un ton léger. Après tout, vous avez tenté de me tuer. Deux fois, si je ne me suis pas mépris sur vos intentions.

— C'est normal, vous m'avez dérobé quelque chose.

— Vous voulez parler de votre jolie dague ? Il serait temps de vous faire une raison. Elle m'appartient à présent et je n'ai pas l'intention de m'en séparer. Songez un peu ! C'est le seul souvenir tangible que je garde de cette mémorable nuit vénitienne…

Marguerite recommença à se contorsionner, troublée par la proximité de son adversaire, par la chaude énergie qui émanait de son corps. Il l'attirait, c'était indéniable, et elle haïssait cette sensation. Elle se sentait sombrer en lui comme dans un océan sans fond… pour s'y noyer peut-être !

— Venise… Vous auriez dû mourir alors.

— C'est possible. Mais il semblerait que j'aie encore une ou deux vies en réserve. Le destin semble avoir d'autres projets pour moi, mademoiselle. Pour nous deux, puisqu'il nous a rapprochés de nouveau.

— Le destin ? railla-t-elle. Vous croyez donc en ces fariboles ?

— Bien sûr que j'y crois ! Pas vous ?

— Je crois en notre habileté, en nos efforts. Notre destin, c'est nous qui le façonnons, monsieur.

— A la bonne heure ! J'aime mieux *monsieur* que *sale brute* ! Il semblerait que j'aie fait quelques progrès dans votre estime.

Marguerite appuya la nuque à la muraille et le dévisagea à la lueur du clair de lune. Un homme superbe, décidément, avec ses traits réguliers, son corps musclé d'acrobate, et cet incroyable regard bleu éclairé par un demi-sourire railleur. Oui, il était la perfection même. Mais pour des gens comme eux qui flirtaient sans cesse avec le danger, la beauté n'était rien d'autre qu'un instrument. Voire une arme redoutablement efficace dont on pouvait user avec talent. Marguerite en savait quelque chose…

En principe, la beauté la laissait insensible, autant la sienne que celle des autres. Les hommes séduisants n'exerçaient pas le moindre attrait sur elle. Alors pourquoi le simple contact de celui-ci la faisait-il trembler comme une feuille ? Pourquoi avait-il le pouvoir de semer le désordre et la confusion dans son esprit ? Il fallait absolument qu'elle lui échappe… qu'elle se reprenne.

Elle se pressa un peu plus contre le mur, mais il se rapprocha et elle sentit sa chevelure d'or lui caresser la gorge dans le décolleté de son corsage…

— J'ai de l'estime pour un ennemi, quand il est à la hauteur des circonstances.

— Oh. Alors dois-je en déduire que vous me jugez à la hauteur ?

— Vous m'avez vaincue deux fois, ce que personne n'avait jamais réussi à faire. Vous êtes fort et rusé, c'est indéniable. Mais vous ne me ferez pas mordre la poussière une troisième fois.

Le sourire du Russe s'élargit à ces mots. Il arborait un air satisfait comme si la menace déguisée qu'elle venait de proférer l'amusait au plus haut point.

— Si je comprends bien, il va falloir que je surveille mes arrières pendant toute la durée de mon séjour en Angleterre.

— A chaque instant, monsieur, répondit-elle dardant sur lui un regard hautain et menaçant.

— Me voilà prévenu ! C'est très fair-play de votre part, mademoiselle.

Ils restèrent silencieux un instant, à s'observer avec méfiance. Marguerite fut la première à détourner les yeux. Derrière l'épaule d'Ostrovsky, la statue du faune semblait se moquer d'elle. « Ah, tu t'es mise dans de jolis draps ! »

— Qu'êtes-vous venu faire ici ? s'enquit-elle sèchement. Vous travaillez pour les Espagnols à présent ?

Il eut un rire guttural qui la fit frissonner jusqu'aux os.

— Si vous me connaissiez mieux, vous sauriez que je ne travaille pour personne d'autre que moi-même, mademoiselle. Tout comme vous. Quant aux raisons de ma présence à Greenwich, elles ne regardent que moi. J'ai aussi mes petits secrets, voyez-vous.

Des secrets… On en revenait toujours à cela. Marguerite avait passé sa vie à protéger les siens et à découvrir ceux des autres. Même ceux qu'ils croyaient les mieux cachés. Elle découvrirait aussi ceux de Nicolaï Ostrovsky, se promit-elle en son for intérieur.

Il parut lire dans ses pensées et se pencha si près qu'elle sentit son souffle lui balayer les mèches de la tempe. Lorsqu'il parla, ses lèvres lui effleurèrent la joue.

— Les miens sont si profondément enfouis en moi que vous vous y casserez les dents, ma chère petite.

— Croyez-vous ? Les secrets sont ma spécialité. Je ne connais pas un seul homme qui ait pu me les cacher longtemps. D'une façon ou d'une autre, je parviens toujours à mes fins.

— Ah, mais c'est que je ne suis pas tout à fait comme les autres, mademoiselle Dumas.

Il laissa tomber sur sa joue un baiser si léger, si rapide, qu'elle crut avoir rêvé.

— J'attendrai avec impatience notre prochaine confrontation. *Do svidaniya*. Au revoir, Lys d'Emeraude !

Il retira ses mains avec une lenteur presque caressante, puis se fondit dans la nuit comme s'il n'avait jamais existé. Sans la brûlure qui s'attardait sur sa joue, à l'endroit où il l'avait embrassée, Marguerite aurait pu douter de la réalité de leur rencontre.

Elle examina les alentours, mais la chevelure d'or et le

pourpoint de soie s'étaient évanouis sans laisser de trace. Elle était bel et bien seule dans le jardin glacé.

— Le mufle ! marmonna-t-elle entre ses dents.

Elle se sentait sans force, littéralement exsangue. Elle aurait voulu se laisser tomber de tout son long dans l'allée. Sangloter de rage en martelant le gravier jusqu'à se faire saigner les poings. Mais à quoi bon ? Les caprices ne servaient à rien. Ce n'étaient pas les larmes qui allaient la venger, ni la rapprocher de son but.

D'un geste prompt, elle ramassa sa dague et se hâta de regagner le palais.

Demain serait un autre jour. Une nouvelle chance de l'emporter sur ce damné Russe et de lui reprendre la dague qu'il lui avait volée.

Cette fois, elle n'avait plus droit à l'erreur.

Nicolaï referma la porte de sa chambrette et tira le lourd coffre à vêtements pour en bloquer l'accès. C'était un homme assez avisé pour prendre à la lettre les menaces du Lys d'Emeraude. Tôt ou tard, elle reviendrait chercher sa dague. Alors autant ne pas être pris au dépourvu le moment venu et s'assurer qu'elle fasse assez de bruit en forçant sa porte. A moins qu'elle ne se transforme en volute de brume ou ne descende par la cheminée ; ce qui ne l'étonnerait pas d'ailleurs !

Car elle ne ressemblait à aucune autre femme de sa connaissance, cette petite démone française… Délicate et angélique en apparence, c'était en réalité une véritable tigresse. Oui, une puissante *vodyanoi*, comme dans les contes terrifiants que lui racontait sa nounou quand il était petit.

Mais elle prenait bien soin de cacher ses griffes, elle

qu'il avait vue tout sourire au banquet, même avec le jeune prêtre assis près d'elle. Tous les hommes de la salle avaient les yeux rivés sur elle. Y compris lui, même s'il avait fait en sorte qu'elle ne s'en rende pas compte.

En fait, il l'avait remarquée dès qu'elle avait fait son entrée dans la pièce avec la délégation française. Comment aurait-il pu ne pas la voir ? Elle rayonnait littéralement, comme baignée d'une lumière argentée, éclipsant toutes les dames de l'assistance. Son Lys d'Emeraude. La femme qui avait su éveiller en lui un désir incendiaire... avant de tenter de l'assassiner — par deux fois à présent.

Il savait depuis le début qu'il l'aurait un jour à ses trousses. Elle passait pour impitoyable envers les ennemis de la France. Il n'avait qu'à se rappeler ce qui était arrivé à ce pauvre M. d'Etampes, qui avait eu le malheur d'être un agent double au service de l'Espagne. Elle ne lui avait pas fait de cadeau. Et lui, Nicolaï, avait osé la défier en s'obstinant à vivre !

Plusieurs mois s'étaient déjà écoulés depuis leur rencontre vénitienne, et pendant tout ce temps il avait oublié quel pouvoir exerçait sur lui la simple présence de cette femme. Son parfum exotique, la lumière glacée de ses yeux... Un mélange assez capiteux pour l'enivrer. Il lui faudrait se montrer plus prudent à l'avenir et trouver un moyen de la combattre en gardant prudemment ses distances. Il ne voulait pas finir comme Etampes, ou un certain Farcinelli, qui avait fort mal terminé à Milan.

Soudain, il éclata de rire. L'idée d'un bon combat n'était pas pour lui déplaire et le Lys d'Emeraude — ou plutôt Marguerite Dumas, puisque tel était son nom — était indéniablement une adversaire à la hauteur. En dépit de sa petite taille, elle ne s'était pas laissé faire quand il l'avait saisie par-derrière. Il avait même dû employer toute sa force pour la maîtriser, l'empêcher de se débattre et de griffer. Et il avait fait un effort presque surhumain pour garder la tête froide et ignorer la douce chaleur qui émanait d'elle tandis qu'il la tenait dans ses bras. Et la pression sensuelle de ce corps de femme contre le sien…

Troublé par ce souvenir, il ôta son pourpoint et sa chemise, qu'il jeta sur le lit. Puis il ouvrit la fenêtre et laissa la brise rafraîchir son visage et sa poitrine nue. Les premières lueurs de l'aurore pointaient à l'horizon, illuminant le ciel d'un reflet rose orangé. Une belle journée en perspective…

En fin de compte, il devait un grand merci à Marc pour l'avoir chargé de cette absurde mission. Ce séjour anglais devenait tout à coup des plus intéressants. Qui savait ce que lui réservaient les jours à venir ?

6

La tête penchée sur sa broderie, Marguerite feignait d'être absorbée par les minuscules fleurs de soie jaunes et bleues qui naissaient sous ses doigts. Mais en réalité elle prêtait une oreille attentive au léger murmure des voix qui bruissaient autour d'elle. La reine Catherine avait invité Claudine et ses dames dans ses appartements, tandis que le comte et ses compagnons assistaient à une réunion dans la salle du Conseil.

En fait, ce qui se disait chez la reine était plus intéressant que les grands débats de ces messieurs, Marguerite en était persuadée. Les hommes, avec leur vantardise et leur arrogance, auraient eu fort à apprendre de leurs douces moitiés, dont les sourires et les paroles suaves pouvaient se révéler de véritables poignards.

Assise près de l'âtre dans un fauteuil sculpté, la reine cousait des chemises pour son époux. Elle s'était attelée à cette tâche dès les premiers jours de son mariage et n'y aurait renoncé pour rien au monde. Son singe favori jouait à ses pieds, vêtu d'un pourpoint de velours bleu, pendant que des perruches jacassaient dans la cage suspendue à la fenêtre. Les cris stridents des oiseaux se mêlaient aux rires des dames et aux notes du luth dont la première dame de compagnie, Maria de Salinas, pinçait délicatement les cordes…

Jusqu'à présent, la conversation avait porté sur la mode, la grossesse de la comtesse Claudine ou l'éducation de la jeune princesse Marie. Il n'y avait guère là matière à glaner des informations, mais Marguerite était patiente. Il le fallait bien…

D'un geste précis, elle piqua son aiguille dans le pétale d'un bleuet. Un point, puis un autre. Sous ses doigts experts, la scène champêtre prenait forme peu à peu. C'était comme écouter. Un détail apparemment insignifiant s'ajoutait à un autre, jusqu'à ce que la trame apparaisse en son entier…

Pénélope Percy, l'une des plus jeunes filles d'honneur de la reine, se tourna vers elle pour admirer son travail.

— Mais c'est ravissant, mademoiselle Dumas ! Comment faites-vous ?

Elle jeta un regard navré à son propre ouvrage, un entrelacement improbable de fils et de nœuds où l'œil le plus exercé aurait eu bien du mal à reconnaître des roses et des diamants.

— C'est censé être un dessus de coussin, mais je suis loin d'avoir votre habileté. Je me demande qui voudra bien s'asseoir dessus !

Marguerite émit un rire contrit.

— Les travaux d'aiguille ne sont pas ma tasse de thé, lady Pénélope. Je trouve cela plutôt ennuyeux.

— Vous vous en tirez fort bien cependant ! insista son interlocutrice, une pointe d'envie dans la voix.

— J'ai un peu d'expérience, voilà tout. En tant que suivante de la princesse Madeleine, je n'ai pas grand-chose d'autre à faire de la journée.

Et, se penchant vers la broderie de sa voisine :

— Regardez, milady. Si vous placez l'aiguille ainsi, le fil reste tendu et vos points seront beaucoup plus droits.

— Magnifique ! Vous êtes décidément très douée.

Toutes deux s'absorbèrent un instant dans leur tâche, jusqu'à ce que lady Pénélope rompe de nouveau le silence.

— Vous ne faites donc pas partie de la maison de la comtesse Claudine ?

— Pas d'habitude. Il s'est trouvé que, dans son état, elle a eu besoin d'une assistante supplémentaire pour l'aider à supporter les désagréments du voyage. Et, comme j'étais celle dont l'absence causerait le moins de tort à la princesse, on a requis mes services. Je dois dire que je n'étais pas mécontente de découvrir l'Angleterre.

— C'est comme moi, j'aimerais tant visiter Paris ! Hélas, je crains de ne devoir rester ici, au service de la reine, jusqu'à ce que mon père me trouve quelque vieil aristocrate à épouser.

Une moue dépitée vint se poser sur ses lèvres.

— Bref, je n'ai pas un avenir très joyeux en perspective !

Tiens, tiens ! songea Marguerite, fort intéressée. Une jeune demoiselle frustrée était souvent une mine de renseignements, pour qui se donnait la peine de l'écouter. Le tout était de gagner sa confiance… Certaines se révélaient vite trop jalouses pour qu'on puisse en tirer grand-chose. Mais lady Pénélope était elle-même assez jolie pour ne pas prendre ombrage de la beauté de sa confidente. Et, visiblement, elle avait besoin de parler…

— Quel dommage pour vous ! compatit Marguerite. On devrait s'amuser tout son soûl tant qu'on est jeune, vous ne trouvez pas ?

— C'est exactement ce que je pense ! Le temps de

l'ennui viendra bien assez tôt, quand nous serons vieilles et grosses comme…

Elle n'acheva pas sa phrase, mais son regard s'était discrètement tourné vers la reine.

— Il semblerait pourtant qu'on ne s'ennuie guère à la cour d'Angleterre, objecta Marguerite. Le banquet d'hier soir m'a paru fort animé.

Lady Pénélope eut un petit rire perlé.

— C'est parce qu'on nous a donné pour tâche de vous divertir, vous autres Français. Quand nous sommes entre nous, il ne se passe pas grand-chose, à part un petit bal ou une partie de chasse par-ci par-là.

— Quoi, pas de flirt ? Dans une cour qui regorge de beaux jeunes gens ? Jolie comme vous êtes, je ne saurais y croire. Vous devez avoir un favori parmi ces messieurs.

Lady Pénélope pouffa derrière sa manche.

— Les plus beaux hommes se trouvent parmi vos compagnons, mademoiselle Dumas. Le comte de Calonne, par exemple…

Le comte ? Marguerite, qui avait à peine jeté un regard au mari de Claudine, s'étonna de ces paroles. Calonne n'était pas mal, c'était un fait. Mais à côté d'Ostrovsky…

Elle ferma les yeux, l'estomac brusquement noué. Elle sentit ce sentiment d'excitation qu'elle détestait s'emparer de nouveau d'elle au souvenir de la nuit précédente. Ce corps vigoureux pressé contre le sien, ce souffle ardent, puis le baiser sur sa joue… Il y avait tant de vie en lui. Il en vibrait littéralement.

Mais pourquoi fallait-il que son image l'obsède à ce point ?

Elle rouvrit les yeux et se remit à broder, surmontant de son mieux le trouble qui l'habitait. Mais ses points étaient moins réguliers à présent…

— Ainsi, vous admirez le comte ?

Lady Pénélope hocha la tête avec enthousiasme.

— Il a les épaules si larges ! C'est un très bon danseur, je le parierais. Tout le contraire de sa femme ! Elle a l'air si grincheuse.

Marguerite jeta un bref coup d'œil à Claudine, dont la robe de soie brune ne mettait guère le teint en valeur.

— C'est sans doute lié à son état. Les femmes ne sont pas toujours très enjouées dans ces périodes-là.

Pénélope eut un petit rire insouciant de jouvencelle pour qui les problèmes de grossesse n'étaient pas encore de saison.

Il y avait aussi celles pour qui ce ne serait *jamais* de saison, songea Marguerite avec un serrement de cœur.

— C'est sans doute pourquoi leurs maris ont si grand besoin d'être consolés, observa malicieusement Pénélope.

Marguerite sourit. Que leurs épouses soient enceintes ou pas, les hommes avaient un peu trop souvent besoin de *consolations*, c'était un fait. Mais en ce qui la concernait, elle n'avait aucune envie de jouer les consolatrices…

— D'après vous, mademoiselle Dumas, qui est l'homme le plus séduisant de la cour ?

— Comment pourrais-je vous répondre ? Je ne suis pas ici depuis assez longtemps pour en juger.

— Mais vous avez déjà rencontré quelques-uns de ces messieurs. Faites marcher votre intuition !

Marguerite repensa à Nicolaï, à ses cheveux d'or répandus sur le col de son pourpoint de velours rouge. Il avait tout l'éclat d'une flamme. Du genre à vous brûler si vous vous approchiez trop près…

— Eh bien… Le roi Henri, peut-être ?

Lady Pénélope secoua la tête.

— Il n'est pas mal pour son âge, c'est vrai. Mais il vous

faudrait le disputer à miss Boleyn, ce que je me garderais de faire à votre place. Elle a la langue aussi acérée que les griffes !

— Je ne l'ai pas encore rencontrée. Elle doit être très belle, j'imagine ?

— Pas autant que vous, mademoiselle Dumas. D'ailleurs, le mot « belle » ne lui convient pas vraiment. Je dirais plutôt qu'elle est intéressante. Elle a vécu en France, vous savez, et elle est bien plus à la mode que nous toutes.

— J'ai hâte de la rencontrer.

— Vous aurez ce plaisir ce soir, sans aucun doute. Il va y avoir un bal après le souper et elle ne rate jamais une occasion de danser.

La jeune fille baissa la voix pour ajouter :

— Elle est censée prendre soin de la reine, mais elle est bien trop absorbée par ses propres intérêts.

— Vraiment ?

Lady Pénélope hocha la tête mais n'eut pas le temps de répondre. L'une des suivantes de la reine, une pâle jeune fille qui répondait au nom de Jane Seymour, avait entrepris de lire à voix haute *Le Roman de la rose*, et toutes ces dames firent silence pour l'écouter. Dommage, songea Marguerite, qui aurait volontiers interrogé Pénélope sur les « intérêts » de miss Anne Boleyn.

Le séjour de cette dernière en France lui donnait aussi à réfléchir. Par une involontaire association d'idées, elle se souvint qu'Ostrovsky, la veille au soir, lui avait reproché de manquer du fameux charme français... Difficile de se montrer *charmeuse* dans un combat au couteau, convint-elle. Mais, en dehors de cela, elle avait de la séduction à revendre et le savait. Peut-être le moment était-il venu de s'en servir ?

*
**

Nicolaï testa la raideur de la corde afin de s'assurer de sa solidité. Depuis le réduit où il répétait, il pouvait entendre la voix de sir Henry Guildford occupé à diriger ses acteurs. Le son lui parvenait étouffé par l'épaisseur des cloisons, comme s'il venait de très loin.

Quelle chance de pouvoir s'isoler du reste du monde, ne fût-ce que pour un instant ! A Moscou, Venise, Amsterdam ou Madrid, il avait toujours cherché un refuge de ce genre. En vain… Seule l'amitié lui avait offert le havre de paix dont il rêvait. Après avoir perdu les siens quand il n'était encore qu'un enfant, il avait parcouru le monde en solitaire, jusqu'au jour où il s'était découvert une nouvelle famille. Marc et Julietta. Balthazar, le demi-frère de Marc. Et les acteurs de sa troupe ambulante.

C'était ces liens d'affection, si précieux et fragiles à la fois, qui l'avaient amené ici, dans ce nid de vipères où Anglais, Français et Espagnols se déchiraient à belles dents. Mais, à présent qu'il était là, il sentait la vieille excitation s'emparer de lui de nouveau. L'attrait jubilatoire du danger…

Ce matin-là, tout son corps débordait d'une vitalité trop longtemps contenue et il aurait été heureux de pouvoir se défouler dans un bon duel. Mais sous quel prétexte ? Ici, à Greenwich, tout le monde se comportait avec une désolante civilité ! Il y avait bien Marguerite Dumas, mais elle était invisible. Sans doute avait-elle été conviée dans les appartements de la reine avec les autres Françaises. Au moins n'y pourrait-elle commettre de méfaits…

Quant à lui, il ne lui restait que les acrobaties pour se délivrer de son trop-plein d'énergie. D'un geste prompt, il ôta son pourpoint et ses bottes en cuir d'Espagne avant de s'élancer sur la corde. Pieds nus, il chercha un instant son équilibre avant de risquer quelques pas en avant. Il avait les muscles raidis par son long voyage en bateau et à cheval et se sentait lourd après toute la riche nourriture et les vins qu'il avait absorbés la veille. Vu sa piètre condition physique, c'était un miracle qu'il eût réussi à maîtriser le Lys d'Emeraude !

Mais à mesure qu'il avançait sur le filin, il sentait ses muscles se réchauffer et retrouver leur souplesse. Son esprit se recentrait, lui aussi. Envolés les soucis, l'Angleterre, Marguerite et lady Elena... Il n'y avait plus que son corps en équilibre sur la mince corde tendue d'un mur à l'autre de la salle. Un saut périlleux en avant, un autre en arrière... et hop, il était de nouveau là, les bras écartés, le cœur battant d'allégresse.

Des applaudissements rompirent tout à coup le cercle magique de sa concentration. Surpris, Nicolaï leva les yeux et découvrit Marguerite Dumas debout sur le seuil de la pièce. Il s'attendait à lire du sarcasme ou de l'aversion sur son visage, mais il n'en fut rien. Les joues toutes roses, elle fixait sur lui un regard brillant de plaisir et un délicieux sourire jouait sur ses lèvres entrouvertes. Dieu, qu'elle avait l'air jeune, et libre, et vivante ! Si elle lui avait paru belle auparavant, c'était parce qu'il ignorait ce que pouvait être la vraie beauté — celle qui rayonnait d'elle en cet instant.

— Magnifique, monsieur Ostrovsky ! Comment un homme peut-il réaliser pareil exploit ?

Nicolaï se laissa tomber de la corde et atterrit avec souplesse sur ses pieds. Mais il demeura à prudente distance de l'intruse, qu'il considéra d'un regard méfiant. Qui lui disait qu'elle n'allait pas tirer une dague de sa manche ? Et puis il se sentait trop vulnérable pour se risquer dans le cercle de lumière qui émanait de sa radieuse personne...

— La pratique, mademoiselle, rien de plus. De nombreuses années d'entraînement.

— Vous devez être très doué. D'autres se seraient déjà fendu le crâne.

— C'est bien ce que j'ai fait… au moins une douzaine de fois !

— Comment se fait-il que vous soyez encore là pour le raconter ?

— Que voulez-vous ? J'ai la tête dure !

— Oui, une vraie mule…, commenta-t-elle avec humour.

Elle tendit la main pour éprouver la solidité de la corde.

— Grand Dieu, mais elle est toute mince ! On dirait l'un de mes fils à broder.

— Quand elle est trop large, on a davantage de mal à trouver son équilibre.

— C'est vrai ?

— Essayez, vous verrez. Ce n'est pas très pratique avec vos jupes, mais vous y arriverez.

Elle le regarda, les prunelles écarquillées. Plus gamine que jamais, avec cette expression émerveillée dans le regard… Sans doute n'avait-elle guère plus de vingt ans, se surprit-il à penser. Comment une fille aussi gracieuse et charmante avait-elle pu choisir cette dangereuse vie d'espionne et de meurtrière ? Il éprouva tout à coup le besoin insensé de la prendre dans ses bras et de la serrer contre lui jusqu'à ce que sa carapace se brise, libérant la jeune fille candide qu'elle était au fond. Toujours cette absurde envie de protéger ! se reprit-il avec désapprobation. Est-ce que cela ne lui avait pas attiré déjà assez d'ennuis ?

— Venez donc ! insista-t-il en lui tendant la main. Je vais vous aider.

Mais elle recula d'un pas, les mains enfouies dans ses

larges manches. La vieille méfiance avait reparu dans ses yeux, voilant l'éclat de son regard.

— Pour que vous me fassiez tomber à la première occasion ? Non, monsieur Ostrovsky ! Je tiens trop à mon cou pour le briser ainsi.

Il laissa retomber sa main et se tourna pour récupérer son pourpoint et ses bottes.

— Vous êtes bien soupçonneuse, mademoiselle.

— Il le faut. C'est une question de survie.

Nicolaï enfila sa veste et la boutonna soigneusement. La pièce lui parut glaciale tout à coup.

— Que faites-vous ici, mademoiselle Dumas ? Les autres dames ne sont-elles pas avec la reine ?

— Elles sont sorties faire une promenade avec les Espagnoles et je me suis éclipsée. Et puis j'ai reçu un billet du maître des divertissements, me priant de me rendre au théâtre. Lady Pénélope Percy assure qu'il veut me confier un rôle.

— Ah, oui, la pièce historique, marmonna Nicolaï, qui avait tout oublié du spectacle pendant quelques minutes bénies. J'aurais dû me douter que c'était vous…

— Pourquoi donc ?

— L'un des compagnons de sir Henry lui a parlé d'une jeune Française aussi belle qu'un ange. Et il lui a suggéré de faire appel à vos talents. Un geste diplomatique, d'après lui…

Marguerite eut un rire amusé.

— Mais je ne suis pas une actrice !

— Permettez-moi de vous contredire. A Venise, vous avez parfaitement joué les catins…

Il la vit serrer les lèvres, mais elle ne trahit pas autrement son émotion.

— J'aurai toujours la ressource de vous demander conseil,

je suppose. Je n'ai jamais rencontré meilleur comédien que vous, monsieur Ostrovsky.

Il s'inclina galamment.

— Tout à votre disposition, mademoiselle. Mais à présent, si vous voulez m'excuser…

Portant une main à sa nuque, il rajusta le ruban noir dont il avait noué ses cheveux pour s'exercer à l'aise.

Elle suivit son geste du regard.

— Quel dommage de les emprisonner ainsi, murmura-t-elle en s'avançant vers lui.

— Ils sont emmêlés et je n'ai pas le temps de me coiffer convenablement.

— Laissez-moi vous aider, proposa-t-elle. S'il y a une chose qui me connaît, c'est bien cela…

— Oh, je ne doute pas de vos multiples talents, mademoiselle !

Marguerite eut un sourire malicieux.

— Il est vrai que je viens d'être félicitée pour la finesse de ma broderie.

Elle lui désigna du geste un tabouret.

— Prenez place, je vous prie. Je vais m'occuper de vos cheveux.

— Vous cherchez une occasion de me trancher la gorge, c'est cela ?

Elle eut un rire cristallin.

— Jamais de la vie. C'est au moment où vous vous y attendrez le moins que je surgirai en ange vengeur ! Pour l'instant, je ne suis qu'une femme ordinaire sensible à la beauté masculine.

Elle retourna ses manches bordées de fourrure.

— Voyez, je ne cache pas de poignard aujourd'hui.

— A moins qu'il ne soit planté dans votre jarretière, insinua-t-il.

Mais il avait beau faire, il se sentait envoûté. Par son sourire, par l'éclat de ses yeux…

— Vous ne serez certainement pas autorisé à vérifier, plaisanta-t-elle. Allons, venez vous asseoir. Pas de chausse-trape aujourd'hui, vous avez ma parole.

Nicolaï obtempéra sans la quitter des yeux, prêt à bondir au moindre geste suspect. Mais elle se contenta de se placer derrière lui pour défaire son catogan, laissant ses cheveux se répandre sur ses épaules.

— Quelle toison ! Toutes les femmes doivent vous l'envier…

Elle passa ses mains dans les longues mèches blondes qu'elle démêla avec patience. Puis elle lui massa doucement le cuir chevelu.

— Avec quoi les rincez-vous ? Du jus de citron ? Du safran ?

Il s'esclaffa.

— Pourquoi presserais-je du citron dans mes cheveux ? Je ne suis pas un saumon grillé, que diable !

— Pour les rendre plus brillants. Beaucoup de femmes en usent ainsi, vous savez.

— Vous aussi ?

— Très rarement.

— Cela ne m'étonne pas, sorcière que vous êtes. Je vous imagine plutôt en train de capturer des rayons de lune pour colorer vos cheveux. Et un morceau d'aurore pour rosir vos joues.

— Chut, monsieur Ostrovsky ! Ne dévoilez pas ainsi mes secrets…

Elle continua à le masser du bout des doigts, en fredonnant une berceuse. Nicolaï se détendit peu à peu, bercé par sa voix, la délicatesse de son toucher, et cet exotique parfum de lys qui flottait autour d'elle comme un voile de soie. Après leur rencontre à Venise et celle de la veille, comment se serait-il douté qu'elle recélait en elle autant de douceur ? Dieu savait combien de facettes elle lui dissimulait encore ! Pareille à l'émeraude sertie dans la poignée de sa dague...

Il comprenait à présent comment elle soutirait aux hommes leurs secrets. La plupart d'entre eux étaient si sensibles aux câlineries et à la douceur ! Et il était un homme comme un autre... Son corps réagissait à la caresse de ses mains expertes et il brûlait de l'attirer dans ses bras pour se perdre en elle à jamais.

Etait-ce cela qu'elle cherchait ? A l'anéantir totalement ? Si tel était le cas, il aurait volontiers obtempéré en cet instant.

Du bout des doigts, elle effleura ses tempes, ses pommettes, et descendit le long de son cou. Puis elle posa les mains sur ses épaules.

— Voilà, monsieur Ostrovsky. Vous êtes tout à fait présentable à présent.

— Vous êtes une coiffeuse très douée, mademoiselle, murmura Nicolaï, qui revenait lentement à la réalité.

En vérité, il avait l'impression d'émerger d'un enchantement.

— Et une femme de parole, reconnaissez-le.

— Ma gorge semble intacte, admit-il.

Elle eut un rire nonchalant.

— Pour le moment, monsieur !

Nicolaï se leva et s'inclina devant elle.

— Je vous suis très reconnaissant d'avoir épargné ma misérable vie un jour de plus !

Elle parut brusquement s'éveiller d'un songe.

— Mon Dieu, où ai-je la tête ? Je n'ai pas le temps

de m'entretenir avec vous. Il faut que je me mette à la recherche de sir Henry.

— Inutile, mademoiselle Dumas, fit la voix de l'intéressé.

Accompagné d'un page qui portait une brassée de costumes en satin, le maître des divertissements écarta le rideau tendu dans l'embrasure et apparut sur le seuil. Il serrait sous son bras des rouleaux de parchemin.

— Ravi de voir que vous avez déjà fait connaissance tous les deux…

— Comment cela ?

— Mais oui. Monsieur Ostrovsky a très généreusement consenti à diriger les répétitions du *Château vert*, notre grande pièce historique. Ma chère miss Dumas, il faut absolument que vous acceptiez de jouer Beauté. Maintenant que je vous vois, il m'apparaît évident que vous serez parfaite dans ce rôle. Je suis sûr que monsieur Ostrovsky et vous allez former une excellente équipe. Mais je lui laisse le soin de vous en dire davantage, car je dois y aller à présent. J'ai une comédie à faire jouer ce soir…

Lorsqu'il eut disparu, Nicolaï sourit à Marguerite, qui l'observait d'un air défiant.

— Eh bien, mademoiselle, qu'en dites-vous ? Il semblerait que nous soyons devenus « partenaires », vous et moi…

7

Décidément, les choses ne se passaient pas du tout comme elle l'avait escompté !

Les poings serrés dans les plis de ses jupes, Marguerite déambulait nerveusement le long des allées. Elle ne sentait même pas la morsure de la brise glaciale sur son visage, tant ses joues flambaient. Soucieuse de ne pas être vue dans cet état d'agitation, elle contourna un bâtiment et s'engagea dans un sentier isolé.

Ici, près du jardin de simples, personne ne s'aviserait de la questionner. Elle ne risquait guère de croiser que des servantes ou des pages vaquant à leurs occupations quotidiennes.

Avisant un banc de pierre, elle alla s'y asseoir et tira un livre de sa poche pour se donner une contenance. Puis elle tâcha de se calmer en inspirant profondément. Quelle sotte elle était, vraiment ! Elle avait recherché la compagnie d'Ostrovsky pour user sur lui de son charme, de sa féminité. Bref, pour le séduire et l'amener tout doucement à lui confier ce qu'il était réellement venu faire en Angleterre. C'est ce qui aurait dû se passer en tout cas. Et au lieu de cela, c'était elle qui s'était laissé entortiller par le charmeur ! Elle sentit le rouge lui monter aux joues : elle la professionnelle, le redoutable Lys d'Emeraude, passerait désormais pour une débutante.

En pénétrant dans le théâtre, elle était décidée à en finir avec lui. Mais parvenue sur le seuil de la salle, elle était restée littéralement fascinée par le spectacle qui s'offrait à sa vue. En équilibre sur sa corde raide, Nicolaï Ostrovsky déployait tant de force et de grâce à la fois ! Non seulement il exécutait des mouvements qu'elle aurait crus impossibles pour un corps humain normal, mais l'exercice ne semblait même pas lui coûter d'efforts. Il paraissait voler dans l'espace, aussi naturellement qu'un oiseau.

Grâcieux comme une colombe, impressionnant comme un aigle.

Elle était demeurée là, osant à peine respirer, tandis qu'il s'élançait en arrière et reprenait pied sur la corde avec aisance. Une fois, une autre encore... De la vraie magie !

Du coup, elle en avait oublié ce qu'elle était venue faire, subjuguée par l'harmonie de ses gestes, la souplesse quasi musicale de son corps, le magnétisme de sa présence. Elle avait agi comme une jeune fille sans expérience.

Elle était restée immobile, hypnotisée par le spectacle parfait, jusqu'au moment où il avait sauté de la corde. Il semblait à peine essoufflé, et il avait fallu qu'elle s'approchât de lui pour discerner les fines gouttelettes de sueur qui luisaient sur sa peau dorée. On aurait dit un véritable dieu antique...

Marguerite avait rencontré bien des hommes dans sa vie, souvent remarquables par leur intelligence, leur beauté ou leurs dons artistiques. Mais aucun ne l'avait jamais impressionnée comme Nicolaï Ostrovsky. Que cachait-il derrière sa légèreté, sa sensualité gracieuse et nonchalante ? Derrière ses yeux si clairs ?

Elle voulait connaître ses secrets. Pas seulement pour

s'en servir contre lui. Pour *savoir*, simplement. Car cet homme l'intriguait au plus haut point.

Dans cette petite pièce, elle avait oublié un moment toute prudence et avait cédé à l'attrait qu'il exerçait sur elle. Oh, pour un instant seulement… mais assez pour qu'elle prît conscience du danger qu'il représentait pour elle.

Elle avait eu une telle envie d'accepter, lorsqu'il lui avait tendu la main en lui proposant de monter sur la corde raide ! Pour sentir à son tour ce sentiment de liberté qu'il devait éprouver quand il évoluait tout en haut, au-dessus des sordides réalités de ce monde. Goûter un instant à la saveur de choses qu'elle ne connaîtrait jamais…

Elle avait résisté à cette tentation-là, certes, mais pour succomber à un autre : le besoin insensé de toucher ses cheveux…

Avec un gémissement, elle plongea son visage dans son livre. Impossible de nier ! Elle se rappelait trop bien le besoin compulsif qui s'était emparé d'elle : sentir la soie de cette glorieuse chevelure glisser sur sa peau nue. Là, dans l'intime exiguïté de cette salle plongée dans la pénombre, enveloppée par l'odeur verte et fraîche qui s'exhalait de lui, elle n'avait plus eu qu'un désir : nouer les bras autour de son cou et l'embrasser à perdre haleine, jusqu'à ce qu'ils se noient tous deux dans le déferlement brûlant de la passion.

Elle se rappelait trop bien le goût de sa bouche à Venise, la sensation de ses lèvres sur son corps, ces doigts déliés lui caressant les seins, le ventre… Nul doute, il devait être aussi doué pour faire l'amour que pour marcher sur la corde raide.

L'espace d'un instant, elle avait oublié le sentiment de sa propre existence, perdue dans l'irrésistible charisme qui émanait de cet homme. Il avait fallu l'arrivée de sir Henry pour la sauver. Encore avait-elle dû s'enfuir quand elle avait appris qu'elle allait devoir travailler avec *lui* …

« Pauvre idiote ! » marmonna-t-elle entre ses dents. Il n'était pas question pour elle de succomber à cette faiblesse. Surtout maintenant ! Elle avait encore de longs jours à passer en Angleterre et elle avait besoin de toute sa présence d'esprit. Elle n'allait tout de même pas céder à l'attrait d'un corps d'Adonis et d'une chevelure d'or !

Rappelle-toi qu'il t'a volé ta dague ! Tu dois la récupérer et découvrir ce qu'il fabrique ici avec les Espagnols.

Elle ferma les yeux et entreprit de se détendre, luttant pour chasser l'image d'Ostrovsky de son esprit. Lorsqu'elle les rouvrit un instant plus tard, elle se sentait enfin plus calme, plus rationnelle.

Elle reposa son livre sur ses genoux d'une main qui ne tremblait plus. La passion, l'agitation ne pouvaient rien lui apporter de bon. Ce qu'elle éprouvait pour Nicolaï n'était qu'une simple attraction physique. Son corps de femme réclamait, voilà tout. Mais elle saurait surmonter cette folle inclination en se concentrant sur sa tâche.

Un brouhaha de voix espagnoles, ponctué d'éclats de rire, lui fit brusquement lever la tête. Elle se retourna pour voir un groupe de dames s'avancer vers elle. A leur tête, elle reconnut la voisine de Nicolaï pendant le banquet, la femme au doux sourire. Plus enjouée que jamais, l'inconnue s'approcha de son banc. Une suave odeur de violette se dégageait de ses jupes.

— Ah, senorita ! Vous êtes donc seule, cet après-midi ?

Vue de près, elle semblait plus âgée que Marguerite ne l'avait cru d'abord. De fines rides marquaient le coin de ses paupières, et quelques fils d'argent striaient sa chevelure noire, surtout aux tempes. Elle était fort aisée aussi, à en juger par la lourde croix de grenats qui ornait son çou, son surcot bordé de fourrure et ses boucles d'oreille en perles. Sans doute n'était-elle pas la dernière venue parmi les Espagnols. Mais son regard était affable, observa Marguerite, qui se leva et la salua d'une révérence.

— Je lisais, señora.

— C'est à la duchesse de Bernaldez que vous parlez, précisa sévèrement l'une des suivantes.

Mais la dame balaya la remarque d'un geste.

— Dona Elena suffira, Esperanza. Nous sommes entre nous…

Et, se penchant à l'oreille de Marguerite :

— J'ai passé de nombreuses années au couvent, voyez-vous, et je ne suis pas encore habituée à toute cette rigide étiquette, dont mon époux semble se porter fort bien.

Marguerite, surprise, approuva d'un petit rire.

— Moi non plus je n'apprécie guère le formalisme, dona Elena. Je m'appelle Marguerite Dumas.

— Oh, je le savais déjà ! Vous êtes plus célèbre que vous ne croyez, mademoiselle Dumas.

— Célèbre ? J'espère bien que non !

— Mais si. Les hommes ne parlent que de votre rare beauté. Je comprends pourquoi à présent.

— Vous êtes très aimable.

— Je dis ce que je pense, voilà tout. Moi aussi, j'apprécie les jolis visages. Leur vue illumine un peu la grisaille de notre séjour anglais. Accepteriez-vous de faire quelques pas avec nous ? Nous nous apprêtions à faire un tour du côté de la rivière.

Enfin une opportunité ! songea Marguerite, qui se hâta d'acquiescer.

— Ce sera un honneur pour moi, lady Elena.

Elle emboîta le pas à la duchesse et le petit groupe

contourna le palais avant de s'engager dans un sentier qui descendait vers la Tamise. Pareille à un ruban de soie argentée, la rivière s'étendait paisiblement devant elles, avec ses bateaux et ses barges qui descendaient le fil de l'eau en direction de Londres et de la mer.

— Il y a donc peu de temps que vous êtes mariée, lady Elena ? s'enquit Marguerite, lorsque les suivantes eurent repris leurs conversations à voix basse.

— Quelques mois seulement. Mon premier mari, un capitaine de navire, est mort voilà bien des années. Je l'aimais tendrement, et après sa disparition j'ai cherché refuge au couvent. Je croyais y passer le reste de ma vie.

— Jusqu'à ce que le duc vous fasse changer d'avis, plaisanta la jeune fille.

Elena se mit à rire.

— L'abbesse de mon couvent était sa sœur, et je l'ai rencontré un jour où il lui rendait visite. Nous avons passé des heures à nous promener ensemble dans les jardins, et avant de repartir, il m'a demandé de l'épouser.

— Une histoire très romantique ! conclut Marguerite avec un sourire.

— Et très improbable, devez-vous penser. Un duc exalté jetant son dévolu sur une vieille femme comme moi !

— Vieille ? Sûrement pas ! Vous ne seriez pas si belle si c'était le cas..., objecta Marguerite avec sincérité.

— Vous maîtrisez bien l'art de la flatterie, señorita. J'ai entendu dire qu'il en était ainsi de tous les Français.

— Mais pas du tout ! Comme vous, je dis ce que je pense...

— Etes-vous mariée, ma chère ? s'enquit abruptement dona Elena.

Marguerite secoua la tête.

— Pas encore, madame.

— Comment est-ce possible ? J'avais quinze ans lorsque j'ai épousé mon premier mari. Le second avait convolé une première fois très jeune et sa défunte épouse a eu le temps de lui donner plusieurs enfants avant de mourir. Nous avons tous deux accompli notre devoir et avons fondé une famille chacun de notre côté. Maintenant que nous sommes plus âgés, nous sommes libres de trouver complicité et tendresse avec le compagnon de notre choix.

— J'espère avoir la même chance un jour, lady Elena.

La duchesse la dévisagea avec une attention qui la fit rougir.

— Vous avez dû recevoir bien des propositions, jolie comme vous êtes. Je me demande bien pourquoi vous n'êtes pas encore casée.

— Mes occupations à la cour ne me laissent guère de loisirs. Et puis je suis orpheline, voyez-vous.

— Oh, *pobrecita* ! Comme c'est triste…

Lady Elena serra la main de la jeune fille de ses doigts potelés et couverts de bagues.

— Pauvre petite ! Y a-t-il longtemps que vous êtes seule au monde ?

— Ma mère est morte en me donnant naissance, et mon père est décédé il y a sept ans.

— Et vous étiez leur unique enfant ?

— En effet.

Lady Elena exhala un soupir.

— Moi aussi, je n'ai qu'un fils. Marc a été le plus grand bonheur de ma vie, mais j'aurais aimé lui donner des frères et des sœurs.

Elle tira un médaillon d'or de son surcot et l'ouvrit. Il contenait la miniature d'un jeune homme brun dont Marguerite admira le visage racé et délicat.

— Un beau jeune homme, commenta-t-elle.

— Oh, oui ! Et il va me faire bientôt grand-mère…

— Vous devez avoir hâte de regagner l'Espagne. Quelle joie pour vous de découvrir le nouveau-né !

La duchesse referma le médaillon et esquissa une moue.

— Hélas, il a choisi d'habiter Venise. Mais j'espère bien lui rendre visite après notre départ d'Angleterre.

Ce fut au tour de Marguerite de réprimer un soupir. Dieu savait combien de temps allait durer leur séjour à Greenwich ! Et elle n'avait pas avancé d'un pas dans sa mission…

— Un jour, vous voudrez avoir des enfants à vous, je suppose, reprit Elena après un bref silence.

Marguerite revit l'affreuse scène qui avait bouleversé sa vie à jamais. Le cheval cabré au-dessus de sa tête, les sabots qui labouraient son corps de fillette, et l'affreuse douleur dans son ventre…

— Si Dieu le veut, murmura-t-elle, tout en sachant fort bien que cette volonté s'était déjà révélée dans toute son implacable cruauté.

— Si vous étiez l'une de mes dames, je n'aurais aucun mal à vous trouver un excellent mari, reprit la duchesse sur le ton de la confidence. Je suis une marieuse née, vous savez. Même au couvent, j'ai trouvé le moyen d'apparier les enfants de mes amis ! Et toutes ces unions se sont révélées fort heureuses.

Marguerite pouffa.

— Voilà un don fort inestimable, lady Elena.

— Et très gratifiant pour moi. Malheureusement, j'ai quelques réfractaires dans mon entourage…

— Comment peuvent-ils ? Pour ma part, je n'hésiterais

pas à remettre mon sort entre vos mains, si j'avais la chance de compter parmi vos suivantes.

Dona Elena secoua la tête.

— Si seulement vous pouviez m'aider à convaincre cet entêté de Nicolaï !

Marguerite sentit une bouffée d'excitation monter en elle au seul énoncé de ce nom.

— Nicolaï ? interrogea-t-elle d'un ton parfaitement innocent.

— Nicolaï Ostrovsky. C'est un ami de mon fils, qui mène une vie de patachon. Pas de foyer à lui, toujours par monts et par vaux... Pourtant, sa fortune lui permettrait aisément de s'établir. Et c'est un si charmant jeune homme !

— Est-ce cet adonis aux cheveux blonds que j'ai aperçu hier ? demanda Marguerite, faussement innocente.

— Ah, vous l'avez remarqué, vous aussi ? Toutes les femmes ont un faible pour lui. N'importe laquelle de mes jeunes suivantes serait enchantée de lui accorder sa main. Je le lui ai dit, mais il a refusé !

Marguerite tourna la tête pour jeter un regard à ces demoiselles. Elles ne manquaient pas d'attrait, avec leur teint de nacre et leur chevelure sombre. Mais elles lui semblaient si sages, si pieuses et convenables. Trop espagnoles pour Nicolaï, en un mot ! Comment pourraient-elles le comprendre, quand elle n'y parvenait pas elle-même ?

— Et comment a-t-il justifié son refus ?

— Il prétend qu'il n'y a pas de place dans sa vie pour une épouse. Mais il vieillit, voyez-vous ! Si l'existence qu'il mène ne lui laisse pas le loisir de fonder une famille, alors il doit changer d'existence. Il faut qu'il construise un foyer avant qu'il ne soit trop tard.

Un foyer... Le mot était merveilleux. Mais pour Marguerite, ce ne serait jamais qu'un mot...

— Il doit être un ami très proche de votre fils, pour que vous vous inquiétiez ainsi pour lui.

— Plus que vous ne pouvez l'imaginer. Il a sauvé la vie à Marc.

L'intérêt de Marguerite s'éveilla aussitôt.

— Comment cela ?

— Je ne connais pas les détails, je sais seulement que cela s'est passé à Venise. A moins que ce ne soit à Vienne ? Peu importe, il a sauvé mon fils et je lui en serai reconnaissante jusqu'à la fin de mes jours. Et ce n'est pas tout. Voilà qu'à présent il a fait tout ce voyage pour veiller sur moi. Un homme tellement bon ! Si seulement il pouvait me permettre de lui trouver une épouse, afin de m'acquitter de ce que je lui dois…

La conversation se porta ensuite sur des sujets plus légers, tandis qu'elles continuaient leur promenade. Mais les pensées de Marguerite étaient ailleurs. Se pouvait-il que Nicolaï ne fût pas venu à Greenwich pour y accomplir une mission hautement politique… mais seulement par amitié ?

Elle avait du mal à y croire. Il devait y avoir quelque chose d'autre, une raison secrète que Nicolaï dissimulait à la charmante lady Elena. Sans doute était-il à la solde de quelqu'un. Mais que cherchait-il réellement à Londres ?

Elle était plus déterminée que jamais à le découvrir.

8

— Que voulez-vous porter ce soir, mademoiselle ?

Marguerite leva la tête, distraite.

— Euh… oui ?

Assise devant son petit miroir, elle ne cessait de déplacer nerveusement peignes et boîtes à fard au lieu de se coiffer comme elle était censée le faire. Si elle continuait ainsi, elle ne serait jamais prête pour le banquet. Elle n'allait tout de même pas passer à table en chemise et jarretelles !

— Qu'en pensez-vous ? demanda-t-elle à la soubrette anglaise, accroupie devant le coffre.

La fille examina le fouillis de vêtements. Puis elle tendit une jupe et un corsage de satin blanc et argent.

— Celle-ci, mademoiselle. Avec les manches mordorées, bien sûr.

C'était l'une des plus belles toilettes de Marguerite, avec ses broderies d'argent entremêlées de minuscules fleurs de cristal, et elle la réservait pour la fin de son séjour en Angleterre. Mais le souvenir des jolies suivantes espagnoles lui revint à l'esprit. Lady Elena voulait marier l'une d'elles à Nicolaï…

Un besoin irraisonné, presque farouche, s'empara d'elle à cette pensée. Ce soir, il fallait qu'elle fût plus jolie que toutes les autres, afin de captiver *son* regard au détriment de ces demoiselles. Pas question de le laisser à quelque sainte-nitouche espagnole, qui ferait peut-être une excellente épouse, mais ne saurait jamais retenir longtemps son intérêt…

— Espèce d'idiote ! jura-t-elle entre ses dents.

Elle reposa si violemment son peigne que l'une des dents d'ivoire se brisa sous le choc. Elle ne *voulait* pas attirer l'attention d'Ostrovsky, bonté divine ! Ce regard d'un bleu étrange qui ne cessait de la surveiller ne faisait que lui compliquer la tâche. *Qu'est-ce que cela peut te faire, s'il choisit une de ces péronnelles espagnoles ? Qu'il en épouse cent, ou même mille, si cela lui chante !*

Elle pressa ses mains contre ses tempes pour calmer le battement de ses artères. Des espions de François étaient déjà devenus fous à cause de la pression continuelle de leur travail. Certains avaient dû être enfermés, car ils ne distinguaient plus leurs amis de leurs adversaires. Etait-elle en train de devenir comme eux ?

— Non ! chuchota-t-elle.

— Quelque chose ne va pas, mademoiselle ? s'enquit la chambrière avec inquiétude.

Sans doute n'était-elle pas habituée à voir les dames anglaises céder ainsi à des crises de nerfs. La placide reine Catherine, toujours si maîtresse d'elle-même, devait exiger le même self-control de toutes ses dames.

— Non, non, tout va bien. Je suis seulement un peu fatiguée. La robe blanche sera parfaite, vous avez très bon goût.

Tandis que la fille étalait les vêtements sur le lit, Marguerite ouvrit son flacon de parfum. C'était une senteur spéciale, élaborée pour elle par le parfumeur du roi. Son père avait souvent évoqué devant elle la prédilection de sa mère pour l'odeur si printanière de l'essence de lys. Aussi l'utilisait-elle régulièrement elle-même. Cette fraîche fragrance la revigora et elle en frotta ses tempes pour apaiser le flot de sang qui bourdonnait à ses oreilles.

Elle *était* fatiguée, c'était une évidence. Le long voyage, et à présent cette incessante ronde d'activités… Elle avait à peine eu le temps de reprendre sa respiration, encore moins de réfléchir. Et Nicolaï représentait une complication inattendue.

Elle ne le comprenait pas, c'était un fait. Cet homme représentait pour elle une véritable énigme. Elle qui s'enorgueillissait de bien connaître les gens, de savoir débusquer leurs motifs secrets pour s'en servir à ses propres fins, n'avait pas la moindre idée de ce que voulait le Moscovite. Pourquoi était-il ici, à Greenwich ? Sous sa légèreté et son apparente bonne humeur, il cachait des mystères qu'elle était incapable de déchiffrer. Seigneur, elle aurait tout donné à l'instant pour connaître sa mission secrète.

A moins qu'il ne soit vraiment venu pour servir de protecteur aux dames espagnoles ?

La soubrette lui tendit la jupe de satin et elle se leva pour enfiler le vêtement par-dessus ses jupons et sa sous-jupe ouatinée. Puis elle laissa la servante lacer le corsage, avec son plastron raide tissé de fils d'argent, et y ajuster les délicates manches en filigrane d'or. L'opération lui laissait le loisir de plonger dans ses pensées.

Tout le monde avait ses faiblesses, ses désirs. Nicolaï Ostrovsky avait aussi les siens. Il était un peu plus difficile à percer à jour que les autres, voilà tout. Sans doute était-il sur une affaire. Qui aurait entrepris cet éreintant voyage sur la simple demande d'un ami ? Sans compter le risque de froisser Henri, François ou l'empereur, dans ce ballet compliqué d'intérêts. C'eût été trop absurde ! raisonna-t-elle pour elle-même.

Non, il avait certainement un plan, et les Espagnols en faisaient partie. Tout ce qu'elle avait à faire, c'était d'attendre patiemment, de se tenir à l'affût sans jamais le quitter des yeux. Comme toujours, elle finirait bien par découvrir ses véritables motifs. Et le prix qu'il exigeait en échange de ses services…

Mais, pour cela, elle allait devoir se montrer prudente. Plus de crises de nerfs, par pitié ! Et surtout pas question de céder de nouveau à la tentation de caresser *ses* cheveux. Il était clair qu'elle ne pouvait plus avoir confiance en elle-même, si elle s'aventurait sur ce terrain…

Après avoir lacé ses souliers de brocart argenté, elle laissa la soubrette ajuster une coiffe sur ses cheveux. En satin orné de perles et de cristaux, le couvre-chef scintillait à la lueur des bougies et ressemblait au halo d'un ange sur ses longs cheveux cendrés. Décidément, la chambrière avait eu la main heureuse, songea-t-elle en examinant son reflet dans le miroir satisfaite d'elle-même et rassérénée par ce qu'elle voyait. Qui aurait pu soupçonner une jeune fille aussi angélique de jouer un double jeu ?

Nicolaï, peut-être… Après tout, il avait l'air d'un ange lui-même, ce qui ne l'empêchait pas de recéler tout un double-fond de feintes et de ruses.

Elle ouvrit son coffret à bijoux et choisit un joyau qu'elle portait rarement mais qu'elle n'appréciait pas moins comme son plus précieux trésor : un gros diamant carré suspendu à une mince chaînette d'argent. Comme son parfum, il avait appartenu à sa mère. Avec précaution, elle le suspendit à son cou. Ce soir, il lui insufflerait le courage dont elle avait tant besoin.

***

Un murmure s'éleva parmi les courtisans lorsqu'on ouvrit les portes de la salle des banquets. Marguerite se dressa sur la pointe des pieds et jeta un coup d'œil par-dessus l'épaule de Claudine. La disposition des lieux avait changé. Au lieu d'être placées à chaque extrémité de la pièce, la table des Français et celle des Espagnols avaient été réunies en fer à cheval et faisaient face à l'estrade royale.

— Ah, mes chers invités ! s'exclama le roi, qui s'avança d'un air radieux à leur rencontre.

Vêtu d'un riche pourpoint de velours pourpre, il tenait par la main la princesse Marie, engoncée dans une robe de la même nuance. Très pâle, l'enfant fixait sur la foule de grands yeux méfiants.

— Bienvenue au banquet, continua Henri avec enthousiasme. Nous avons bien mérité de nous restaurer, après notre dure journée. Comme nous sommes tous unis dans notre désir de paix, il est juste que nous soyons unis aussi à la table du banquet. Mes serviteurs vont vous montrer vos places. Plus de divisions ce soir, mes chers amis.

Un brouhaha de murmures monta de la foule, manifestement partagée entre surprise et réprobation, et envahit la salle.

— Comment réussirons-nous à nous placer selon notre rang ? murmura Claudine en désignant la table arrondie. C'est absurde !

— Il faut s'incliner devant les caprices du roi, ma chère, lui glissa son mari, à qui cette innovation faisait aussi grincer les dents. Nous n'en avons pas pour très longtemps à les supporter, Dieu merci.

Marguerite observait la scène avec intérêt, tandis que les chambellans conduisaient chaque convive à la place qui lui avait été assignée, alternant hommes et femmes, Espagnols, Anglais et Français. Elle jubilait *in petto*. Voilà qui allait tout à fait servir ses projets ! Une bonne façon de s'entretenir avec l'ennemi de façon informelle et toute simple, sans éveiller ses soupçons. Un peu comme sa promenade avec dona Elena…

De plus, cette disposition présentait l'avantage de l'éloigner du père Lebêque, qui semblait s'être assigné pour tâche de lui servir de chaperon pendant leur séjour à Greenwich. Sa constante présence à son côté, le perpétuel bruissement de sa soutane et son regard inquisiteur finissaient par devenir franchement irritants. Elle agita la main dans sa direction en guise d'au revoir, tandis qu'un page le conduisait à l'extrémité de la table malgré ses protestations. Quant à elle, elle se retrouva placée au centre du fer à cheval, entre Roger Tilney et le mari de dona Elena, le duc de Bernaldez.

Assise en face d'elle, dona Elena l'accueillit avec enthousiasme, puis se mit en devoir de raconter à son mari leur promenade au bord de la rivière.

— Savez-vous que cette jeune fille est d'une patience angélique, *mi corazon* ? Elle m'a écoutée parler de Marc et de vous sans émettre une seule plainte.

— Oh, mais j'ai beaucoup apprécié notre conversation, assura Marguerite. Votre épouse, don Carlos, est l'amabilité même.

Le duc la gratifia d'un sourire cordial. Physiquement, dona Elena et lui étaient parfaitement assortis. Avec son pourpoint de velours noir, son épaisse chevelure blanche et sa barbe soignée, le duc affichait toute l'austérité d'un grand d'Espagne amoureux de l'étiquette. Mais son expression se nuançait d'une infinie douceur, chaque fois qu'il se penchait vers sa pétulante moitié.

— Elle est très aimable en effet, señorita, renchérit-il en jetant une tendre œillade à sa femme. Et vous me voyez très heureux d'apprendre qu'elle s'est fait une nouvelle amie en ces lieux. Ce n'est pas facile pour elle de se trouver si loin de son fils en ce moment. Aussi vous serais-je très reconnaissant de la distraire un peu, si vous pouvez. Nous ferez-vous l'honneur de nous rejoindre dans notre appartement pour une partie de cartes après le souper ?

— Quelle excellente idée ! approuva dona Elena. Dites oui, mademoiselle Dumas, je vous en prie. Nous ne serons que quelques amis, réunis pour une petite partie de *primero*. Nous serons bien plus tranquilles qu'ici, avec tous ces tralalas. Je serais si heureuse de faire un peu mieux votre connaissance…

— Merci, dona Elena. J'accepte avec plaisir votre invitation.

Décidément, c'était inespéré ! songea Marguerite, satisfaite de la tournure que prenaient les événements. Mais à cet instant, elle sentit un étrange picotement sur sa nuque, comme si une aiguille s'était enfoncée dans sa chair.

Elle se retourna, mal à l'aise. Nicolaï l'observait de l'autre bout de la table. Sans doute ne s'attendait-il pas à ce qu'elle le surprît ainsi, car pour une fois il ne portait pas ce masque d'enjouement qu'elle avait toujours vu plaqué sur son visage. Une expression sérieuse durcissait ses traits. Même de loin, elle sentait toute la force de son regard bleu dardé vers elle, aussi perçant qu'une dague. Elle se figea, incapable de penser ni d'esquisser le moindre geste. L'espace de quelques secondes, elle eut l'impression que la salle surpeuplée s'évanouissait autour d'eux. Tout avait disparu… en dehors de lui.

Il lui sourit alors, brisant le charme, et leva sa coupe vers elle en un salut moqueur. La pièce reprit ses proportions normales et Marguerite vit qu'il était assis à côté de l'une des suivantes de dona Elena. La jeune fille semblait totalement subjuguée ; elle le buvait littéralement des yeux, une expression d'adoration sur son charmant visage en forme de cœur.

Marguerite se détourna et avala une gorgée de vin. C'était un excellent cru de Provence que même son père, pourtant féru des mousseux de sa Champagne natale, n'aurait pas dédaigné. Mais elle en sentit à peine le goût.

De l'autre côté de la table, dona Elena croisa son regard et lui adressa un clin d'œil.

— Mon plan fonctionne à merveille, chuchota-t-elle.

Elle fut interrompue par les applaudissements des convives. Un groupe de marmitons venait de faire son entrée dans la salle, apportant une énorme pâtisserie représentant le palais de Greenwitch, tout en sucre candi et pâte d'amande. Tout y était, jusqu'aux moindres fenêtres et tourelles. Même une rivière en massepain coulait au pied du château, parsemée de petites barges en fruits confits.

Mais il en fut comme pour le vin… Marguerite n'était pas en état d'apprécier pleinement ce chef-d'œuvre. Elle sentait encore le picotement sur sa nuque et dut prendre sur elle pour ne pas se retourner de nouveau. Elle n'allait tout de même pas passer son temps à contempler Nicolaï la bouche ouverte, comme une nigaude fraîchement débarquée de sa campagne !

Le gâteau fut présenté au roi Henri et à la reine Catherine, suivi par des mets plus prosaïques, comme du poisson et des légumes à la vapeur. Galant, Roger Tilney déposa dans l'assiette de Marguerite un magret de canard nappé de sauce à l'orange.

— Eh bien, mademoiselle, appréciez-vous votre séjour en Angleterre ?

Elle lui sourit, tout en découpant le bout de volaille. La chair était tendre à souhait et, l'espace d'un instant, elle regretta de n'avoir pas le damné Russe au bout de son couteau !

— Oh, oui, monsieur Tilney. Vous aviez raison, Greenwich est un lieu fascinant.

— Je suis heureux de vous l'entendre dire. En tout cas, vous faites sensation au château. Partout où je vais, tout le monde ne s'entretient que de la belle Mlle Dumas.

Marguerite se mit à rire et cassa un morceau de pain croustillant qu'elle porta à sa bouche.

— J'ai du mal à y croire. Peut-être une ou deux personnes au plus, y compris vous-même ! En tout cas, il est au moins une chose pour laquelle je vous dois des remerciements... à moins que je ne doive plutôt vous maudire ?

— Diable, me voilà intrigué ! Vous n'êtes pas la première dame à me vouer aux gémonies, mais cela prend un peu plus de temps d'habitude. De quoi s'agit-il ?

— Il semblerait que vous m'ayez recommandée au maître des divertissements, afin qu'il me confie un rôle.

Tilney s'esclaffa.

— Je lui ai seulement suggéré qu'il serait diplomate d'intégrer quelques dames françaises au spectacle. Pour le reste, votre beauté et votre gentillesse se recommandent d'elles-mêmes, observa-t-il, l'enveloppant d'un regard appréciateur.

— Mais je ne suis pas *gentille*, monsieur Tilney ! objecta-t-elle. En fait, je suis très souvent le contraire, si j'en crois ce que l'on m'a dit.

— Vous êtes trop modeste, mademoiselle Dumas.

Il prit une gaufre saupoudrée de sucre et la lui offrit galamment :

— Ces douceurs ne sont rien comparées à vous ! ajouta-t-il à mi-voix, comme s'il lui faisait une confidence.

Marguerite accepta avec un sourire. Mais la délicate

pâtisserie perdit soudain toute saveur quand elle vit Nicolaï rire aux propos de sa jolie voisine. Que pouvait-elle bien lui raconter de si drôle ? En voilà une qui pouvait rivaliser avec les pâtisseries au miel ! songea-t-elle maussadement. On ne faisait pas plus sucrée…

Le banquet n'en finissait pas et les mets succédèrent aux mets pendant ce qui parut durer des heures à la jeune femme : artichauts à la crème, porc fourré aux pommes et aux épices, cygne rôti, agneau à la menthe et gâteaux aux couleurs pastel… Le vin coulait à flots, les conversations s'animaient et les rires se faisaient de plus en plus aigus dans la salle. Marguerite n'entendait plus rien que le bourdonnement douloureux de ses tempes. Elle buvait à peine, mangeait encore moins, et avait de plus en plus de mal à garder le sourire.

Enfin, des serviteurs vinrent ôter couverts et nappes et les tables furent poussées contre le mur afin de dégager un espace pour la danse. Les musiciens, qui avaient joué en sourdine pendant tout le repas, entamèrent une pavane. Le roi ouvrit le bal avec sa fille, qui plaça sa menotte dans la paume de géant de son père.

Une gracieuse petite chose, cette princesse Marie, songea Marguerite en observant la scène. Très concentrée, la petite fille pointait le bout de son pied en cadence, virevoltant ensuite avec un petit mouvement du poignet. Son mince visage respirait la gravité. Mais le roi souriait pour deux, penché vers elle avec une fierté toute paternelle, sous le regard serein de la reine Catherine.

La princesse épouserait-elle vraiment le duc d'Orléans ? Si cela arrivait un jour, quelle victoire pour le roi de France ! Mais il était trop tôt pour le dire. On n'en était qu'aux premiers jours de la négociation et la princesse Marie semblait si solennelle… si espagnole en un mot !

Lorsque les dernières notes moururent sous les lambris de la salle, Henri souleva très haut sa petite cavalière et la fit tournoyer en riant.

— Et voilà, ma perle !

Lorsqu'il l'eut reposée à terre, la princesse, rougissante, s'inclina avec grâce sous les applaudissements nourris de l'assistance.

— Perles ou pas, les petites filles doivent aller se reposer, dit placidement la reine. Je vais reconduire la princesse dans ses appartements.

Et, s'emparant de la main de sa fille, elle quitta la salle avec ses suivantes. Après leur départ, les musiciens changèrent de tempo. Au lieu de la lente et traditionnelle pavane, ce furent les joyeuses notes d'un *saltarello*, nouvelle danse importée d'Italie, qui résonnèrent sous le plafond sculpté. Marguerite vit le roi conduire sur la piste une nouvelle cavalière, tandis que les autres danseurs s'écartaient pour leur faire place. *Ce doit être la fameuse Anne Boleyn*, songea-t-elle.

Lady Pénélope avait raison, la favorite ne pouvait être qualifiée de belle. Petite et mince, elle avait le visage trop jaune pour prétendre jamais afficher ce fameux teint de lys et de rose prôné par la mode. Aussi noirs qu'un plumage de corbeau, ses cheveux épais et raides étaient strictement retenus par un somptueux diadème orné de pierres précieuses. Son sourire était très discret, presque invisible. Mais Marguerite nota comme ses yeux sombres lancaient des éclairs ensorcelants lorsqu'elle les levait vers le roi.

Car elle possédait quelque chose de bien mieux que la beauté, cette Anne Boleyn : un style, de la classe, une grâce véritablement aérienne. Et elle ne manquait pas de confiance en elle, comme en témoignait le regard de propriétaire qu'elle promenait sur la foule. A la voir, on avait l'impression qu'ils étaient tous à sa botte, Henri comme les autres. Suspendu à ses lèvres, le roi semblait en effet prêt à exécuter n'importe quel ordre tombé de sa bouche.

Décidément, Anne Boleyn n'était pas quelqu'un qu'elle eût aimé affronter, songea de nouveau Marguerite. Mieux valait se tenir à l'écart de son chemin, si c'était chose possible.

— C'est la nouvelle catin du roi d'Angleterre, lui chuchota à l'oreille une voix sévère.

Marguerite leva les yeux, surprise. Le duc de Bernaldez avait changé de siège pour s'asseoir à côté de sa femme, et le père Lebêque avait pris sa place. Renfrogné, il suivait les évolutions des danseurs, le regard brûlant de réprobation et d'indignation contenues.

— Chut ! Si le roi Henri venait à vous entendre, on vous renverrait à Paris séance tenante, le prévint-elle.

Ce qui ne serait peut-être pas plus mal, songea-t-elle *in petto.* Mais un tel scandale aurait jeté le discrédit sur toute la délégation française…

— Que s'imagine-t-elle ? continua le prêtre, qui fit mine de n'avoir pas entendu. Elle sera balayée, comme Elizabeth Blount et miss Shelton.

Marguerite sirota quelques gorgées de vin.

— Que sont-elles devenues ?

— Elles ont été chassées de la cour, bien que Mme Blount ait donné un fils au roi. Elles n'ont plus leur place ici, une fois qu'il est fatigué d'elles. Miss Boleyn sera renvoyée comme les autres, conclut le père Lebêque avec fiel.

Songeuse, Marguerite suivait des yeux les mouvements des danseurs. Très souple, Anne Boleyn bondissait et virevoltait, dans un gracieux envol de jupes bleues. Henri la dévorait des yeux, fasciné, les mains tendues vers elle dans un geste d'absolue dévotion à sa personne.

— Ce n'est pas si sûr…, murmura-t-elle.

— Ces danses anglaises ! se gaussa don Carlos de Bernaldez. Cela consiste uniquement à courir et sauter. Pas la moindre grâce là-dedans. Nous devrions leur montrer ce que c'est qu'une vraie danse, *querida*.

Dona Elena étouffa un petit rire derrière son éventail.

— J'ai passé l'âge de me démener ainsi, je le crains, confia-t-elle sur un ton d'excuse.

— Moi aussi, avoua le duc, qui pressa tendrement le bras de sa femme.

Ces deux-là semblaient profondément unis et Marguerite sentit une douloureuse envie lui serrer le cœur. Au diable tous ces couples aimants !

— Mais la señorita Dumas a l'âge de danser, elle, reprit dona Elena avec un sourire.

— Oh, non, señora, je n'ai pas la moindre envie de danser ce soir. Mon talent n'est rien comparé à celui de miss Boleyn.

Le père Lebêque ne la quittait pas des yeux et elle eut l'impression que son regard lui brûlait la peau.

— Balivernes ! répondit dona Elena. On dit que les Françaises apprennent à danser la gaillarde et la volte avant même de savoir marcher. Je suis sûre, au contraire, que vous êtes très douée, mon enfant.

Elle agita la main en direction de Nicolaï.

— Venez donc, cher ami. J'ai besoin de vous ici.

Le duc adressa un clin d'œil complice à Marguerite.

— Ma femme est aussi têtue qu'une mule. Impossible de la faire renoncer quand elle a une idée en tête. Si elle veut vous voir danser, vous n'y échapperez pas, ma pauvre, conclut-il, l'air faussement compatissant.

Marguerite eut un petit rire forcé. Danser sur commande, n'était-ce pas ce qu'elle avait toujours fait dans sa vie ?

Pour son père, pour le roi François… Alors pourquoi pas pour dona Elena ?

Mais fallait-il vraiment que ce fût avec Nicolaï ? Elle l'observa avec méfiance tandis qu'il s'approchait d'eux, laissant derrière lui la jeune Espagnole dépitée dont la bouche esquissait une moue boudeuse.

Parvenu devant la duchesse, il mit galamment un genou en terre.

— Je suis à vos ordres, dona Elena. Que désirez-vous ? Je peux vous ramener des oranges de Madrid, de la cannelle des Indes, des perles du fond de l'océan…

Dona Elena éclata d'un rire joyeux et lui tapota la joue du revers de la main.

— Plus tard, peut-être. Pour l'instant, j'ai une tâche plus simple à vous confier… et certainement plus agréable. J'espère que vous l'apprécierez en tout cas.

— Ordonnez, madame, et j'obéis…

— Je voudrais que vous invitiez la señorita Dumas. Je tiens absolument à la voir danser, et je ne saurais lui trouver de meilleur cavalier que vous.

Marguerite revit Nicolaï pieds nus sur la corde raide, si souple et musclé à la fois… Oui, il devait être un excellent danseur. Elle l'imagina guidant ses pas, les mains posées sur elle, avant de la lancer en l'air de ses bras puissants. Un frisson la secoua à cette image. Pouvait-elle lui faire confiance ?

Pouvait-elle se fier à elle-même ?

Il lui jeta un regard oblique, aussi indéchiffrable que celui d'un félin.

— Ce sera un plaisir, si mademoiselle Dumas veut bien de moi.

Dona Elena eut un sourire satisfait. *Ah, ces Espagnols !*

songea Marguerite pour elle-même. *Rusés, changeants, beaux et dangereux : voilà ce qu'ils étaient tous.*

Elle regardait Nicolaï contourner la table, quand elle sentit la main du père Lebêque lui agripper le bras sans la moindre douceur. Elle le regarda, désagréablement surprise. Il était demeuré silencieux pendant cet échange au point qu'elle avait oublié sa présence.

— Vous ne devriez pas vous commettre avec ces gens, mademoiselle, lui siffla-t-il à l'oreille. Ils ne sont pas ce qu'ils paraissent.

Marguerite eut un rire forcé et tenta en vain de se dégager. Les doigts du prêtre semblaient brûler de fièvre. Que lui prenait-il, au nom du ciel ? C'était la première fois qu'il portait ainsi la main sur elle.

— Voyons, mon père, je vais danser avec cet homme, sans plus. Je ne suis pas sur le point de m'enfuir avec lui à Madrid !

L'idée était pourtant plaisante, s'avoua-t-elle. Oh, fuir cet endroit et tous ces gens à secrets pour le radieux soleil de l'Espagne…

— Veuillez me lâcher à présent, je vous prie, insista-t-elle à l'attention du prêtre. Je trouve votre attitude bien curieuse…

Elle réussit à se libérer au moment même où Nicolaï la rejoignait et elle accepta sa main avec gratitude. Il la conduisit au fond de la salle, où ils attendirent la fin du *saltarello.* Le roi et Anne Boleyn s'étaient fondus dans la foule des danseurs, mouvante constellation d'étoffes chatoyantes et de pieds en mouvement.

— Qui est ce squelette tout de noir vêtu qui semble vous fusiller du regard ? s'enquit Nicolaï.

Marguerite jeta un bref regard au prêtre, dont les yeux étaient toujours fixés sur elle. Elle frissonna à sa vue.

La comparaison était bien trouvée, songea-t-elle. Pâle et solennel, l'homme avait tout d'une allégorie de la mort. Comme si elle avait besoin de sa présence pour se rappeler qu'elle était damnée !

— C'est le père Pierre Lebêque. Il fait partie de la suite de l'évêque Grammont.

— Il semble vous avoir laissée partir à regret. J'avoue que je le comprends.

— Je ne sais ce qu'il me veut, coupa-t-elle avec impatience.

Se détournant du prêtre, elle se mit à jouer avec le ruban de sa manche. Il lui fallait s'occuper les doigts pour résister à l'envie de les passer encore une fois dans les cheveux d'or de son cavalier. Dieu, quelle superbe crinière, pareille à un champ de blé mûr au plein de l'été !

Mais il avait le regard si glacé…

— Je suis désolée que dona Elena ait jugé bon de vous déranger. Je lui ai pourtant dit que je n'avais pas envie de danser ce soir.

Nicolaï haussa les épaules.

— Le duc a raison. Quand elle a une idée dans la tête… Mais en l'occurrence je ne saurais m'en plaindre. Ce n'est pas une corvée que de danser avec la plus jolie femme de la soirée.

Marguerite pouffa, ridiculement ravie du compliment. *Ce ne sont que des paroles creuses, pauvre idiote !* se sermonna-t-elle intérieurement.

— Plus jolie que votre voisine espagnole ? Elle semblait fascinée par vos moindres propos…

— Ah, vous avez remarqué ? Vous êtes très observatrice, mademoiselle.

— J'aime tout savoir sur ceux qui m'entourent.

— Un objectif bien ambitieux… Mais, pour répondre à votre question, la señorita Alva est ravissante, en effet.

— Dona Elena est persuadée qu'une bonne épouse et un foyer ajouteraient à votre bonheur, monsieur Ostrovsky.

Nicolaï partit d'un grand éclat de rire.

— Diable, elle s'est déjà confiée à vous ? Vous avez l'art d'inspirer confiance aux gens.

— Nous avons fait une promenade ensemble près de la rivière. Dona Elena n'est pas du genre à se méfier de qui que ce soit. C'est une personne sans artifices, qui me semble douée d'un excellent naturel. Peut-être est-ce le couvent qui l'a rendue ainsi ?

— C'est vous qui parlez ainsi, mademoiselle Dumas ? Je vous croyais plus fine psychologue. L'expérience ne vous a-t-elle pas appris que les gens apparemment *sans artifices* sont souvent les plus dangereux de tous ?

La musique s'acheva sur ces mots et les couples se mirent en place pour le morceau suivant. Encore une fois, c'était le roi Henri et Anne Boleyn, décidément en forme, qui menaient la danse. Nicolaï conduisit galamment Marguerite à la queue de la colonne. Mais elle avait encore une question à lui poser avant que les évolutions des danseurs ne les séparent.

— Allez-vous donc suivre les conseils de dona Elena et épouser la señorita Alva ?

Nicolaï rit de bon cœur à sa question.

— Mademoiselle Dumas, le mariage n'est pas fait pour des personnes comme vous et moi. Encore une leçon que vous auriez dû apprendre !

La musique s'éleva de nouveau et il lui envoya un baiser du bout des doigts. Elle eut l'impression de sentir son souffle tiède voleter jusqu'à elle et se poser sur sa joue.

Cette fois, l'orchestre avait attaqué un *passamezzo*,

version plus rapide et beaucoup moins formelle de la pavane. Henri et Anne frappèrent dans leurs mains et remontèrent la colonne en tournoyant, bientôt imités par les autres couples. Le rythme était endiablé — preste et sautillant, comme aurait dit le duc de Bernaldez ! Marguerite virevolta autour de Nicolaï jusqu'au moment où il la souleva par la taille pour la faire tournoyer à bout de bras.

Les couleurs et les formes se brouillèrent devant ses yeux comme dans un rêve. Hilare, elle s'appuya aux robustes épaules de son cavalier, tandis qu'il la soulevait de plus en plus haut vers le plafond tendu de velours étoilé. Un peu plus, et elle allait s'envoler !

C'était même mieux que de s'enfuir à Madrid. Une autre façon de quitter ce monde décevant, libérée de tout, dans le cercle magique de ses bras…

Même quand il la reposait sur le sol, elle se sentait aussi légère qu'un oiseau. Oh, oui, c'était un magnifique danseur, elle avait deviné juste. Il la faisait tourner avec tant d'aisance qu'elle avait à peine conscience de bouger. La salle du banquet, les autres danseurs n'existaient plus pour elle, dissous dans la brume colorée de son rêve.

Les musiciens cependant accéléraient le rythme, de plus en plus vite, de plus en plus haut, jusqu'au grand final où Nicolaï parut la propulser jusqu'au ciel et la fit tourner jusqu'au ravissement, jusqu'au vertige. Avec un rire d'extase, elle baissa les yeux vers lui, vers son visage illuminé par un sourire de bonheur. Avait-elle jamais pu croire qu'il avait le regard glacial ? Ses yeux rayonnaient à présent comme des soleils et elle fondait littéralement dans leur chaleur.

La musique s'acheva enfin sur un accord parfait et Nicolaï la reposa à terre pour la dernière fois, lentement, le satin de leurs vêtements bruissant tandis que leurs corps glissaient l'un contre l'autre.

Debout au milieu de la foule, elle appuya un instant la tête sur l'épaule de son cavalier. Elle avait l'impression qu'elle tomberait si elle le lâchait. A travers l'étoffe de sa manche, elle sentait la ferme pression de ses mains. Leurs poitrines se soulevaient en cadence, mues par le même souffle. L'espace de quelques secondes, elle sentit ce que c'était que d'avoir quelque chose à quoi se raccrocher dans la tourmente, quand tout le reste vous abandonnait.

Mais ce ne fut qu'un instant, hélas… La danse finie, Nicolaï recula d'un pas et le monde retrouva sa froide réalité. Marguerite releva la tête, résistant au désir de croiser les bras étroitement sur sa poitrine pour se protéger contre le froid glacial qui montait de ses entrailles. Nicolaï ne baissa pas les yeux vers elle. Il semblait regarder au-dessus de sa tête.

— Voulez-vous que je vous reconduise à votre place, mademoiselle ?

Elle secoua la tête, incapable d'affronter le père Lebêque en cet instant, ni même Elena et ses sourires enjoués.

— C'est irrespirable ici. Je vais aller faire quelques pas dehors.

— Laissez-moi vous accompagner dans ce cas, dit-il.

Il semblait davantage ordonner que proposer. Mais elle déclina de nouveau son offre. Il était en partie responsable de l'état de confusion où elle se trouvait. Quand il était près d'elle, elle n'arrivait plus à penser clairement. Elle n'était plus l'impitoyable Lys d'Emeraude. Simplement une femme en présence d'un homme très attirant.

— Retournez plutôt avec la señorita Alva. Elle va se morfondre sans vous.

Il rit doucement.

— A vous dire la vérité, moi aussi j'étouffe là-dedans. Trop de monde, trop d'effluves d'alcools. Et je n'ai pas envie d'encourager le zèle matrimonial de dona Elena. Elle est capable de toutes les manigances pour caser l'une de ses suivantes. Laissez-moi au moins vous escorter jusqu'à votre appartement.

Marguerite aurait voulu protester, s'enfuir... Mais elle craignait que ses jambes ne se dérobent sous elle. La tête lui tournait dangereusement. Et, surtout, elle se sentait d'un coup tellement triste...

— D'accord, murmura-t-elle.

Encore une fois, elle capitulait.

Il lui prit la main et se fraya un chemin dans la cohue bourdonnante de bavardages et de rires. Marguerite plissa le front. Les poussées de la foule, les voix avinées, le baryton sonore du roi... C'était décidément trop. Pourtant, c'était son monde, et Dieu savait qu'elle avait lutté pour s'y faire une place. Mais ce soir, c'était tout bonnement insupportable : elle n'en pouvait plus de ces badinages, de ces intrigues de cour.

Qu'est-ce qui n'allait pas avec elle ? Elle avait besoin d'air, voilà tout. Besoin d'éclaircir ses idées embrouillées et de retrouver sa détermination. Peut-être le plus court moyen d'y parvenir eût-il été de pousser Nicolaï Ostrovsky dans la Tamise ? Un petit rire la secoua à cette pensée. Oh, le voir disparaître sous les flots et se retrouver enfin elle-même, inaccessible et froide comme jadis... Mais l'homme était fort capable de l'entraîner par le fond avec lui !

— Puis-je savoir ce qui vous amuse ainsi, mademoiselle ? s'enquit-il comme ils s'engageaient dans une allée de gravier éclairée par la lune.

Elle secoua la tête.

— Oh, rien… Je plaisantais avec moi-même, c'est tout.

— Ravi de savoir que vous avez retrouvé assez de souffle pour vous ébaudir.

Elle aspira une longue goulée d'air froid. Oh, oui, elle avait retrouvé son souffle ! Ses poumons longtemps saturés s'ouvraient à toutes les senteurs de cette nuit d'hiver : la brise âpre, les fumées des cheminées, les parterres endormis sous leur carapace de givre. Et le parfum de Nicolaï, de ses cheveux et de sa nuque…

Que lui arrivait-il ? Etait-ce le vin ? La musique ? Ce soir, son monde ne cessait de s'élargir et de rapetisser de façon déconcertante. Le temps d'une danse, elle avait goûté la saveur enivrante de la liberté. Et à présent elle virevoltait de nouveau, le nez levé vers le firmament. Si seulement elle avait pu s'envoler vers les étoiles ! Elle se mit à tournoyer plus vite, les bras écartés comme pour embrasser tout ce qui l'entourait.

Nicolaï lui saisit le poignet en riant et tâcha de l'arrêter. Mais, au lieu de cela, ce fut elle qui l'entraîna dans le cercle enchanté de la danse. Les mains liées, ils tourbillonnèrent de plus en plus vite jusqu'à ce que le ciel, le palais et l'Angleterre tout entière se confondent dans un brouillard doré où ils ne distinguaient plus rien.

— Petite sauvage…, murmura-t-il.

Comme pendant la danse, il la saisit par la taille et la lança en l'air une fois, puis encore et encore, jusqu'à ce qu'elle ait l'impression de s'envoler vers le ciel pour y cueillir les étoiles.

— Seigneur, vous ressemblez à une possédée ! Ma *rusalka*…

— Mais je *suis* possédée ! murmura-t-elle en enfonçant les doigts dans ses cheveux. Allons, Nicolaï, laissez-vous aller, soyez fou avec moi ! Nous retrouverons bien assez tôt la raison.

— L'un d'entre nous au moins devrait la retrouver sur-le-champ, murmura-t-il en la reposant à terre. Sinon, nous allons avoir de sérieux ennuis.

— Oh, non, pas encore, supplia-t-elle du fond de son ivresse. Embrassez-moi, Nicolaï.

— Marguerite...

De nouveau, elle l'empoigna par les cheveux et l'attira vers elle. Leurs lèvres se rencontrèrent et il n'y eut plus de faux-semblants, plus d'artifices. Seulement l'ardente fusion de leurs bouches, le désir fondant sur eux avec toute la violence d'un besoin longtemps dénié...

Elle se rappela Venise, cet instant de vertige où elle avait été sur le point de se perdre en lui... comme maintenant. Incapable de reculer, encore moins de saisir sa dague, elle se cramponna à lui comme si elle n'allait plus jamais le laisser partir. Elle était captive de lui, certes. Mais il était aussi son prisonnier, à jamais.

Il tenta d'abord de lui résister, elle le sentit à la tension de ses épaules et de son dos. Mais elle tint bon et il finit par renoncer avec un gémissement. Ses bras se refermèrent autour d'elle et il l'attira contre lui, si près qu'elle pouvait sentir chacun de ses muscles et le renflement dur de sa virilité à travers l'étoffe de ses jupes.

Abandonnant ses lèvres, il sema une traînée de baisers brûlants sur sa joue, sa gorge, s'attardant à l'endroit secret où battait son pouls, juste au-dessus de son pendentif de diamant.

Seigneur, comme elle le désirait ! Elle voulait tout de lui, son beau corps d'acrobate, son rire, sa force, et sa douceur aussi... Toute cette tendresse qu'il déployait pour dona Elena et son fils, elle la voulait pour elle. Elle la voulait d'autant plus qu'elle savait à quel point c'était insensé : il ne serait jamais sien, parce qu'il était beaucoup trop bien pour elle.

Les mains enfouies dans sa royale chevelure, elle l'attira vers elle, encore plus près de son pouls, de la source de sa vie.

— Mon bel archange…, murmura-t-elle dans un souffle, s'offrant à ses baisers.

Et ce n'était pas des mots en l'air. Seul un ange — ou un démon de la pire espèce — pouvait lui faire tout oublier à ce point.

Il se figea, les lèvres posées sur sa poitrine. Il semblait que le son de sa voix ait brutalement rompu l'enchantement. Enlacés, ils restèrent un instant immobiles. Les bras de Nicolaï lui enserraient la taille et elle sentait ses lèvres chaudes descendre le long de son cou. Leurs souffles se mêlaient et ils étaient aussi près l'un de l'autre qu'un homme et une femme peuvent l'être. Pourtant, il n'était déjà plus avec elle. Il lui avait échappé, elle le sentait.

— Et maintenant ? s'enquit-il d'une voix brusque. Allez-vous me tuer, Lys d'Emeraude ?

D'une main preste, il la força à étendre le bras et releva sa manche, révélant l'éclat de la petite dague attachée à son coude. Elle avait oublié son existence. Elle avait tout oublié dans l'ardeur de leur baiser…

Baissant les yeux vers l'acier poli de la lame, elle revint à la réalité. La fraîcheur de la nuit, les bruits lointains du banquet, et cette sensation de vide dans son cœur… Elle se rappela soudain où elle était.

D'un geste brusque, elle dégagea son bras et rabattit sa manche.

— Si j'avais eu la moindre intention de vous tuer ce soir, il y a déjà longtemps que ce serait fait.

— Pourquoi n'en avez-vous pas fini avec moi ? Que cherchez-vous exactement ?

Sa voix de Slave, si suave d'habitude, si musicale, avait pris une tonalité dure et rauque. Il s'éloigna d'elle et s'essuya la bouche du revers de la main, comme pour en essuyer la saveur de ses lèvres.

Marguerite se détourna et croisa étroitement les bras sur sa poitrine. Sa folie s'était évanouie, ne laissant derrière elle que dépit et colère. Mais de la colère contre quoi, contre qui — Nicolaï ? Elle-même ?

Elle se força à rire, railleuse.

— Du calme, monsieur ! Je ne voulais qu'un baiser, après tout. Un baiser d'un bel homme tel que vous, est-ce trop demander ? Vous n'allez tout de même pas me taxer de folie pour cela !

Il resta un instant silencieux à la scruter, manifestement incrédule. « Allons donc ! Je vous connais trop à présent pour vous croire, semblaient dire ses yeux. Vous ne réussirez pas à me persuader que vous n'aviez pas d'autre but que de me voler un baiser au clair de lune. »

Dieu, comme il avait le pouvoir de la mettre en fureur, avec ce regard sagace ! M. Je-sais-tout. En cet instant, elle l'aurait volontiers tué. Ou se serait mise à pleurer de bon cœur.

Mais non, elle ne céderait pas aux larmes. Elle n'y cédait jamais, de toute façon. Et surtout pas ici, en cet instant.

Elle se redressa, moqueuse.

— Désolée d'avoir effarouché votre modestie, monsieur. Je vous promets que cela ne se reproduira plus. Si nous rentrions, à présent ? Je suis invitée à une partie de cartes chez dona Elena.

Il s'inclina très bas devant elle et pointa le palais d'un geste emphatique.

— Volontiers, mademoiselle. Allons nous affronter… devant le tapis vert.

Comme elle passait devant lui, elle l'entendit chuchoter d'une voix rauque :

— Mais nous n'en avons pas encore fini, vous le savez fort bien.

Oh, oui, elle ne le savait que trop…

Ils n'en auraient pas fini tant que l'un d'eux ne resterait pas sur le carreau.

9

L'atmosphère qui régnait chez le duc et la duchesse de Bernaldez n'avait rien à voir avec le tumulte de la salle des banquets. La scène aurait presque pu se dérouler dans un autre palais…

Nicolaï balaya la pièce du regard, tout en pinçant doucement les cordes de son luth. Intéressé, il examina un à un les assistants. Ou plutôt les acteurs de cette petite représentation intime.

Les invités étaient surtout des Espagnols, amis du duc pour la plupart. Les doux accents du castillan se mêlaient aux échos assourdis de la musique, ponctués par le cliquetis des gobelets en or et le léger son des cartes que les joueurs battaient sur le tapis. Ici, point de vociférations ni de couleurs criardes. La pièce était plongée dans une tiède pénombre, les rires semblaient étouffés, et les étoffes chatoyaient avec un éclat adouci de bijoux anciens.

Excepté une robe argentée où toute la lumière du salon semblait se concentrer… Marguerite Dumas. Assise à une table entre dona Elena et deux gentilshommes espagnols, elle gardait les yeux obstinément baissés sur ses cartes et n'avait pas touché au verre de vin posé devant elle. A aucun moment elle n'avait levé les yeux vers Nicolaï, pas même pour une brève œillade.

Pourtant, ce mince fil qui semblait les relier l'un à l'autre depuis leur première rencontre était toujours là, de plus en plus tendu.

— Eh bien, mademoiselle Dumas, comment trouvez-vous l'Angleterre ? interrogea l'un des voisins de la jeune fille.

Marguerite sourit.

— Très froide, señor.

Toute la tablée s'esclaffa.

— Je suppose que vous ne parlez pas seulement du temps, *si* ? commenta l'un des Espagnols. Les gens ici semblent bien rudes et étranges…

— La reine Catherine est tout à fait charmante, protesta dona Elena. Elle s'est montrée fort accueillante pour mes dames et moi. Son sens de l'hospitalité n'est jamais en défaut.

— Mais elle est espagnole, ma chérie, lui rappela son mari depuis la table voisine. La fille de notre reine Isabelle ne saurait être que gracieuse et avenante. Elle a cela dans le sang.

— Sans elle, cet endroit serait tout bonnement insupportable, appuya l'une des suivantes de la duchesse. Ces gens n'ont aucun respect pour l'étiquette. Ils ne savent même pas danser correctement ! acheva-t-elle avec une moue dédaigneuse.

— Pauvre princesse Marie ! intervint une autre dame. Sa mère fait de son mieux pour l'élever convenablement, j'en suis sûre. Mais quand on est prisonnière d'un lieu aussi barbare…

— Avec des créatures comme cette Boleyn, compléta l'un des seigneurs castillans. En Espagne, on ne tolérerait jamais cela. C'est si inconvenant…

— Il est vrai qu'une reine aussi vertueuse et fidèle n'y

serait pas dédaignée ainsi, admit dona Elena, le front barré par un pli de tristesse.

Elle abattit ses cartes sur le tapis et son visage s'éclaira de nouveau.

— Un double six ! Je suis en veine ce soir, mes amis.

— Et vous, señorita Dumas ? interrogea l'un des hommes.

Marguerite secoua la tête.

— Hélas, je n'ai pas la chance de lady Elena. Les cartes ne me sont pas favorables.

Elle déposa son jeu sur la table, dépitée. Puis elle releva les yeux et, l'espace d'une seconde, son regard croisa celui de Nicolaï à l'autre extrémité de la pièce. Un éclair, mais ce fut assez pour qu'il lût la frustration dans son regard vert, et ce besoin lancinant… de quoi ?

Décidément, elle n'avait pas que les cartes contre elle, ce soir.

Pendant quelques secondes, il revit la petite fée enivrée qui tournoyait dans le jardin au clair de lune, les bras ouverts pour saisir dans une étreinte tout ce que le monde pouvait avoir à offrir de joie et de beauté. Puis ses lèvres sur les siennes, ses mains l'entraînant avec elle dans une explosion passionnée de désir. Si incandescente. Fiévreuse même. Désespérément affamée.

Cet appel avait éveillé en lui la réponse correspondante, un élan tout aussi désespéré jailli du plus profond de lui-même. Il la voulait, il avait *besoin* d'elle, et pas seulement de son corps charmant, de son délicieux visage à l'expression changeante. Non, il voulait ses secrets aussi. Son être véritable, si profondément enfoui sous les tromperies et les faux-semblants. Il ne la comprenait pas, mais il la désirait, Dieu savait à quel point. Et pendant un instant, dans ce jardin figé par les frimas de l'hiver, il avait eu l'impression de l'approcher enfin.

Mais à présent,voilà qu'elle riait gaiement, le regard de nouveau abaissé vers ses cartes. Le fil de la Vierge qui les reliait l'un à l'autre se détendit de nouveau, et elle redevint pour lui un opaque mystère.

Quelle était cette folie qui s'était emparée d'eux dans le jardin ? Il ne comprenait pas. Cette femme avait l'intention de le tuer, bonté divine ! Pourtant, même cette froide certitude ne parvenait pas à éteindre la flamme de désir qui jaillissait entre eux chaque fois qu'ils étaient à proximité l'un de l'autre.

Tout ce qu'il lui restait à faire, c'était de veiller à ne *jamais* être trop près d'elle.

Pendant quelques instants, Marguerite disparut à sa vue, cachée par une procession de pages qui entrèrent dans la pièce, apportant sur des plateaux d'autres vins et des douceurs variées. Fruits au sirop, gelées, massepains, sucreries, bref tout ce qu'il fallait pour apaiser les petites fringales des joueurs.

— Nicolaï ! appela dona Elena. Accepterez-vous de chanter pour nous ?

Puis, se tournant vers Marguerite :

— Le señor Ostrovsky a la plus belle voix du monde, señorita. Un véritable Orphée... Mais nous avons eu rarement le plaisir de l'entendre pendant le voyage.

Marguerite sourit à la duchesse, sans un regard pour l'intéressé.

— J'espère que ce sera l'occasion, en ce cas. J'adore la musique et elle me manque beaucoup depuis mon départ de Fontainebleau.

— J'en étais sûr ! s'écria don Carlos. Sans être aussi

cultivés que les Espagnols, les Français, eux, partagent notre amour de la belle musique.

A ces mots, Marguerite ne put s'empêcher de rire.

— Pas comme nos hôtes anglais ?

La señorita Alva fronça son joli petit nez.

— La reine Catherine doit en écouter dans ses appartements. Mais ailleurs, je n'ai guère entendu que du *bruit*. Je crains que les Anglais ne sachent pas ce que c'est que la composition.

— Connaissez-vous de belles chansons anglaises, monsieur Ostrovsky ? demanda Marguerite, se tournant enfin vers lui.

Ses yeux n'étaient plus mélancoliques comme un instant auparavant, mais froids et impassibles. Aussi verts et indéchiffrables qu'une forêt profonde…

— Vous avez tellement voyagé, continua-t-elle. Vous devez bien connaître la musique de tous les pays.

Nicolaï haussa les épaules.

— J'en connais peut-être une, mais je ne suis pas sûr qu'elle vous plaira, mademoiselle Dumas.

— Oh, je ne suis pas si difficile, vous savez. Un gobelet de vin, quelques douceurs…

Elle leva son bol rempli de friandises.

— … un chant mélodieux fredonné d'une belle voix masculine, et me voilà la plus heureuse des femmes.

— Allons, Nicolaï, vous n'allez pas décevoir notre charmante invitée, intervint dona Elena. Elle se sent une exilée dans cette froide contrée et elle a le mal du pays, comme nous tous, d'ailleurs.

— La musique n'est-elle pas un langage universel ? plaida Marguerite. Elle réchauffe le cœur, même par une froide nuit comme celle-ci.

— Je ne puis décemment désobliger *deux* charmantes

femmes, capitula Nicolaï. Vous voulez un chant anglais ? Très bien, vous allez en entendre un.

Il accorda son luth et pinça quelques cordes. Puis il se leva pour entonner un chant, cherchant les paroles dans sa mémoire. C'était un texte de sir Thomas Wyatt, qui avait mené comme lui une vie plutôt aventureuse. Les vers lui avaient plu et il s'était diverti à les mettre en musique pour son propre plaisir. Jusqu'à ce soir, il ne l'avait jamais interprété en public.

Marguerite le suivit des yeux tandis qu'il déambulait dans la pièce. Il prenait soin de s'arrêter tour à tour près de chaque dame présente. Mais en réalité, c'était bien pour *elle* qu'il chantait.

M'abandonnerez-vous,
Moi qui vous aime depuis si longtemps,
Dans le bonheur et dans l'épreuve ?
Dites non, ma mie, dites non...

Le menton niché au creux de sa main, Marguerite avait délaissé le vin et les sucreries pour mieux le regarder. Son visage impassible et serein ne laissait rien deviner de ses pensées, mais au moins ne détournait-elle pas les yeux de lui. Et, dans son regard, il crut voir scintiller une lueur, rayon de soleil au fond de la forêt.

M'abandonnerez-vous,
Moi qui vous ai donné mon cœur sans jamais le reprendre,
Ni dans la joie ni dans la peine ?
Dites non, ma mie, dites non !

Il contourna une table et sourit à la señorita Alva, qui lui répondit d'un petit rire. Mais ce fut près de Marguerite qu'il termina son chant. Il la vit raidir les épaules sous le satin blanc de sa robe. Mais elle ne se détourna pas.

M'abandonnerez-vous,
Sans pitié pour celui qui vous a tant aimée
Ce serait trop grande cruauté,
Dites non, ma mie, dites non !

Il fila longuement la dernière note, dont le doux écho résonna dans la pièce avant de s'éteindre lentement. *Dites non, ma mie, dites non !* Puis il s'inclina sous les applaudissements, sans quitter Marguerite du regard.

— Eh bien, mademoiselle, que pensez-vous de ma chanson ? Vous a-t-elle plu ?

Elle prit son temps pour répondre.

— Je saurai dorénavant qu'il existe au moins une belle ballade anglaise. Quand elle est chantée par un Moscovite…

La remarque fut saluée d'un éclat de rire général et une nouvelle tournée de vin fut proposée aux convives. Dona Elena se tourna vers Marguerite.

— Peut-être consentirez-vous à charmer nos oreilles avec une chanson française à présent ? Vous devez avoir une très belle voix, j'en suis sûre.

— Pas aussi belle que la voix de M. Ostrovsky, je le crains. Il ne serait guère judicieux de ma part de me produire après lui, car la comparaison tournerait à mon désavantage. Et puis je suis fatiguée ce soir. Je serai heureuse de chanter pour vous à une autre occasion… à condition que vous me régaliez ensuite d'un chant espagnol.

— Une autre fois alors, acquiesça aimablement la duchesse. Nous attendrons ce moment avec impatience. Nicolaï, auriez-vous l'obligeance de raccompagner mademoiselle Dumas jusqu'à son appartement ? Nous l'avons retenue trop longtemps et elle tombe de sommeil, la pauvre.

— Oh, non, dona Elena, c'est inutile. L'un des pages peut m'éclairer. Je ne vais pas loin et je ne voudrais pas vous priver de l'intéressante compagnie de M. Ostrovsky. Merci de votre chaleureuse hospitalité. Croyez que je l'ai grandement appréciée…

Une gracieuse révérence, un frou-frou de jupes argentées, et elle avait disparu, escortée par un jeune page qui la buvait des yeux…

Après son départ, le brouhaha des conversations reprit dans la pièce, tandis que les joueurs recommençaient à battre leurs cartes sur le tapis. Mais Nicolaï eut l'impression que toute la lumière avait déserté le salon, ne laissant derrière elle qu'une pénombre enfumée.

Dona Elena lui fit signe d'approcher :

— Elle est divinement belle, n'est-ce pas ?

Nicolaï sourit.

— Il faudrait être aveugle pour ne pas le voir, dona Elena, avoua-t-il.

— Et pourtant, elle paraît si triste… Elle est orpheline, vous savez. Il n'y a plus personne au monde pour veiller sur ses intérêts.

Nicolaï croyait la jouvencelle fort capable de veiller elle-même sur ses propres *intérêts*. Mais mona Elena avait raison au moins sur un point : la tristesse. Elle flottait autour de Marguerite comme une brume d'hiver, brouillant et assombrissant sa véritable personnalité. Les autres ne voyaient que sa beauté. Mais qui était-elle vraiment derrière cette apparence ?

— En tout cas, c'est gentil à vous d'avoir noué amitié avec elle.

— A vous aussi, Nicolaï. Votre chant semble l'avoir beaucoup égayée. Vraiment, *amado*, vous êtes l'homme le plus enjoué que je connaisse, quand vous voulez bien vous en donner la peine.

— Dona Elena ! Seriez-vous encore en train de jouer les marieuses ?

Elle rit de bon cœur.

— Certainement pas ! Vous n'allez pas me faire l'affront d'épouser une Française ? Mais tout le monde a besoin de musique et de joyeuse compagnie, surtout les jeunes filles solitaires. Tant que cela ne va pas trop loin…

Trop loin ? Il se rappela Venise, sa main glissant sur la cuisse nue de Marguerite, sur ses seins offerts. La saveur de sa peau, et ce parfum capiteux qui lui avait fait perdre la tête… Trop loin ? Mais ils étaient *déjà* allés trop loin ! Très chère dona Elena… Elle était bien loin de s'en douter.

— Je crains que mademoiselle Dumas ne soit obligée de subir ma compagnie, qu'elle le veuille ou non. Nous devons travailler ensemble pour l'un des prochains spectacles de la cour. Une pièce historique…

— Magnifique ! Je suis sûre que ce sera la plus belle représentation qu'on aura jamais vue dans ce triste palais. Et maintenant, si vous nous chantiez une autre chanson ? La señorita Alva aussi semble avoir beaucoup apprécié la première…

10

Marguerite glissa le mince fil de fer dans la serrure et libéra le mécanisme d'un petit coup sec du poignet. Le cadenas s'ouvrit, libérant le fermoir.

Beaucoup trop facile ! songea-t-elle avec une nuance de dédain. Ces Espagnols étaient d'une négligence ! On n'avait pas idée d'utiliser un système de fermeture aussi rudimentaire. A moins que ce ne fût un piège… ou une mise à l'épreuve ? Méfiante, elle jeta un regard par-dessus son épaule. Mais la pièce était vide.

Elle avait remarqué ce coffret pendant la partie de cartes : une boîte de bois sans le moindre ornement, comme on en utilisait pour transporter ou ranger des documents. Placé sur un bureau près de la fenêtre, il voisinait avec un fouillis de sacs vides et de parchemins vierges. Une tentation à laquelle elle n'avait pu résister ! En fait, elle doutait que l'objet pût contenir d'importants secrets. Don Carlos n'était pas fou ! Mais toute information était la bienvenue, si minime qu'elle soit.

Sans compter qu'elle avait grand besoin de distraire ses pensées de Nicolaï. A peine étendue dans son lit, elle avait compris qu'elle ne pourrait pas trouver le sommeil. La chanson d'Ostrovsky ne cessait de résonner à ses oreilles. *Dites non, ma mie, dites non…*

Elle fronça les sourcils, tout en ôtant le cadenas du coffret. Ce Nicolaï, quel acteur de premier ordre ! Son accent, ses gestes, tout son être semblaient imprégnés du sens de ses paroles, comme s'il avait vraiment su ce qu'était l'amour. Le seul à détenir le secret des cœurs…

Un savoir qu'elle ne pourrait jamais partager avec lui, car l'amour restait pour elle un mystère, une énigme. Toutes ces belles chansons n'étaient que mensonge, de simples couplets charmeurs aussi creux et vains qu'une bulle de savon…

Et la poésie de Nicolaï ne valait pas mieux que les autres. Pourtant, il y avait une telle expression dans ses yeux quand il…

— Aïe !

Distraite, elle venait de s'enfoncer l'extrémité du fil de fer dans un doigt. Un filet de sang suinta sur sa peau. Au diable Nicolaï Ostrovsky ! Elle ferait mieux de l'oublier. Son travail était plus important que toutes ces vaines rêveries.

D'un geste preste, elle enveloppa sa main dans un mouchoir pour ne pas laisser de traces suspectes derrière elle et souleva le couvercle. Le coffre contenait surtout des lettres personnelles adressées à don Carlos et à sa suite, ainsi qu'un inventaire des riches présents que la délégation espagnole avait apportés avec elle pour les offrir au roi Henri.

Son intuition ne l'avait pas trompée. Il n'y avait pas là le moindre document d'un quelconque intérêt pour le roi François. Ce qu'elle glana en parcourant les missives ne lui apprit rien qu'elle ne sût déjà : les Espagnols étaient décidés à contrecarrer coûte que coûte une éventuelle alliance franco-anglaise. Et, comme toujours, ils pouvaient compter sur l'appui de la reine Catherine.

Par acquit de conscience, elle mémorisa en hâte quelques

renseignements qui pouvaient se révéler utiles. Elle s'apprêtait à replacer les lettres dans l'ordre exact où elle les avait trouvées, quand elle avisa tout au fond une missive qui avait échappé à son attention. C'était un rouleau de parchemin maintes fois relu à en juger par son état, bien que la date portée au dos indiquât qu'il était arrivé seulement la veille.

« A ma chère mère, la très exaltée duchesse de Bernaldez,

» J'espère que votre voyage s'est bien passé et que ce séjour en Angleterre répond à toutes vos attentes. Puissiez-vous mener rapidement à bien votre mission et regagner sous peu vos pénates avec don Carlos. Savez-vous que votre nouveau petit-fils vous attend déjà ? Julia vient d'accoucher d'un beau garçon, Antonio Nicolas Velazquez... »

Une lettre du fils... Pour la première fois, Marguerite se sentit gênée en lisant ces mots, qui relevaient de la plus stricte intimité familiale. Aussi s'apprêtait-elle à reposer le parchemin, quand le nom de Nicolaï attira son regard.

« Comme je ne peux être près de vous pour veiller à votre sécurité, continuez à vous en remettre à Nicolaï comme à un autre moi-même. Je vous ai déjà dit cela, je sais. Mais je me sentirai plus tranquille, sachant qu'il veille sur vous. En vous rendant à Greenwich, vous vous êtes jetée dans l'antre du lion, ma chère mère. Dieu merci, Nicolaï a le bras fort et l'esprit rusé. Il nous a sauvé la vie, à Julietta et moi, et sans lui il n'y aurait pas aujourd'hui de bébé Antonio en train de vagir dans son berceau. Ecoutez ses conseils, restez proche de lui, et avec l'aide du ciel, nous nous retrouverons tous réunis cet été. »

Fort et rusé... Oui, c'était exactement ce qu'il était. L'obstacle le plus redoutable qu'elle eût trouvé ici, en Angleterre...

Les Anglais comme Tilney ne voyaient pas plus loin que sa beauté, ses jolies robes et ses sourires enjôleurs. Ils ne soupçonnaient pas une seconde qu'elle puisse être autre chose que la cervelle d'oiseau qu'elle prétendait être. Le visage parfait qu'elle avait hérité de sa mère avait toujours été le plus efficace des masques. Derrière lui, elle pouvait dissimuler sans peine sa véritable personnalité.

Mais quand Nicolaï fixait sur elle son étrange regard bleu ciel, elle sentait qu'il voyait au-delà de cette jolie façade. En habitué des déguisements, il perçait sans mal tous ses subterfuges et plongeait directement dans les profondeurs noires et compliquées de son âme…

Oh, Seigneur, pourquoi avait-il fallu qu'elle tombe de nouveau sur lui en Angleterre ? Ne pouvait-il retourner à Venise ou en Russie ou au diable vauvert — n'importe où sauf ici ?

Elle replaça la missive dans le coffre, dont elle rabattit le couvercle. Un bruit de voix et de rires retentit tout à coup dans la pièce voisine, qui devait être la chambre de dona Elena. Seigneur, elle s'était trop attardée sur ces lettres ! Les servantes devaient commencer leur nettoyage matinal. D'un geste preste, elle referma le cadenas et se glissa hors de la pièce sur la pointe des pieds, en plaquant ses jupes contre ses cuisses pour les empêcher de bruire. Parvenue dans le corridor, elle lissa ses cheveux du plat de la main et s'éloigna tranquillement, comme une personne qui vaque sereinement à ses affaires.

Cette aile du palais était parfaitement calme, hors les allées et venues des domestiques occupés à aérer les pièces et allumer le feu dans les cheminées. Les gentilshommes étaient tous en conférence avec le roi, et les dames espagnoles de nouveau en promenade dans les jardins. Elle les avait vues depuis sa fenêtre et avait profité de cette opportunité pour explorer le contenu du coffret.

Elle s'apprêtait à regagner les appartements de Claudine quand elle réalisa soudain qu'elle n'avait pas la moindre envie de rester à broder toute la matinée auprès d'une femme qui ne l'aimait pas et la soupçonnait de flirter avec son mari. Supporter les bavardages des autres Françaises était également au-dessus de ses forces. Leurs sempiternelles gausseries sur les robes démodées des Anglaises lui donnaient envie de hurler. En outre, l'exaltation qui s'était emparée d'elle cette nuit-là dans les jardins — ce désir fou de s'envoler vers le ciel — ne l'avait pas encore quittée. Pas totalement.

Au lieu de regagner sa chambre, elle se dirigea vers l'escalier et se retrouva dans les jardins. Bien qu'elle ne portât ni cape ni surcot par-dessus sa robe de velours noir et or, elle ne sentait pas la morsure du froid et s'engagea d'un bon pas dans une allée gravillonnée.

Il y avait peu de courtisans dehors ce matin-là, seulement de rares personnes qui devisaient tout en marchant. Elle sentit des regards curieux la dévisager au passage, mais personne ne l'arrêta, Dieu merci. Elle se sentait incapable de soutenir une conversation mondaine en cet instant. Elle avait besoin de solitude.

Sans savoir où elle allait, elle marcha un long moment, dans l'espoir que l'exercice épuiserait cette étrange impatience qui l'agitait. Puis elle tourna le coin d'une haie et s'aperçut que ses pas l'avaient menée vers le théâtre. Les portes du bâtiment étaient à demi ouvertes et elle se dirigea vers l'entrée, attirée malgré elle par la force du sortilège. Elle ne *voulait* pas entrer, au nom du ciel ! Que ferait-elle si elle tombait sur Nicolaï prêt à la tenter avec sa corde raide, avec une liberté dont elle savait fort bien qu'elle ne pouvait être la sienne ?

Elle entra cependant, comme poussée par une volonté étrangère à la sienne.

Le théâtre désert était plongé dans la pénombre, avec son faux plafond couleur de ciel et ses rideaux chatoyants. On n'entendait que les coups de marteau lointains des assistants de sir Henry Guildford, occupés à construire un nouveau décor. L'air sentait la peinture fraîche, la sciure et le satin empesé. Comme tous les lieux de spectacle qui reprenaient vie le soir, il respirait l'abandon pendant la journée. Une atmosphère qui s'accordait parfaitement avec l'humeur de Marguerite…

Sans bruit, elle referma les portes derrière elle et s'aventura plus avant. Bientôt, cet espace vide se transformerait en château fort, en Olympe ou en prairie. Mais elle le préférait ainsi, encore vierge et riche de tous les possibles.

Sur la pointe des pieds, elle pénétra dans la petite pièce de Nicolaï. La corde était enroulée dans un coin et des malles s'alignaient contre le mur. Au nom du ciel, que faisait-elle là ? N'avait-elle pas décidé un instant plus tôt de se tenir à l'écart de Nicolaï ? Et voilà qu'elle oubliait déjà sa résolution !

Il n'était pas là, mais son frais parfum d'herbes et de savon flottait dans l'air, elle l'aurait juré. L'essence même de sa personne…

Curieuse, elle ouvrit l'un des coffres et découvrit tout un assortiment de rapières enveloppées dans un lé de velours brun. C'étaient des épées de théâtre, évidemment. Rien d'aussi affûté et mortel que ce qu'elle cachait dans ses propres bagages. Mais maniées par un bretteur expérimenté, elles pouvaient tout de même se révéler dangereuses.

Elle se rappela ce jour où elle avait vu jouer Nicolaï et sa troupe sur la place Saint-Marc, devant la foule gouailleuse du carnaval. La pièce mettait en scène un mari bouffon, une épouse qui n'avait pas froid aux yeux, et l'amant de cette dernière. Nicolaï jouait l'amant, bien entendu. Masqué et vêtu d'un costume collant de soie bigarrée, il respirait la sensualité, l'audace et la joie de vivre.

A la fin de la comédie, il avait affronté à l'épée le mari furieux. Qui sait, peut-être avec l'une de ces lames ? Elle le revoyait parer et attaquer tour à tour, multipliant les feintes et les bonds. A la fin, le mari frustré avait mordu la poussière, son habit noir en lambeaux, et Arlequin s'était enfui avec sa dulcinée. Il n'y avait pas une femme dans l'assistance qui n'aurait souhaité être à la place de Colombine, à commencer par Marguerite elle-même ! Mais aujourd'hui, c'était avec l'époux qu'elle avait tendance à sympathiser. Elle aussi s'était fait *entortiller* par Nicolaï... Ce diable aux allures d'ange mystérieux...

Incapable de résister à la tentation, elle saisit l'une des rapières, dont elle empoigna la garde dorée. La coupure qu'elle s'était infligée piquait encore un peu, mais cela ne l'empêchait pas d'avoir le pommeau bien en main. D'un geste presque inconscient, elle leva la lame et se mit en garde, la paume tournée vers l'extérieur. Prime, seconde, tierce... Elle prit appui sur son pied droit et jeta le bras en avant. Attaque. La lame siffla dans l'air froid de la salle. L'espace d'un instant, elle l'imagina plongeant dans le cœur énigmatique de Nicolaï.

Quarte, quinte, passe...

— Bravo, mademoiselle !

Elle se retourna d'un bond et découvrit le Moscovite debout sur le seuil. Les bras croisés sur la poitrine, il l'observait d'un regard intense.

— Vous êtes remarquablement habile, fit-il remarquer, toujours immobile.

— J'ai été entraînée par le *signor* Lunelli, le fameux maître de Milan.

Le cœur cognant contre ses côtes, elle tâcha d'oublier ce qu'elle venait juste d'imaginer : la lame de son épée transperçant ce torse musclé qui respirait à présent devant elle.

— Mais je crains de n'avoir perdu toute mon adresse depuis que je suis à Greenwich. Le manque de pratique sans doute…

— Vous ? Allons donc ! L'entraînement ne vous fera jamais défaut.

D'un geste prompt, elle s'empara d'une seconde épée et la jeta à Nicolaï.

— Je vous prends au mot. Allons, en garde, monsieur Ostrovsky !

Il saisit la rapière au vol et elle constata à quel point il avait les réflexes prompts, sous son affectation de nonchalance. Puis il la gratifia d'un demi-sourire amusé.

Marguerite se campa fermement sur ses deux pieds, l'épée levée.

— En garde, monsieur !

Le sourire de Nicolaï s'élargit, tandis qu'il se mettait en position. Pendant quelques instants, ils se contentèrent de tourner l'un autour de l'autre, testant leurs lames et tâchant de repérer les particularités, les forces et les faiblesses de l'adversaire. Marguerite vibrait, tous les sens aux aguets. Le temps semblait s'être arrêté. Elle évaluait la technique de Nicolaï, consciente de ses moindres mouvements, des plus petites variations de son souffle.

Un léger bruit retentit dans une salle lointaine, sans doute produit par la chute d'un marteau. Nicolaï ne se retourna pas, mais elle le vit ciller légèrement et plongea sur lui, la lame en avant.

Mais si elle l'avait cru distrait, elle se trompait ! Un bref mouvement du poignet lui suffit à parer le coup. Elle battit en retraite, l'épée levée, de nouveau prête à l'attaque. Elle entendait dans sa tête la voix du *signor* Lunelli : « Rappelez-vous, signorina, vos adversaires masculins ont deux avantages sur vous : la taille et la force. Mais vous, vous avez l'agilité et la vitesse. Utilisez-les, et surtout restez centrée, ne perdez jamais votre calme, c'est vital ! »

Elle se dressa sur la pointe des pieds telle une ballerine, multipliant les feintes, variant sa ligne d'attaque. Vitesse et agilité : à peine avait-il engagé le fer qu'elle bondissait de côté dans de déconcertantes esquives.

Pourtant, il ne ripostait pas comme elle l'avait escompté, mais se contentait de parer les coups d'un mouvement presque imperceptible, accordant ses gestes à ceux de son adversaire. Et le sourire agaçant ne cessait de voleter sur ses lèvres…

Marguerite se contracta. La colère montait en elle, balayant ce calme si essentiel aux yeux du *signor* Lunelli. Visant le flanc de Nicolaï, elle se rua vers et lui agrippa le bras droit. Il lui fallait agir vite, avant qu'il ne réalise ce qu'elle était en train de faire et ne lâche son épée pour se mesurer avec elle. Elle n'avait aucune chance s'il usait de la force et devait miser uniquement sur la prestesse. De sa main libre, elle lui enfonça la pointe de son épée dans le côté. Mais au même moment, il laissa tomber sa rapière pour lui saisir le poignet, qu'il broya dans un étau d'acier.

— *Chert poberi !* gronda-t-il. Vous ne vous battez pas à la loyale.

Elle ne tenta pas de nier.

— C'est un fait. Mais je gagne toujours.

— Pas cette fois !

Il resserra son étreinte jusqu'à ce que les doigts engourdis de la jeune femme finissent par s'ouvrir, laissant tomber l'épée sur le sol. Bon sang, qu'est-ce qui lui avait pris de s'approcher ainsi de lui ? C'était contraire à tout ce qu'on lui avait enseigné ! Et, bien entendu, il avait aussitôt pris l'avantage. C'était la colère qui l'avait perdue…

Il ne lâchait toujours pas son poignet et elle leva les yeux vers lui, oppressée. Lui aussi respirait vite et elle sentait son pouls battre dans ses doigts, répercutant son tam-tam jusque dans ses veines à elle, comme si leurs cœurs ne faisaient plus qu'un. Il avait le visage inexpressif, mais une légère rougeur colorait ses pommettes sous sa peau encore hâlée par le soleil d'Italie. Leur proximité ne le laissait pas si impassible, en fin de compte. Ni cette chose sans nom qui les emportait dans son flot, inexorablement…

Incapable de résister plus longtemps, elle se haussa sur la pointe des pieds et pressa ses lèvres sur les siennes. Elle avait besoin de le goûter, de le sentir. Peut-être pourrait-elle alors comprendre cette mystérieuse force qui cherchait ainsi à bouleverser sa vie. Et exorciser le sortilège…

Mais ce ne fut qu'une erreur de plus.

Les lèvres de Nicolaï s'ouvrirent sous les siennes et il lui lâcha le poignet pour la saisir dans ses bras. Plus près, encore plus près. Elle était sa captive, soit. Mais il serait aussi son prisonnier. Elle ne tomberait pas seule dans l'abîme. Ils y rouleraient ensemble, liés l'un à l'autre.

Elle l'entendit gémir, un son bas et rauque qui trouva un écho dans le tréfonds de son propre corps. Leurs langues se rencontrèrent avec la même passion que leurs épées un peu plus tôt, engloutissant tout le reste du monde dans une brume irréelle. Il n'y avait plus que Nicolaï, la saveur sauvage de sa bouche, sa virilité dont elle sentait la dure pression, impérieuse, contre ses jupes.

Sans interrompre leur baiser, elle lui dénuda le thorax, déchirant les lacets de son pourpoint et le drap de sa chemise jusqu'à ce qu'elle sente le contact de sa peau, chaude et nue sous ses doigts.

Nicolaï s'arracha à ses lèvres et déposa un baiser sur sa tempe.

— Marguerite, *dorogaya*, que sommes-nous en train de faire ?

Elle promena les mains sur sa poitrine dévêtue, où résonnaient les battements fiévreux de son cœur.

— Je ne sais pas, avoua-t-elle, surprise par l'intonation gutturale de sa propre voix.

Il retint son souffle tandis qu'elle enveloppait son torse d'une lascive caresse.

— J'ai essayé de résister, de nier..., reprit-elle. Mais vous m'avez jeté un sort, mon beau démon.

Il éclata d'un rire rauque et s'empara de sa main pour la guider vers son pénis.

— Et ceci, est-ce de la magie ?

Elle rit aussi, tout en refermant les doigts sur son membre durci qu'elle sentait à travers l'étoffe de sa culotte.

— Bien sûr que oui ! Vous ne le croyez pas ?

— C'est vous la jeteuse de sorts, *vedma !*

— *Vedma* ? Que veut dire ce mot ?

— Il signifie « sorcière ». Voilà ce que vous êtes : une ensorceleuse venue du sombre royaume pour tourmenter les pauvres mortels. Vous avez déjà essayé de me tuer au beau milieu d'une scène d'amour...

Marguerite déglutit avec peine. Elle se rappela Venise, l'instant où elle avait été si près de lui transpercer le cœur de sa dague ; de sentir se glacer cette chair qu'elle caressait à présent…

Elle frissonna à cette image et recula d'un pas pour se dépouiller de sa jupe, qu'elle laissa glisser à ses pieds dans un bruissement de satin noir.

— Voyez, je n'ai pas de dague cachée là aujourd'hui. Ni ailleurs…

Elle délaça ses manches et les ôta. Puis elle releva son lourd jupon, dévoilant ses jambes bien galbées dans leurs bas de soie maintenus par des jarretières incrustées de pierres précieuses. Lentement, elle souleva l'étoffe plus haut, exposant au regard de Nicolaï le triangle ombré de sa féminité, déjà tout humide de désir. De l'autre main, elle ôta sa coiffe, libérant une masse blond cendré qui coula sur ses épaules.

— Aujourd'hui, je ne tenterai pas de vous tuer, Nicolaï, vous avez ma parole. Embrassez-moi encore…

Avec un gémissement pour toute réponse, il se pencha vers elle et lui encercla la taille. Leurs lèvres de nouveau se joignirent, tandis qu'il la soulevait un peu plus haut en la plaquant contre le mur. Marguerite lui enserra les hanches de ses jambes et l'attira tout contre elle. Les aiguillettes de Nicolaï éraflèrent la peau satinée de ses cuisses, mais elle s'en aperçut à peine. Tout ce qu'elle voulait, c'était le tenir contre elle. Plus près, toujours plus près…

Il sema une traînée de baisers sur sa gorge, léchant du bout de la langue le creux de son cou, là où résonnaient les battements précipités de son cœur. La tête rejetée en arrière, elle le laissa faire, prête à lui offrir tout ce qu'elle possédait, tout ce qu'elle était.

Puis il tira sur son décolleté pour dénuder ses seins, dont les mamelons roses se gonflèrent, quémandant ses baisers.

— Seigneur, vous êtes si belle… si magnifique. Tellement désirable…

Elle avait entendu ces mots-là bien souvent, mais jamais avant cet instant elle n'avait pensé qu'ils puissent être sincères. Peut-être était-elle *vraiment* belle, après tout. Belle aux yeux de Nicolaï…

Dieu merci, il ne pouvait lire dans son âme de ténèbres.

— Pas autant que vous, murmura-t-elle, la voix déformée par le désir.

Il captura avidement la pointe d'un sein entre ses lèvres et le mordilla doucement. Incapable de résister plus longtemps à l'appel de son corps enfiévré, elle se laissa glisser à terre, l'entraînant sur le sol avec elle.

Il la contempla un instant dans la pénombre, tandis qu'elle le dépouillait fébrilement de sa chemise et délaçait ses aiguillettes.

— Marguerite…

— Non, ne dites rien. Pas maintenant, je vous en prie… Laissez-vous faire.

Les mots auraient risqué de briser l'enchantement et elle ne voulait pas se réveiller. Pas encore…

Il se laissa retomber en arrière, ses cheveux d'or nimbant son visage. Elle lut du désir dans son regard, mais aussi de la méfiance. Une méfiance qu'elle aurait voulu bannir pour toujours de ses yeux, laissant place à la seule passion, à un besoin assorti au sien…

Elle fondit sur lui comme un oiseau de proie, collant la bouche à son cou, à sa poitrine nue, savourant le goût salé de sa peau, s'imprégnant de son parfum. Mêlant son souffle et sa chaleur à la sienne…

Il passa les doigts dans sa longue chevelure défaite dont il enroula les mèches autour de son torse. Elle et lui inextricablement liés par ce doux lien de soie… Marguerite sourit contre son épaule et tâtonna pour libérer sa virilité, dont elle soupesa le poids au creux de sa main. Il frissonna, tandis qu'elle laissait courir les doigts sur la peau veinée. Douce et puissante, acier et satin à la fois.

La réponse ne se fit pas attendre. D'un mouvement prompt, il l'empoigna par la taille et la fit glisser sous lui. Puis il lui écarta les cuisses et glissa les doigts dans les profondeurs humides de sa féminité.

— Oh, oui, oui…, balbutia-t-elle.

Elle brûlait, littéralement, elle allait s'embraser sous son toucher ! Incapable d'attendre davantage, elle l'attira en elle pour qu'il la fasse sienne, enfin. Les yeux clos et la tête rejetée en arrière, elle se cambra comme un arc tandis qu'il la pénétrait jusqu'au tréfonds de son corps.

Pas la moindre douceur dans leur approche… Il la prit avec la force dévastatrice d'un orage d'été, violemment, désespérément. Les jambes nouées autour de lui, Marguerite sentait ses coups de boutoir la labourer comme une terre en mal de semence. Encore et encore, jusqu'à ce que le monde se mette à tourner autour d'elle pareil à un soleil rouge, la brûlant de ses milliers d'étincelles.

L'orgasme explosa en elle, véritable feu d'artifice dans un ciel de lumière. Trop haut, trop intense, trop…

Au-dessus d'elle, partout en elle, elle entendit Nicolaï crier.

— *Moja dorogaya !*

Elle s'accrocha plus fort à lui, les doigts enfouis dans ses cheveux, dont elle répandit les mèches d'or sur sa gorge, sur ses seins. Elle se sentait si lourde tout à coup.

Repue, complète.

Et elle ne regrettait rien, oh, non ! Le remords viendrait sans doute après. Ce qu'elle ressentait en cet instant, elle ne l'avait jamais éprouvé de sa vie.

La plénitude, enfin.

11

La raquette de Nicolaï fendait l'air avec un sifflement sonore, tandis qu'il envoyait la balle de cuir rebondir contre le mur. Encore et encore, jusqu'à sentir les muscles de son épaule s'endolorir et son dos ruisseler de sueur. Sa chemise trempée collait à sa peau, mais il n'en continuait pas moins à se venger sur la balle qui semblait ne pas pouvoir résister longtemps…

Dieu merci, le court de tennis était vide et seul l'écho de ses coups résonnait contre les pierres. En venant ici, il se doutait bien qu'il n'y trouverait âme qui vive. Le seul endroit à Greenwich où il pût défouler sans danger toute sa colère et sa frustration… Les autres étaient réunis dans la salle des banquets, buvant et festoyant de nouveau. Y compris Marguerite.

La seule pensée de la jeune femme fit monter en lui une incoercible tension et il frappa plus fort dans la balle. Le son se répercuta entre les murs, claquant comme un coup de canon.

Mais l'image était toujours là, obsédante : Marguerite étendue sur le plancher du théâtre, les cheveux répandus autour d'elle et les seins nus, écartant les jambes avec un sourire de bienvenue pour l'accueillir en elle — le souvenir demeurait, gravé à jamais dans sa mémoire, dans chaque parcelle de sa chair, de ses sens. Son parfum de lys et d'eau fraîche. L'incroyable douceur de sa peau tiède et satinée. Et ses yeux verts, étincelant telles les émeraudes dont elle portait le nom, tandis qu'elle chuchotait son nom…

« *Chert poberi!* Tu es devenu fou, ma parole ! » Il ne pouvait faire confiance un seul instant à cette femme. Dieu savait ce qu'elle mijotait encore. Essayait-elle de le réduire à merci par le sexe, à défaut d'avoir pu le tuer d'un coup de dague ? Si c'était le cas, elle s'y prenait merveilleusement bien !

Il ne comprenait pas encore quelle sorte de vertige s'était emparé d'eux dans la salle du théâtre. Il avait déjà été la proie du désir, bien entendu, avec ce qu'il avait cru être des emportements de passion. Il adorait les femmes en général. Tout en elles lui plaisait : la douceur de leur voix, de leurs approches, le fonctionnement complexe et mystérieux de leur esprit. Et souvent, elles l'avaient payé de retour.

Mais jamais il n'avait éprouvé ce qu'il avait ressenti ce matin-là avec Marguerite Dumas. D'abord leur duel, ce combat prétendument fictif où il avait dû faire appel à toute sa science du combat. Pendant toute la durée de leur affrontement, il avait tenté de se maîtriser, conscient de l'enjeu. Céder à la colère, c'était suicidaire en escrime, surtout quand l'adversaire était aussi traître que le Lys d'Emeraude.

Et voilà qu'à peine le combat achevé, il était devenu la proie d'un véritable incendie : ébloui par un soleil incandescent, obnubilé, oublieux de tout ce qui n'était pas *elle*. Ce qui avait suivi relevait du délire : leurs corps à demi vêtus enlacés sur le sol, ils s'étaient aimés dans un état d'urgence et de passion débridée, assouvissant enfin ce désir resté insatisfait depuis Venise.

Pourquoi alors se sentait-il aussi frustré ? Aussi courroucé et tendu ?

Il prit une autre balle en cuir dans le baquet et la lança furieusement contre le mur. Si seulement ce pouvait être la tête de Marc Velasquez ! Il maudissait son ami de l'avoir expédié tout droit dans ce traquenard. Un piège manœuvré par une vipère aux yeux d'émeraude, aussi séduisante que dangereuse…

— Au diable ! Je suis trop vieux pour ça, maugréa-t-il à voix haute.

— Je ne trouve pas, répondit Marguerite, dont la voix résonna tout à coup dans son dos. Seul un homme dans la force de l'âge est capable de manier une raquette avec tant d'énergie.

Il tressaillit et pivota sur les talons. Elle se tenait debout sur le seuil du court, sa silhouette nimbée par la lueur des torches. La créature échevelée et pantelante qui s'était enfuie du théâtre après leur intermède passionné avait disparu. Il avait de nouveau devant lui une élégante jeune femme de la cour de France, en robe de soie rose vif, sa chevelure cendrée soigneusement coiffée en arrière et retenue par un diadème de pierres précieuses.

Mais elle avait beau faire, son regard brillait d'une flamme encore vive. Visiblement, elle se souvenait. Etait-ce pour cela que sa main tremblait légèrement contre le linteau de la porte ? La mince corde qui les reliait était toujours là, plus vibrante que jamais…

Nicolaï jeta sa raquette et essuya du revers de sa manche son front en sueur.

— Comment m'avez-vous trouvé ?

— Dona Elena m'a priée de bien vouloir m'enquérir de vous et l'un des pages m'a assuré qu'il y avait un « fou d'Espagnol » sur le court de tennis. Je n'ai même pas pris la peine de lui expliquer la différence entre un Russe et un Ibère…

Nicolaï eut un rire rauque.

— Vous auriez perdu votre temps. Que me veut dona Elena ?

— Elle n'a pas cru un seul mot du prétexte que vous avez avancé pour ne pas assister au banquet et elle s'inquiète pour vous.

— Elle a toute sa suite avec elle et n'a pas besoin de moi pour l'instant. Je la rejoindrai plus tard, au spectacle.

— Il est vrai que les banquets du roi Henri n'en finissent pas, admit Marguerite.

Elle s'avança d'un pas, les mains crispées sur ses jupes. Cette attitude hésitante ne lui ressemblait guère.

— Elle a dû craindre que vous ne soyez malade…, poursuivit-elle.

Il la gratifia d'un sourire.

— Je ne me suis jamais senti mieux. Grâce à vous, mademoiselle…

Elle éclata de rire, le visage à moitié dans l'ombre.

— J'ai saisi avec joie l'opportunité de m'éclipser, avoua-t-elle. Ce vacarme, ces regards…

— Les regards du prêtre, vous voulez dire ?

— Le père Lebêque, oui. Il passe son temps à me mettre en garde contre les Espagnols. Il assure que vous n'êtes pas ce que vous paraissez.

— Ce genre d'avertissement est superflu pour une personne comme vous.

Elle lui jeta un regard interrogateur.

— « Une personne comme moi » ? Que voulez-vous dire ?

— Quelqu'un qui vit à la cour. Cela implique qu'on soit toujours sur ses gardes, non ?

— Hum... sans doute. Je suppose que votre vie de comédien ambulant vous a bien préparé vous-même à ce genre de jeu.

— Il est toujours utile de savoir donner le change. Etre capable de se dérober, changer de personnalité...

— Tromper, résuma-t-elle.

Nicolaï s'approcha d'elle et lui saisit le menton pour l'obliger à lever le visage vers lui. Un masque d'ombre jouait sur sa peau crémeuse. Elle le regarda gravement, sans rien trahir de ses pensées intimes.

Pourtant, il la sentait trembler sous son toucher, pareille à un oiseau captif qui bat des ailes.

— Qui êtes-vous vraiment ? Tantôt vous ressemblez à une fée, tantôt à une sorcière.

— Je suis incapable de vous le dire.

— Parce que vous n'avez pas confiance en moi ?

Elle lui prit la main et déposa un baiser sur ses phalanges. Il y avait beaucoup de douceur, mais aussi de la tristesse dans ce geste.

— Parce que je ne le sais pas moi-même..., avoua-t-elle, comme malgré elle.

Elle le relâcha et recula d'un pas. Une façon de fuir la situation, sans doute...

— Il faut que j'y retourne. Je vais rassurer dona Elena et lui dire que vous la rejoindrez plus tard.

Elle se retourna brusquement et s'en fut dans un envol de jupes, laissant derrière elle le sillage de son parfum et l'écho de ses énigmatiques paroles. Nicolaï s'avança jusqu'au seuil pour suivre des yeux sa silhouette chatoyante, tandis qu'elle se hâtait dans la nuit. Une fée, comme il l'avait appelée. Mais, au lieu de se fondre dans la brume de quelque royaume enchanté, elle pénétra de nouveau dans la salle des banquets illuminée, toute bruissante de rires et de bavardages. Dans sa vie de courtisane…

A peine avait-elle disparu que Nicolaï vit une ombre haute et maigre se détacher du décor pour se glisser silencieusement derrière elle, tel un noir corbeau sur les traces d'une colombe. Le père Lebêque…

Décidément, Marguerite n'était pas la seule à cacher des secrets, ce soir…

Assise sur son coffre à vêtements, Marguerite épiait les bruits autour d'elle, tous les sens aux aguets. On était au fort de la nuit et un morceau de ciel indigo se découpait dans la petite fenêtre. Presque tout le monde était endormi dans le palais et aucun son ne montait de la chambre voisine occupée par Claudine.

Mais Marguerite se sentait incapable de dormir, ni même de rester étendue dans son lit. Elle se sentait bien trop agitée pour cela.

Pourquoi être allée raconter à Nicolaï qu'elle ne pouvait lui dire qui elle était, pour la bonne raison qu'elle n'en savait rien elle-même ? Bien sûr qu'elle le savait ! Elle était Marguerite Dumas, alias le Lys d'Emeraude. La fidèle servante de la France. Indépendante et libre de toute entrave, elle se frayait son chemin dans le monde. Elle n'avait pas d'autre but depuis l'âge de quinze ans…

Pourtant, lorsqu'elle était près de Nicolaï, tout cela s'évanouissait comme neige au soleil. Son monde se délitait et craquait de partout pour se transformer en un étrange no man's land où elle ne retrouvait plus ses repères. A son côté, elle se retrouvait submergée par des aspirations dont elle ne comprenait même pas le sens.

Et elle ne savait plus qui elle était.

Incapable de rester immobile, elle se leva du coffre où elle était assise et alla se regarder dans le miroir. La lueur de l'unique bougie allumée dans la chambre éclairait ses longs cheveux dénoués, révélant les lignes élancées de son corps et les disques roses de ses mamelons sous l'étoffe transparente de sa chemise de nuit.

Toute de blancheur et de reflets argentés, pareille à un fantôme dans la nuit, elle semblait près de s'évanouir comme une volute de brume.

D'un geste machinal, elle écarta de son épaule une longue mèche de cheveux, dévoilant une petite rougeur à la naissance de ses seins. Nicolaï avait laissé là l'empreinte d'un baiser, comme pour lui rappeler leurs farouches ébats sur le sol du théâtre. Et ce désir fou qui avait littéralement explosé en elle…

Cela ne pouvait continuer ainsi ! Il la distrayait de son travail, à un moment où n'importe quel faux pas pouvait lui devenir fatal. On lui avait redonné une chance après son échec à Venise, mais c'était vraisemblablement la dernière. Autant dire qu'elle marchait sur la corde raide. Et elle passait son temps à hésiter, incapable d'avancer ni de reculer !

Il était grand temps de prendre une décision.

Se détournant du miroir, elle prit sa cape de velours noir avant d'avoir le temps de changer d'avis et la drapa sur sa chemise. Puis elle quitta sa chambre pieds nus, attentive à ne pas faire le moindre bruit.

Les corridors étaient silencieux, à part le crépitement des torches fichées dans les murs et le souffle des pages endormis sur leurs paillasses. Nul ne l'arrêta tandis qu'elle descendait l'escalier et se hâtait dans le labyrinthe des salles, son capuchon rabattu sur le front.

L'aile occupée par les Espagnols était aussi déserte

que le reste du palais. Mais des gobelets vides, des cartes éparpillées et un luth abandonné dans un coin témoignaient des divertissements de la soirée.

Sur la pointe des pieds, Marguerite se dirigea vers une porte à demi cachée derrière une tapisserie et tourna à tout hasard la poignée. Le verrou n'était pas tiré, Dieu merci. Elle se glissa à l'intérieur en retenant sa respiration et referma le battant derrière elle.

Nicolaï ne dormait pas. Adossé à ses oreillers, il lisait à la lueur d'une chandelle, dont la lumière éclairait le désordre des couvertures. Le torse luisant, il était visiblement nu sous le drap et elle frémit au souvenir de leurs caresses. Comment oublier le contact de son corps contre le sien ?

Il fronça les sourcils en voyant entrer quelqu'un et sa main se glissa promptement sous le traversin où elle ne doutait pas qu'il eût dissimulé un poignard. Marguerite fit glisser son capuchon en arrière et il interrompit aussitôt son geste. L'espace d'un instant, tous deux se mesurèrent du regard dans un silence tendu. Nicolaï se redressa et le drap glissa de côté, révélant les lignes dures et les contours musclés de son corps. Ses poils dorés brillaient à la lumière de la bougie, le nimbant d'une aura comme une statue orientale.

D'un mouvement d'épaules, Marguerite se débarrassa de sa cape et s'avança vers le lit. Elle n'avait pas la moindre idée de ce qu'il allait lui faire. La tuer ? La prendre dans ses bras ? Ou se moquer d'elle avant de la renvoyer ? « Oh, non pas ça ! J'aimerais mieux qu'il me plonge sa dague dans le cœur… »

Il ne prononça pas un mot et se contenta de l'observer de son incroyable regard couleur de ciel, tandis qu'elle grimpait sur la couche à côté de lui.

D'une main douce, elle le poussa en arrière et il se

retrouva étendu dans l'enchevêtrement de draps et de couvertures en satin blanc.

— Marguerite…

— Je ne suis pas Marguerite ce soir. Je suis votre fée, votre enchanteresse…

Elle se pencha sur lui et la masse soyeuse de ses cheveux glissa sur eux comme un rideau argenté, les abritant du reste du monde. Du bout de la langue, elle toucha le creux de sa gorge pour sentir le battement de son pouls, goûter la saveur légèrement salée de sa peau. Elle le sentait tendu sous elle comme un arc, mais il la laissa faire, la tête rejetée en arrière. Lentement, elle explora son torse avec ses lèvres, traça un cercle autour de ses mamelons d'or bruni dont la pointe saillit sous ses caresses.

Un gémissement s'échappa de lui.

— Une enchanteresse, vraiment…

Marguerite rit, grisée de son propre pouvoir. Sa bouche glissa plus bas, semant sur son trajet une pluie brûlante de baisers.

Quand elle referma enfin les lèvres sur sa virilité, elle sentit la main de Nicolaï lui agripper les cheveux. Pour la repousser… ou l'attirer plus près ?

Ce serait exactement comme *elle* voudrait. En cet instant unique, parfait, il lui appartenait jusqu'à la dernière fibre de son corps.

12

Blottie contre Nicolaï, Marguerite lui caressa longuement les bras, puis noua ses doigts aux siens et attira sa main sur son ventre. C'était là que le cheval emballé lui avait imprimé la marque de ses sabots. Un lacis de cicatrices rouges… Jusqu'à cette nuit, elle n'avait laissé personne les entrevoir. Mais à présent elle laissait Nicolaï les toucher doucement du bout des doigts.

— Que ferez-vous après l'Angleterre ? s'informa-t-elle d'une voix tranquille.

Nicolaï eut un petit rire et elle sentit son souffle tiède dans ses cheveux. Puis il l'attira plus près, dans la chaleur de son corps.

— Pourquoi ? Pour vous lancer à mes trousses ? Vous avez l'intention de me poursuivre sur tout le continent pour avoir enfin ma peau ?

Elle lui assena une tape.

— Si j'avais voulu vous tuer, vous seriez déjà mort en cet instant. Rappelez-vous, j'ai eu votre précieux membre entre les mains !

Il s'esclaffa plus fort et lui nicha la tête au creux de son épaule.

— Comment pourrais-je l'oublier ?

Elle se redressa sur un coude et le dévisagea à la lueur

vacillante de la chandelle. Il semblait si jeune en cet instant, si rieur et détendu !

— Je ne vous tuerai pas au lit, c'est promis. Je vous affronterai en combat loyal.

— Vraiment, *dorogaya* ?

Il lui saisit la main et déposa un baiser sur chacun de ses doigts, l'un après l'autre. Puis il prit son auriculaire dans sa bouche et le lécha doucement jusqu'à ce qu'elle en frissonne de volupté.

— Vous n'aurez pas à me chercher longtemps pour notre duel. J'ai l'intention de rester un bon moment au même endroit, une fois que j'aurai achevé ma tâche ici et que dona Elena sera repartie saine et sauve pour l'Espagne.

— Mais vous êtes un comédien ambulant !

— C'est ce que j'étais en effet, depuis l'âge de neuf ans. Et j'en ai vingt-sept à présent. Autant dire que je suis un peu las de cette perpétuelle errance. Trop vieux pour continuer à endosser les habits d'Arlequin et à danser sur la corde raide !

Trop vieux pour espionner ? Elle comprenait ce qu'il ressentait. A vingt et un ans à peine, elle avait parfois l'impression que des siècles pesaient sur ses épaules…

— Qu'allez-vous faire à la place ?

— Vous allez vous moquer de moi si je vous le dis, ma reine des fées !

— Je suis incapable de rire de vous… sauf quand vous jouez Arlequin. Là, vous êtes irrésistible, je l'avoue.

— Vous m'avez déjà vu en *Arlecchino* ?

— Une fois, sur la place Saint-Marc. Vous vous gaussiez du vieux mari jaloux avec votre Colombine.

— Bientôt, je serai plus convaincant en barbon qu'en amoureux fringant.

— Vous ? Jamais de la vie !

Elle passa un doigt caressant sur son torse et son ventre musclés.

— Il n'y a pas un comédien en Europe qui ait plus belle allure que vous dans ces habits ajustés…

— Petite coquine ! Je comprends à présent pourquoi vous êtes venue à moi. Vous brûliez de désir pour Arlequin, voilà la vérité.

— Qui pourrait m'en blâmer ?

Elle posa la tête sur sa poitrine, attentive aux pulsations de son cœur.

— Que ferez-vous si vous abandonnez les planches ?

— J'ai l'intention de devenir fermier.

Elle écarquilla les yeux.

— Fermier, vous ? En Russie ?

— Oh, non ! J'ai perdu le goût des frimas. L'épouse de mon ami Marc m'a vendu un domaine près de Venise, dans l'arrière-pays. Le terrain est quasiment en friche et la villa a brûlé lors d'un incendie. Aussi ai-je l'intention d'en faire construire une nouvelle. Je m'occuperai de mes vignes et de mes champs, apprendrai à faire le vin et à presser l'huile d'olive. Et je vieillirai en paix, sous le chaud soleil d'Italie.

Marguerite ferma les yeux pour mieux se représenter la scène. Une maison en stuc blanc couronnée de tuiles rousses, des rideaux transparents flottant dans la brise, la table chargée de pain, de fromage et d'olives, et le vin du cru servi sur la terrasse ombragée de cyprès… Elle voyait les vignes s'étendre au loin avec leurs grappes gorgées de sucre, jusqu'au jour où les fruits se transformaient en élixir magique.

— Le vin…, murmura-t-elle. C'était la seule passion de mon père, en dehors du culte qu'il vouait au souvenir de ma mère.

Il lui caressa nonchalamment l'épaule.

— Seriez-vous en train de me dire que vous avez eu des parents, Marguerite ? De véritables êtres humains, et non des elfes du pays des fées ? Je n'en crois rien. Quelque sorcière a dû vous déposer sur le seuil de leur maison… ou vous échanger subrepticement contre un bébé humain.

Elle éclata d'un rire argentin.

— Bien sûr que j'ai eu de vrais parents ! Je ne me souviens pas de ma mère. Mais mon père me promenait dans ses vignes quand j'étais petite et m'enseignait les méthodes de fabrication du vin qu'il avait lui-même apprises dans des ouvrages de viticulture espagnols ou italiens.

— Et réussissait-il ?

— Très mal, mais il n'a jamais cessé d'essayer. Nous habitions la Champagne, où les hivers sont précoces et froids. Mais le sol crayeux était très bon pour les vignes. Mon père s'acharnait à obtenir un vin blanc très légèrement coloré, ce fameux *vin gris* si prisé à la cour. Mais il semblait y avoir une malédiction sur ses vignes et il s'est progressivement ruiné, au fil des vendanges désastreuses. Mais il n'a jamais cessé pour autant d'étudier et d'expérimenter, mélangeant les crus, testant les meilleurs raisins.

Nicolaï lui caressa doucement le dos.

— Il semblerait qu'il ait transmis ses connaissances à sa fille…

— En partie. Je n'ai pas le temps à présent, mais peut-être qu'un jour…

— Un jour quoi ?

Elle secoua la tête. Comment aurait-elle pu exprimer à voix haute des désirs confus qu'elle n'aurait su définir elle-même, des espoirs qu'elle n'osait même pas se permettre ? Elle n'aurait pas dû lui parler de son père, pour commencer. Mais c'était ses projets à lui qui avaient déclenché cette irrésistible remontée de souvenirs. La blanche demeure, les vignes sous le ciel bleu, aussi infini que le regard de Nicolaï…

Elle l'embrassa pour toute réponse, un langage qu'au moins elle pouvait partager avec lui. Les lèvres du Moscovite se pressèrent sur les siennes, brûlantes et affamées, tandis qu'elle rejetait le drap pour dévoiler son corps nu.

— Il reste des heures avant l'aube, chuchota-t-elle contre sa joue.

— Hmm…, marmonna-t-il en l'attirant contre lui. Comment allons-nous passer tout ce temps ?

13

Des éclats de rire résonnaient entre les murs du court recouverts de peinture noire. Les écrans tendus devant les fenêtres en vibraient légèrement, ainsi que les franges du filet de corde.

Marguerite contemplait cette effervescence avec nostalgie. Le lieu était bien plus bruyant que le soir où elle y avait trouvé Nicolaï occupé à travailler son service. Mais le Moscovite n'était pas là, et sans lui tout ce divertissement lui semblait bien insipide.

Cet après-midi-là, le roi Henri affrontait son ami sir Nicholas Carew, maître des écuries royales. Un différend étant survenu sur un point du règlement, les deux hommes discutaient avec l'arbitre. Marguerite était assise avec les autres spectateurs dans la galerie, derrière Claudine qui conversait avec la reine et ses dames. Depuis son siège haut perché, la jeune femme pouvait aisément observer tout ce qui l'entourait.

Aucun Espagnol n'assistait à la rencontre, pas même dona Elena. Seuls les Français étaient présents, mêlés à l'assistance anglaise. Tout ce beau monde conversait gaiement en risquant des paris sur l'issue de la partie.

— Allez-vous parier sur le roi, mademoiselle Dumas ?

s'enquit Roger Tilney, qui vint occuper la place vide à côté d'elle.

Marguerite lui sourit. Il était beau garçon, indéniablement, avec ses prunelles brunes et sa chevelure luisante, noire de jais. Et il semblait béat d'admiration devant elle, ce qui pouvait toujours se révéler utile. Mais chaque fois qu'elle levait les yeux vers lui ou le voyait sourire, c'était un autre regard qu'elle voyait, aussi bleu qu'un ciel de Champagne en été…

— Je ne suis pas une joueuse, monsieur Tilney. J'ai une fâcheuse tendance à choisir toujours le mauvais cheval…

— Bah, le roi est un excellent tennisman et vous ne prendriez pas grand risque en pariant sur lui.

— C'est possible, mais je préfère dépenser mon argent pour des choses à ma portée.

Et, se penchant à l'oreille de son interlocuteur :

— Les rubans et les bijoux, si vous voyez ce que je veux dire…

Tilney s'esclaffa et caressa la manche de velours émeraude de la jeune femme, dont l'ourlet s'ornait d'un liséré de satin blanc.

— Il est vrai que vous êtes infaillible en matière de mode, mademoiselle. Il suffit de vous regarder pour en être persuadé.

Marguerite éloigna la main du jeune homme d'un petit coup d'éventail.

— En France, j'ai souvent vu le roi François s'exercer au jeu de paume. Mais votre tennis me semble obéir à des règles toutes différentes.

— Nous autres Anglais ressentons toujours le besoin d'apposer notre marque sur toute chose, expliqua Tilney, qui ne parut pas se formaliser d'avoir été gentiment remis à sa place.

— Expliquez-moi donc ce qui se passe à présent, demanda Marguerite, en voyant l'arbitre regagner sa guérite, tandis que les deux adversaires échangeaient leurs places.

Tilney s'exécuta volontiers et lui donna un aperçu des principales règles du lawn-tennis.

— Sa Majesté le roi est particulièrement habile à la stratégie, conclut-il.

— Vous me semblez très au fait de toutes les subtilités du jeu, monsieur Tilney. Pourquoi ne jouez-vous pas vous-même ?

— Contre le roi ? répondit-il en riant. Non, merci. Je préfère montrer mon adresse physique dans des circonstances moins risquées.

— J'imagine..., murmura-t-elle.

Elle reporta son attention sur les joueurs, qui trempaient à présent leur chemise et dont les échanges se faisaient de plus en plus complexes et inventifs. Penché vers elle, Tilney lui commentait leurs différentes manœuvres. Mais elle ne l'écoutait que d'une oreille, plus encline à scruter l'assistance que le court.

La reine Catherine affichait une sérénité parfaite, tandis qu'elle applaudissait les exploits du roi en échangeant de menus propos avec Claudine de Calonne. La comtesse elle-même semblait de meilleure humeur aujourd'hui, peut-être parce que son époux était assis près d'elle. Ses yeux brillaient chaque fois que le comte lui adressait la parole, même si ses commentaires étaient à contretemps. Pauvre Claudine...

Ah, ces maris ! Une déconcertante engeance, en vérité. Marguerite s'était toujours réjouie de ne pas être liée à l'un de ces messieurs, surtout s'il devait ressembler au roi Henri ou au comte de Calonne.

« Le mariage stabilise un homme », lui avait assuré dona Elena. Ou quelque chose dans ce goût-là... Mais elle n'avait rien observé de tel pour sa part. Il était vrai aussi qu'elle n'avait jamais rencontré un spécimen comme Nicolaï, dont l'existence n'était pas entièrement vouée à l'obsession de l'avancement. Après tout, le mariage stabilisait peut-être réellement cette sorte d'homme... ou de femme.

Décidément, son séjour en Angleterre était en train de lui enseigner bien des leçons. D'un genre auquel elle ne s'attendait guère...

La partie s'acheva enfin sur la victoire du roi, comme il était prévisible. Laissant les deux adversaires changer de chaussures et s'envelopper dans un manteau, le public commença à évacuer la galerie. Les gens réglaient leurs paris et se donnaient rendez-vous pour plus tard.

— Eh bien, avez-vous gagné, monsieur Tilney ? s'enquit Marguerite en voyant le jeune homme rempocher sa bourse.

— Bien entendu. Je ne suis pas assez stupide pour parier contre le roi, dans quelque domaine que ce soit.

— Où est le plaisir du jeu, s'il gagne toujours ?

— Il lui arrive de perdre, même s'il déteste cela. Mais il apprécierait encore moins de sentir qu'on l'a « laissé gagner » par respect pour son rang. Aussi se résigne-t-il de temps à autre...

— Et l'intuition consiste à deviner quand ?

— Vous me semblez très *intuitive* vous-même, mademoiselle Dumas. Vous avez eu tort de ne pas parier !

Marguerite sourit.

— J'utilise mon intuition dans des jeux plus sûrs que le tennis.

— Existe-t-il des jeux sûrs dans la vie ?

Elle eut la vision fugitive d'une villa blanche entourée de vignes et baignée de soleil, puis du corps glorieux de Nicolaï sur les draps de satin blanc.

— Je commence à espérer que oui…

— Dites-moi lesquels, car je crains de n'en avoir jamais trouvé.

Portés par le flot des spectateurs qui s'écoulaient du court, ils débouchèrent dans la lumière grise et brumeuse de cette journée d'hiver. Claudine s'éloigna avec la reine, et son visage se pinça de nouveau quand elle vit son époux prendre la direction opposée.

L'air frais du dehors était particulièrement revigorant après l'atmosphère humide et étouffée du court de tennis. Marguerite prit une profonde inspiration et tenta de chasser Nicolaï de ses pensées. Elle ne *voulait* pas le trouver différent des autres, au nom du ciel ! Pas question de rêver à une villa ensoleillée sous le ciel d'Italie…

Elle ne *voulait* pas se laisser prendre à ce mirage.

— Accepterez-vous de faire quelques pas avec moi dans le jardin ? s'enquit Tilney, brisant le cours de ses réflexions.

Elle acquiesça et prit le bras qu'il lui offrait.

— Un peu d'exercice sera le bienvenu, après être restée assise si longtemps.

D'autres avaient eu la même idée, car les allées bordées de haies basses étaient remplies de courtisans heureux d'échapper un moment aux réunions diplomatiques et aux salles étouffantes du palais.

Les deux jeunes gens s'arrêtèrent un instant pour observer une partie de boules sur le gazon.

— Avez-vous toujours vécu à la cour, monsieur Tilney ?

— Depuis que je suis enfant. Mon père est mort quand

j'étais très jeune et ma mère m'a envoyé servir ici en tant que page.

— Et vous n'en êtes jamais parti ?

— Où serais-je allé ? Le lieu où réside le roi est pour nous le centre du monde. Je suppose qu'il en est de même en France.

— Oh, oui. Comme vous, je suis arrivée très jeune à la cour. C'est le seul milieu que je connaisse.

Il cligna de l'œil, malicieux.

— Un *jeu* merveilleux, n'est-ce pas ?

Elle hocha la tête, sincère.

Un jeu dangereux, certes, mais indéniablement palpitant. Et elle en maîtrisait parfaitement les règles. Pourtant, elle ne se voyait pas y jouer toute sa vie. Il fallait bien qu'il y eût autre chose…

Tilney haussa les épaules.

— De toute façon, on n'a pas le choix. Sans la faveur royale, on ne peut rien faire.

Ils continuèrent à marcher, longeant des fontaines et des bancs. Sur l'une des pelouses, une partie de colin-maillard était en cours. Les cris et les rires des pages et des filles d'honneur résonnaient joyeusement, éveillant les échos des bosquets endormis.

Marguerite les écoutait, le cœur empreint d'une vague nostalgie. Avait-elle jamais été aussi jeune et insouciante ? Comme Nicolaï, elle se sentait bien plus vieille que son âge, et ce sentiment allait chaque jour croissant. Bientôt, rien de tout cela ne l'amuserait plus. Pas même ce jeu du chat et de la souris auquel elle se livrait avec les Anglais et les Espagnols.

Et que ferait-elle si le duc et la duchesse de Bernaldez se révélaient un obstacle à l'alliance franco-anglaise ? Devrait-elle les éliminer, en accord avec ses instructions ?

Elle secoua la tête, ne sachant plus où elle en était. Si elle s'était écoutée, elle aurait volontiers pris la fuite. Mais elle n'avait nulle part où aller. Tilney avait raison, il n'y avait que la cour. Elle n'avait ni famille ni amis, et, à part se battre et espionner, elle ne savait rien faire. Elle non plus n'avait pas le choix. Il lui fallait continuer sa tâche, bon gré mal gré.

Elle serra légèrement le bras de Tilney.

— Vous avez assisté à la rencontre entre le roi Henri et l'évêque de Grammont, n'est-ce pas ?

— Bien entendu. Les négociations s'annoncent délicates et le roi a besoin de conseils.

Oui, et les avis des uns et des autres allaient certainement se contredire, songea-t-elle. Wolsey pour les Français, la reine Catherine pour les Espagnols… Certes, la reine n'était plus en faveur en ce moment, mais cela pouvait changer d'un jour à l'autre.

— La comtesse de Calonne se fait du souci pour son mari, murmura-t-elle, tâtant le terrain. Elle craint que ce long voyage, si périlleux au mitan de l'hiver, ne se révèle inutile en fin de compte.

— La comtesse se ronge beaucoup, c'est normal dans son état, répondit Tilney avec indulgence. Mais elle ne devrait pas s'en faire sur ce point. Son séjour ne sera pas inutile, de toute façon.

Marguerite ralentit le pas et tourna la tête vers lui. Il devait en savoir davantage sur les négociations qu'il ne voulait bien le dire. A elle de lui tirer les vers du nez. Les hommes ne parlaient jamais aux femmes de politique, parce qu'ils s'imaginaient qu'elles ne comprenaient rien à ses subtilités. Mais qu'à cela ne tienne ! Elle savait comment retourner cela à son avantage et faire parler ces messieurs sans même qu'ils aient conscience de s'être livrés…

Avec un sourire enjôleur, elle se rapprocha de lui pour qu'il puisse humer le parfum de ses cheveux et voir jouer la lumière dans ses cheveux cendrés.

— Le roi est bien avisé de vous faire confiance, monsieur Tilney.

Il lui sourit en retour avec un soupçon de fatuité et tendit la main vers l'une de ses boucles blondes, comme s'il ne pouvait s'en empêcher.

— Je ne joue qu'un très petit rôle à la cour, vous savez.

— Je suis sûre que ce n'est pas vrai. Un homme aussi intelligent, aussi séduisant que vous…

Il n'attendit pas qu'elle eut achevé pour s'emparer de sa bouche et elle se laissa aller contre lui, les mains posées sur ses épaules. Il embrassait bien, avec une sensualité experte, promenant ses lèvres sur les siennes avec une douceur calculée. Puis il approfondit le baiser, nouant les bras autour de sa taille pour la plaquer contre lui.

Tout cela était parfait… sauf qu'elle ne ressentait rien. Ou plutôt si, elle se sentait prise au piège ! Un insidieux sentiment de peur l'envahit, tandis que la langue du jeune homme, entrelacée à la sienne, plongeait dans les profondeurs de sa bouche. Son cœur se mit à battre de répulsion, son corps se glaça. Elle ne pouvait pas, c'était plus fort qu'elle !

Incapable d'endurer le contact davantage, elle le repoussa de toutes ses forces et détourna la tête pour lui dérober ses larmes.

Il la lâcha, contrit.

— Pardonnez-moi, mademoiselle, murmura-t-il d'une voix rauque. Je ne voulais pas m'imposer. Mais vous êtes si belle…

Marguerite se força à rire et esquissa un geste insouciant, ravalant sa peur et son dégoût.

— Bah, il n'y a pas de quoi fouetter un chat. Un petit baiser dans un jardin, voilà tout... Un courtisan chevronné comme vous sait forcément s'y prendre avec les femmes. Vous devez collectionner les conquêtes, je suppose.

Sa remarque eut l'effet escompté. Tilney se mit à rire, flatté, et n'éleva pas la moindre objection lorsqu'elle allégua un accès de fatigue pour rentrer sans lui au palais.

— Faites, mademoiselle, je vous en prie...

Elle s'éloigna avec lenteur en balançant gracieusement ses jupes. Mais à peine eut-elle tourné le coin d'un bosquet qu'elle se mit à courir, aussi vite que le lui permettaient son corset trop serré et ses chaussures à hauts talons. Elle ne s'arrêta, hors d'haleine, que lorsqu'elle eut atteint le bord de la rivière et ne put aller plus loin.

L'estomac retourné, elle se pencha au-dessus de l'eau grise. Une nausée lui montait à la gorge et elle croisa les bras sur son abdomen. Quelque chose avait profondément changé en elle, qu'elle le veuille ou non. Et la métamorphose était intervenue si vite qu'elle ne s'en était même pas aperçue... jusqu'à ce que Tilney l'embrasse.

La carapace qu'elle avait soigneusement érigée autour d'elle s'était fissurée. Elle avait beau faire, elle ne parviendrait jamais à réparer la brèche ni à colmater les fissures. Ses défenses s'écroulaient l'une après l'autre, laissant son cœur à nu.

Elle se raidit, le regard fixé sur le fleuve. Les eaux coulaient imperturbablement, indifférentes aux passions des hommes.

Que lui arrivait-il, bonté divine ? Elle ne comprenait pas. Etait-ce Nicolaï et l'étrange attraction qu'il exerçait sur elle ? Sa façon de lui faire l'amour, de lui parler, d'évoquer devant elle ces visions de paix et de vie champêtre dont il se berçait désormais ?

L'espace d'un instant, elle eut la tentation de se laisser glisser dans les eaux froides de la rivière et de disparaître à jamais de la surface de la terre. Mais le suicide ne ferait qu'empirer les choses. Son âme était déjà suffisamment chargée de péchés !

Jamais, même à la mort de son père, elle ne s'était sentie aussi seule.

Elle remontait lentement vers le palais, vers toute cette vie compliquée qui l'attendait là-bas — la seule qu'elle eût jamais connue — quand une voix la héla d'une allée latérale.

— Ah, mademoiselle Dumas !

Elle tourna la tête et vit le comte de Calonne se diriger vers elle, le père Lebêque sur les talons. D'un geste furtif, elle essuya ses larmes et plaqua un sourire d'accueil sur son visage.

— Que faites-vous là toute seule ? s'enquit le comte en s'inclinant sur sa main.

— J'avais besoin de respirer un peu d'air frais après le tennis, assura-t-elle d'un ton léger.

Calonne lui sourit en retour et une étincelle de gaieté pétilla dans son regard noisette. Fort différent de sa femme, il semblait toujours enjoué, et son dévouement à la cause française ne l'empêchait pas d'apprécier la plaisanterie à l'occasion.

— Votre épouse est rentrée au palais avec la reine, l'informa Marguerite.

— Parfait. J'espère que Claudine va finir par s'acclimater ici. Il le faudrait, car notre séjour risque de se prolonger, je le crains. Au moins pour quelques semaines…

— Les négociations ne se dérouleraient-elles pas comme

vous le souhaitez ? s'enquit-elle, en tâchant d'ignorer le regard insistant du père Lebêque.

— Bien au contraire. Le roi Henri semble apprécier notre compagnie et rechigne à nous laisser partir. Toutes les excuses lui sont bonnes pour nous retenir ici. Et comment l'en blâmer ? Les Français sont de délicieux causeurs, des danseurs hors pair... et ils ont les plus jolies femmes du monde !

Marguerite pouffa.

— J'ai pourtant vu de charmantes dames céans. Lady Pénélope Percy, par exemple. Et...

— Mlle Boleyn ? acheva le comte.

Il jeta une œillade au père Lebêque et offrit son bras à Marguerite :

— Nous allons prendre une barge pour nous rendre à Londres, où nos affaires nous appellent. Nous ferez-vous la grâce de nous accompagner jusqu'à l'embarcadère ? Nous allons profiter de la marée.

Elle acquiesça, heureuse de ce dérivatif qui l'empêchait de penser. Le comte l'entraîna vers la rivière, suivi d'un père Lebêque silencieux dont on entendait bruisser la robe noire.

— Mlle Boleyn est très séduisante, reprit la jeune femme.

Le comte hocha la tête.

— Elle a été élevée en France, à ce que j'ai cru comprendre, répondit-il. Peut-être est-elle favorable à notre cause ?

— Je ne saurais dire, n'ayant pas eu l'occasion jusqu'ici de converser avec elle. Mais je la vois mal prenant le parti de la reine.

— Très juste. Je devrais demander à Claudine de s'entretenir avec elle. Peut-être pourrait-elle l'inviter pour un dîner ou une partie de cartes.

Marguerite doutait que la froide hospitalité de la comtesse puisse rallier la pétulante et caustique Anne Boleyn à la cause française.

— Si on la traite en personne importante, peut-être…

— En reine, vous voulez dire ? Ce serait judicieux, en effet. D'après ce que l'on m'a dit, les Boleyn se sont toujours fait une très haute idée d'eux-mêmes, bien que d'assez petite souche. Le père Lebêque est persuadé que l'attachement du roi pour lady Anne n'est qu'une passade. Un simple caprice, comme avec Marie Boleyn ou miss Blount. Qu'en pensez-vous, mademoiselle Dumas ?

Marguerite songea aux regards énamourés dont le roi couvait Anne Boleyn, le soir du bal. Avec quelle déférence passionnée il lui prenait la main, chaque fois que les figures de la danse les rapprochaient l'un de l'autre !

— Je ne saurais lire dans les pensées du roi, murmura-t-elle.

— Mais si quelqu'un sait reconnaître un homme amoureux, c'est certainement vous…

Marguerite eut un sourire amer.

— Un peu, admit-elle. Si vous voulez mon avis, il est certainement épris d'elle à sa façon. Elle le manœuvre avec beaucoup d'habileté et doit avoir une indéniable influence sur lui.

Le comte hocha la tête, tandis qu'ils s'arrêtaient au sommet des degrés de pierre donnant accès à la rivière. Une barge arrimée attendait en bas.

— Demain, dès mon retour, je demanderai à Claudine d'inviter miss Boleyn à dîner. Accepterez-vous de vous joindre à nous, mademoiselle Dumas ?

— Bien volontiers. Je vous souhaite un bon voyage, monsieur le comte.

Debout sur le dock, Marguerite regarda l'embarcation

s'éloigner jusqu'à ne plus former qu'un point sur l'horizon. Si seulement elle avait pu l'imiter ! S'envoler dans le ciel comme un oiseau, ou disparaître, tel un poisson argenté, dans la profondeur des flots…

Une bourrasque souleva les pans de sa cape et elle frissonna sous la morsure du froid. Foin des vaines rêveries ! Il était temps de regagner l'abri du palais. D'un pas hâtif, elle tourna le dos au fleuve et retourna vers les bâtiments, incertaine de ce qu'elle allait faire à présent. Elle se sentait si perdue, si désarmée…

Puis elle avisa le théâtre, dont les portes étaient restées entrouvertes. Nicolaï n'avait pas assisté au match. Peut-être se trouvait-il là, dans son petit havre de paix ?

Son cœur bondit dans sa poitrine à cette seule pensée. Si elle avait eu la moindre sagesse, elle aurait passé son chemin et se serait hâtée vers sa chambre, pour y affûter ses dagues et mettre sur pied un nouveau plan. Mais ses pas l'entraînèrent irrésistiblement vers le théâtre, d'abord hésitants, puis de plus en plus précipités, comme si elle avait eu des ailes.

D'un geste souple, elle se glissa entre les deux battants et s'arrêta un instant pour reprendre son souffle. Le chœur de la Chapelle royale était en train de répéter, et de douces voix angéliques s'élevaient au fond du bâtiment, vibrantes de jubilation, de ferveur. Et si débordantes de certitude…

Si seulement elle avait pu être aussi sûre de sa propre voie ! Mais pour l'instant elle était surtout consciente de l'émotion qui lui nouait l'estomac. Comme un frisson d'anticipation…

A pas muets, elle rasa les murs jusqu'à la porte du réduit de Nicolaï et prêta l'oreille, attentive aux moindres sons. Mais elle n'entendit rien, excepté le bourdonnement de son propre sang dans ses oreilles. Sans se laisser le temps de revenir à elle et de s'enfuir, elle se glissa subrepticement dans la pièce. *Il* était bien là, occupé à peindre les remparts d'un château en carton-pâte à demi achevé. Les cheveux noués sur la nuque, il portait une vieille chemise maculée de taches multicolores, dont le col ouvert dévoilait sa poitrine musclée.

Surpris, il se retourna au bruit de la porte et un sourire incurva ses lèvres.

— Marguerite ! Que faites-vous ici ?

Elle ouvrit la bouche pour répondre, mais aucun son ne franchit ses lèvres. Qu'aurait-elle pu dire, en vérité, quand elle ne savait pas elle-même ce qu'elle faisait là ?

Mue par une impulsion irrésistible, elle se précipita vers lui pour s'emparer de sa bouche. Il écarta les lèvres, surpris, tandis qu'elle cherchait sa langue dans un voluptueux enlacement. Elle perçut le léger son du pinceau qui tombait sur le sol tandis que les bras de Nicolaï se refermaient sur elle si étroitement qu'elle ne savait plus où elle commençait ni où il finissait. Ce baiser-là était exactement ce qu'il devait être. Rien à voir avec l'approche maladroite qu'elle venait de vivre avec Tilney ! Leurs bras, leurs bouches, leurs corps tout entiers se fondaient l'un dans l'autre si parfaitement qu'on les aurait crus faits pour cela depuis toujours. Eperdue, elle se cramponna à lui comme si cette étreinte avait dû être la dernière — ce qui pouvait bien être le cas.

— Marguerite..., murmura-t-il lorsqu'il put enfin relever la tête. Quelque chose ne va pas ?

Elle rejeta la tête en arrière pour le regarder.

— Je mourais d'envie d'un baiser, voilà tout. Etait-ce si terrible ?

— Non, bien sûr. Mes lèvres sont toujours à votre disposition. Disons que j'ai été un peu surpris, voilà tout.

Elle posa la tête au creux de son épaule et respira profondément l'odeur qui émanait de son corps. Ses battements de cœur s'apaisaient peu à peu et elle se sentit mieux, réconfortée par sa chaleur. Elle comprenait à présent pourquoi les amis de Nicolaï éprouvaient en lui une telle confiance. Il était si fort, si rassurant. Pareil à un feu de joie brûlant dans une froide nuit d'hiver…

— Marguerite, quel jeu jouez-vous ? s'enquit-il avec une grave douceur.

Un soupçon de méfiance teintait sa voix et elle sentit une pointe de glace s'enfoncer dans son cœur. Elle était venue vers lui poussée par un élan sincère, tel qu'elle n'en avait pas éprouvé depuis bien des années, et voilà qu'il la soupçonnait de jouer un rôle ! Mais pouvait-elle lui en vouloir, quand toute sa vie n'était que comédie ? Lui avait-elle jamais montré autre chose que masques et faux-semblants ?

Elle s'éloigna de lui et lui tourna le dos pour qu'il ne vît pas les larmes qui perlaient à ses paupières. A quoi bon pleurer ? Cela ne servait à rien qu'à vous rougir le visage et à empirer les choses.

— Un baiser, c'est toujours un jeu en soi, non ? fit-elle avec un rire insouciant.

Elle s'approcha du château en carton-pâte et fit mine d'examiner les tourelles et les douves.

— Qu'êtes-vous en train de faire ?

Il se plaça près d'elle sans la quitter des yeux, visiblement suspicieux.

— C'est votre Château Vert, bien entendu. Le décor de la pièce.

— *Mon* château ?

— N'êtes-vous pas censée interpréter Beauté ? Vous vous assoirez là, avec toutes vos dames autour de vous.

Il désigna une plate-forme entre les tours, où l'on accédait par une volée de marches.

Tant de choses s'étaient passées ces derniers jours que Marguerite en avait presque oublié la pièce.

— Quand les répétitions vont-elles commencer ?

— Dans deux ou trois jours, j'espère. Dès que les peintures auront séché et que les dames ne courront pas le risque de ruiner leurs robes. Les rôles sont presque tous distribués.

— Lequel interpréterez-vous ? Peut-être l'un des chevaliers qui assiègent la forteresse ?

— Oh, non. Cette fois, je me contenterai d'être le metteur en scène.

— Quel dommage ! Bien qu'il n'y ait pas grande gloire, avouez, à conquérir un château exclusivement habité par des dames... Un seul regard sur vous et elles feront abaisser le pont-levis séance tenante !

Nicolaï s'esclaffa, et son rire réchauffa un peu le cœur de Marguerite.

— Rien ne sera conquis du tout, si le château n'est pas fini à temps.

— Oh, mais je vais vous aider, proposa-t-elle aussitôt.

Elle délaça ses manches en velours pour pouvoir retrousser les poignets de sa chemise et s'empara d'un pinceau.

— N'avez-vous pas d'autres devoirs à remplir ? s'enquit-il.

Elle lui sourit en brandissant sa brosse comme une rapière.

— C'est ici que je me sens le mieux. Je ne donnerais pas ma place pour un empire !

14

La brise était revigorante après les relents de peinture qui saturaient le théâtre. Marguerite prit place sur un banc de marbre, tandis que Nicolaï restait debout derrière elle, toujours un peu méfiant. Le Château Vert était presque terminé, et ils s'étaient accordé une pause pour respirer un peu d'air frais et siroter un soupçon de vin.

Les mains de la jeune femme étaient maculées de taches vertes et ses épaules, aussi douloureuses que si elle venait de se battre en duel. N'importe, elle ne s'était jamais sentie aussi sereine et satisfaite. Du beau travail ! La forteresse en carton-pâte était toute verte à présent, grâce à leur labeur acharné.

Pendant quelques instants, tous deux restèrent silencieux, observant le ballet des courtisans et serviteurs qui allaient et venaient dans les allées. La princesse Marie déambulait au loin avec son précepteur et ses demoiselles d'honneur. Sa petite silhouette mince semblait presque écrasée sous ses habits de velours pourpre et elle avait l'air bien solitaire, malgré la suite qui se pressait autour d'elle.

Marguerite en eut le cœur navré pour elle. Pauvre petite princesse ! Quelle vie l'attendait en France, à supposer qu'elle devînt la duchesse d'Orléans ? Serait-elle plus heureuse qu'en Angleterre ?

— Quand vous étiez petite, vous deviez un peu lui ressembler, non ? observa Nicolaï, comme s'il avait lu dans ses pensées.

Elle eut un petit rire.

— Sauf que les rois et les empereurs ne se battaient pas pour obtenir ma main !

— En quoi ils avaient grand tort... Non, je pensais à son sérieux, à sa solennité. Regardez-la ! Il y a dans ses yeux une gravité qui n'est pas de son âge, comme si elle détenait une connaissance ignorée de nous tous, pauvres écervelés que nous sommes...

Marguerite observa la princesse. Son précepteur lui désignait un passage dans un livre, pendant que l'une de ses dames lui remontait sa cape fourrée autour du cou.

— Il est vrai que j'étais plutôt du genre trop sérieux, admit-elle. J'étais férue de livres et vivais beaucoup dans mes rêves. Mais je n'avais pas comme elle un entourage suspendu à mes moindres gestes.

Nicolaï avait posé l'un de ses pieds bottés sur le banc. Le coude sur son genou, il observait les évolutions des promeneurs. Une parade sans fin...

— Pas même votre père ?

Elle secoua la tête.

— Mon père m'aimait à sa façon, mais il avait d'autres soucis. La maisonnée lui donnait du fil à retordre. Il n'y avait plus de maîtresse au logis et les serviteurs ne restaient jamais très longtemps. Ma mère est morte tout de suite après ma naissance, voyez-vous...

Il posa sur elle un regard appuyé.

— Je suis désolé, Marguerite !

Elle haussa les épaules. Pas d'apitoiement, au nom du ciel ! Elle pouvait tout supporter de lui, mais pas sa pitié. Jamais...

— Bah, cela arrive souvent. La mère du roi, Elisabeth d'York, est bien morte en couches, n'est-ce pas ? Reine ou pas…

— Que savez-vous de votre mère ?

Les yeux clos, elle revit scintiller au soleil de la Champagne le diamant que son père avait balancé un instant devant ses yeux avant de le déposer dans sa paume d'enfant. Le médaillon de sa mère…

— C'était une célèbre courtisane, l'une des plus belles de son temps. Les princes et les ducs se battaient pour obtenir ses faveurs. Mais, d'après mon père, elle était aussi bonne que belle.

— Et elle l'a préféré à tous les ducs et princes du monde ?

Marguerite sourit à ses souvenirs.

— Il était issu d'une très ancienne famille, noble mais désargentée. Et comme il était un joueur invétéré, il a achevé de se ruiner. Mais il aimait ma mère plus que le *primero*, plus que tout au monde, en fait. Ils sont allés vivre dans le vieux château champenois de mon père, où ils ont connu deux années de bonheur parfait. Il s'occupait de ses vignes et ma mère, de la maison et de sa roseraie. Puis elle est tombée enceinte de moi, et elle a succombé…

— Qu'est devenue alors la petite princesse ?

— Oh, je jouissais d'une santé insolente. J'ai grandi et prospéré. Pas comme les vignes paternelles !

— Et votre père ? Etait-ce un homme de bien, malgré ses… soucis ?

Marguerite réfléchit. C'était une question qu'elle ne s'était jamais posée. Son père était ce qu'il était, voilà tout. Quant à savoir ce qu'était un « homme de bien »… Elle avait croisé le chemin de bien des hommes, mais aucun n'aurait pu prétendre à ce titre.

Excepté Nicolaï, capable de mettre en suspens sa propre vie pour venir en aide à un ami…

— Il n'était pas mauvais, répondit-elle enfin. Il avait ses faiblesses comme tout le monde, et elles ont fini par le perdre. Mais je suis sûre qu'il m'aimait à sa façon. Peut-être parce que je ressemblais à ma mère, comme il se plaisait à le souligner. Quand je suis devenue un peu plus âgée, j'ai eu des précepteurs comme la princesse Marie. Ils m'ont appris les langues, la philosophie, la danse, la musique et l'escrime. Mon père m'a aussi enseigné les rudiments de la viticulture. Puis, quand j'ai eu douze ou treize ans, il m'a emmenée à la cour.

— Pour vous trouver un mari ?

Elle eut un petit rire.

— Voyons, comment aurait-ce été possible ? Il était noble, c'est vrai, mais je n'étais qu'une bâtarde. Et une bâtarde pauvre de surcroît ! Ma seule dot, c'étaient des vignobles malades et un manoir à moitié en ruine. Peut-être pensait-il que je suivrais le chemin de ma mère.

Elle leva les yeux vers Nicolaï, dont le regard était toujours fixé sur elle avec intérêt.

— Vous vous demandez pourquoi je ne l'ai pas imitée ?

Il haussa les épaules.

— Je me garderais bien de juger les actes de qui que ce soit, assura-t-il. Il m'est arrivé à moi aussi de faire d'étranges choix…

— Etranges ? C'est toute votre personne qui est un mystère, Nicolaï Ostrovsky ! Du moins à mes yeux…

Il lui sourit, oubliant enfin sa gravité et cette intempestive pitié dont elle ne voulait pas…

— Parfait, cela veut dire que mon plan fonctionne ! J'avais le projet de vous intriguer.

— Eh bien, vous n'avez que trop réussi, admit-elle avec malice.

Et revenant au sujet précédent :

— Ma mère, voyez-vous, ne s'est jamais appartenue, même quand elle a abandonné sa vie de courtisane riche et fêtée pour suivre mon père. Elle a vécu dans son ombre, complaisante à tous ses caprices. Pour lui, elle a renoncé à tout ce qu'elle avait construit à Paris. Je n'ai pas voulu l'imiter. Pourtant, j'étais ambitieuse à ma façon. J'avais envie de me tailler mon propre chemin dans le monde, de devenir autre chose que la petite bâtarde qu'on marie à un quelconque hobereau de campagne. Mais je ne savais comment m'y prendre...

— Vous auriez pu devenir viticultrice, avança-t-il, mi-sérieux mi-taquin.

— Pourquoi pas ? J'adore les vignes et j'ai toujours été fascinée par cette étrange alchimie qui transforme de simples grappes en nectar. Mais mon père est mort quand j'ai eu quinze ans et le château a été vendu pour payer ses dettes. Je suis retournée seule à la cour, avec les bijoux de ma mère pour toute fortune. Je les ai vendus, excepté un, et l'argent que j'en ai tiré m'a permis de survivre un certain temps.

— Et de devenir le Lys d'Emeraude...

— Pas tout de suite. J'étais trop perdue, trop incertaine... Quand j'ai tué mon premier homme en duel, j'avais à peine seize ans. Il avait tenté de me violer dans les jardins de Saint-Cloud. Heureusement pour moi, c'était un Hollandais ennemi de la France. Au lieu d'être pendue pour ce méfait, j'ai reçu un sac d'or et les remerciements du roi...

Si dépouillée qu'elle fût, cette confession lui avait laissé un goût amer dans la bouche. Elle se leva brusquement et se détourna de Nicolaï, incapable de supporter l'expression de dégoût qui n'allait pas manquer d'altérer son beau visage. Comment en eût-il été autrement ? Une espionne doublée d'une meurtrière...

— Assez parlé pour aujourd'hui, déclara-t-elle. Nous ferions mieux de nous remettre au travail. Il ne reste plus guère de temps avant la représentation...

L'amour qui vit en moi et règne sur mes pensées,
L'amour qui a construit sa demeure dans mon cœur [captif...

Nicolaï écoutait d'une oreille le chœur de la Chapelle royale, qui interprétait un chant d'Henry Howard adapté de Pétrarque. Mais il était plus occupé par la vue de Marguerite que par le concert. Installée sur les gradins, à l'autre bout du théâtre bondé, la jeune femme était assise près de la comtesse de Calonne et les autres dames françaises. Les mains sagement croisées dans son giron et un sourire aux lèvres, elle avait l'air d'une fée ce soir, toute vêtue de vert pâle et la chevelure entrelacée de perles.

Incapable de détourner le regard d'elle, il se remémorait la terrible confession qu'elle lui avait faite quelques heures plus tôt dans le jardin. A peine seize ans, quand elle avait tué son premier adversaire... Il n'avait pas de mal à l'imaginer telle qu'elle devait être alors : si jeune et si seule, sans personne pour lui venir en aide dans cette jungle de la cour où les hommes ne songeaient qu'à profiter de sa fragilité.

Sa voix était restée neutre tandis qu'elle lui narrait l'épisode qui avait changé le cours de sa vie pour toujours. Mais Nicolaï avait bien senti la souffrance secrète qui sous-tendait ses mots. Elle n'avait pas eu le choix, c'était un fait. Et cela expliquait tant de choses... Il comprenait à présent pourquoi elle se livrait si peu et protégeait jalousement le tréfonds de son cœur, même quand il la tenait dans ses bras.

Pour la première fois ce jour-là, il avait vu la façade se fissurer, lui laissant entrevoir ce qui se cachait derrière la beauté de cette femme. La personnalité sombre, vulnérable et ambiguë de Marguerite Dumas…

Mais celle qui m'a appris à aimer et souffrir,
Ne saurait m'imposer d'ombre ni de contrainte…

Les yeux baissés, Marguerite lissait machinalement les plis de sa robe. Que pensait-elle en cet instant, derrière ce sourire de commande plaqué sur son visage ? Regrettait-elle de lui avoir laissé entrevoir un petit aperçu de son passé ? Ou cherchait-elle comment mettre à profit l'intimité que ses confidences avaient créée entre eux ?

Ombre et contrainte…

Elle releva brusquement les paupières et surprit son regard fixé sur elle. L'espace de quelques secondes, le masque tomba et il lut dans ses yeux un profond sentiment de tristesse, de solitude. Entourés de tous ces gens, dans ce théâtre surpeuplé, ils furent un instant seuls au monde, unis par leur secrète connivence et leur désir partagé.

Puis la jeune femme détourna la tête pour reporter son attention vers le chœur et il ne vit plus que la courbe de sa joue marmoréenne et l'éclat nacré de son collier dont les perles brillaient dans la pénombre. Et dire que ce cou charmant avait échappé de si peu à la corde du bourreau ! Si l'homme qu'elle avait tué n'avait pas été un ennemi de la France…

Nicolaï fut pris du besoin insensé de se précipiter vers elle pour la prendre dans ses bras et la serrer si fort que rien de mal ne puisse plus jamais lui arriver…

Mais c'était pure folie, il le savait. Elle avait choisi sa voie et lui la sienne — quitter le monde des intrigues, de la politique et du perpétuel danger. Il n'y avait pas de place pour elle dans sa vie, et réciproquement. Mais cela ne l'exemptait pas pour autant de cet absurde besoin de la protéger, alors même qu'elle avait déjà tenté de le tuer.

Et qu'elle était fort capable de recommencer, pour ce qu'il en savait…

Il se rappela la dague qu'il avait dissimulée dans sa chambre, avec l'émeraude étincelante incrustée dans son manche. Peut-être le moment était-il venu de la rendre à sa légitime propriétaire. Et de laisser le Lys d'Emeraude poursuivre son chemin.

Le concert s'acheva dans une salve d'applaudissements et Nicolaï recula contre le mur pour laisser s'écouler la foule qui se dirigeait vers les portes. D'abord, il allait escorter dona Elena jusqu'à son appartement. Puis il déciderait quoi faire avec cette dague.

Marguerite se dirigea vers la sortie sur les talons de la comtesse. En passant près de lui, elle l'effleura si légèrement qu'il eut à peine le temps de sentir les effluves de son parfum de lys et le furtif contact de sa main. Pourtant, elle avait eu le temps de lui glisser un morceau de parchemin dans la paume.

Elle quitta la salle sans jeter un regard en arrière et ses jupes vert d'eau se fondirent dans la nuit.

Nicolaï déploya le message et le déchiffra d'un coup d'œil.

« Quand le palais sera endormi, je viendrai vous voir.
M. »

15

— Et qu'est-il arrivé après... après votre duel avec ce Hollandais ?

— Hmm ? fit Marguerite.

La tête posée sur l'épaule de Nicolaï, elle somnolait tout en traçant des cercles paresseux sur la poitrine nue de son amant. Une lassitude rêveuse s'était emparée d'elle après le brûlant feu d'artifice de l'amour, et elle dérivait doucement... Mais la question de Nicolaï la réveilla sur-le-champ. Elle interrompit ses caresses et se redressa, aussitôt sur le qui-vive.

— Que voulez-vous dire ? Il n'y a pas eu d'« après » pour lui, puisqu'il était mort.

— Il l'avait bien mérité. Il faut vraiment être le dernier des lâches pour s'en prendre ainsi à une gamine. Mais ma question vous concernait, vous. Comment cet acte de légitime défense vous a-t-il conduite à...

— A devenir le Lys d'Emeraude ?

Elle s'assit, le dos calé par les oreillers, et tira le drap sur ses seins nus. Nicolaï se laissa rouler sur le côté et leva les yeux vers elle, le menton appuyé dans sa paume. Elle eut l'impression d'être acculée par son regard. Plus moyen de se cacher, même pas d'elle-même !

— Je me suis aperçue que j'étais excellente à l'épée.

Les leçons d'escrime et les multiples traités que j'avais lus dans la bibliothèque de mon père avaient indéniablement porté leurs fruits. Je savais également tromper mon monde, sous mes apparences de candeur et d'innocence. Quant au sac d'or que le roi m'avait fait parvenir, il était le bienvenu. J'étais littéralement aux abois et je ne sais comment j'aurais pu continuer sans cela. J'ai pensé que ce serait magnifique de gagner ma vie tout en combattant les ennemis de la France.

— Vous le pensez encore ?

Elle haussa les épaules, indécise.

— Je ne sais rien faire d'autre. C'est la seule vie que je connaisse.

— Oh, vous pourriez en avoir une autre, si vous le souhaitiez. Avec votre volonté...

Il lui prit la main et la retourna pour en examiner la paume. La peau douce et rose était durcie par des cals à la base des doigts. Sans doute le maniement de l'épée ou de quelque autre arme de combat...

— Vous savez que je ne vous laisserai pas vous en prendre à dona Elena ou à son mari... J'ai juré sur ma vie de les protéger.

La main de Marguerite se crispa sur la sienne.

— Et moi, j'ai juré de faire ce qu'il fallait pour que ce projet d'alliance aboutisse, rétorqua-t-elle sur le même ton. Mais je ne ferai pas le moindre mal à dona Elena, rassurez-vous. Elle s'est montrée si bonne pour moi, bien que je ne comprenne pas vraiment pourquoi.

Les doigts entrelacés, ils restèrent étendus un instant en silence.

— Vous n'ignorez plus rien de mon sordide passé, murmura enfin la jeune femme. A présent c'est à votre tour de tout me dire, Nicolaï ?

— Moi ?

Il lui sourit et porta sa main à ses lèvres pour lui embrasser les phalanges.

— Je suis un livre ouvert, *dorogaya*. Vous savez déjà tout de moi.

Elle secoua la tête.

— Vous êtes au contraire la seule personne qui soit restée indéchiffrable pour moi. Vos parents étaient-ils acteurs, eux aussi ? Si c'est le cas, ils ont été pour vous d'excellents professeurs.

Il lâcha sa main et se coucha sur le dos, les mains nouées derrière la nuque. Comme s'il avait besoin de se mettre en condition pour se confier à elle…

— Ils étaient négociants à Moscou, dit-il d'une voix calme. Mon père faisait venir des fourrures du Nord, des soies et des épices d'Orient. Nous vivions confortablement, mes parents, ma petite sœur Alexandra et moi.

Marguerite avait du mal à l'imaginer dans une « confortable » demeure de commerçants moscovites, vêtu du long caftan des Russes aisés et marchandant du poivre ou des étoffes.

— Et qu'est-il arrivé à votre douillette existence ?

— Ma famille a succombé à une épidémie de peste alors que je venais juste d'avoir huit ans. J'ai failli mourir moi-même, mais j'ai survécu contre toute attente.

Il lui montra une marque rouge à l'intérieur de sa jambe, stigmate de l'épidémie.

— Je les ai tous enterrés, même Alexandra, ma belle petite sœur.

Sa voix était unie, sans la moindre trace d'émotion. Mais malgré son apparente impassibilité, Marguerite soupçonnait une douleur enfouie. Elle ne savait que trop ce que c'était que de se retrouver seul au monde, sans personne à aimer.

Prise de compassion pour l'enfant qu'il était alors, elle se pencha pour embrasser tendrement la tragique cicatrice et sentit les muscles de Nicolaï frémir sous la caresse.

— Que s'est-il passé ensuite ?

Il enfouit les mains dans ses cheveux et l'attira de nouveau sur sa poitrine.

— Il ne me restait plus qu'un parent : le plus jeune frère de mon père, Alexeï. Mon oncle avait toujours eu une aversion marquée pour le commerce et les affaires. Il préférait voyager, apprendre et exécuter des tours — des tours de magie. C'était un artiste et un vagabond, si vous voyez ce que je veux dire. Plus jeune, il s'était enfui avec une troupe d'acrobates et mon père ne parlait presque jamais de lui. C'était Alexeï le vaurien, le frère prodigue...

Nicolaï souriait d'un air nostalgique en prononçant ces paroles, perdu dans ses souvenirs, et elle devina à quel point il avait aimé son oncle.

— Il est venu vous chercher après la mort de vos parents ? demanda-t-elle, désireuse d'en apprendre davantage.

Nicolaï hocha rêveusement la tête. En cet instant, il avait l'air si accessible, si proche d'elle...

— Il s'est mis en route dès que j'ai pu le localiser et lui envoyer un message. Il lui a fallu longtemps, car il avait un long trajet à faire. Entre-temps, j'avais été recueilli dans un monastère. Ces quelques mois passés en compagnie des frères ont suffi à me prouver que je n'avais pas un atome de vocation pour la vie religieuse. Je préférais de loin le genre d'existence que menait mon oncle.

— C'est lui qui vous a enseigné le métier d'acteur ?

— Oui, et bien d'autres choses aussi : marcher sur la corde raide, manier l'épée...

— Et séduire les femmes ? ajouta-t-elle.

Il éclata de rire.

— Oui, c'était aussi dans ses cordes ! Il est mort quelques années plus tard, me léguant ses costumes et assez de matériel pour que je puisse fonder ma propre troupe. Il m'a aussi laissé quelque chose d'autre…

Marguerite était tout ouïe.

— Quoi donc ?

— Oh, non, mademoiselle, fit-il avec un sourire. Ce sera pour une autre fois. Assez parlé pour ce soir !

Il la fit pivoter sur le dos et parsema ses épaules de baisers, avant de poser les lèvres sur ses seins… Elle frissonna, submergée par le flot affolant des sensations qui montaient en elle avec la puissance d'une houle.

— Moi aussi, je suis lasse des paroles. Votre bouche talentueuse serait mieux occupée à d'autres choses, Nicolaï Ostrovsky.

— S'il vous plaît, dites-moi quelles sont ces « autres choses », *vodyanoi*, chuchota-t-il contre sa peau.

— Oh, je crois que vous le savez fort bien. Vous faites déjà merveille…

— Comme cela ? chuchota-t-il en lui effleurant la jambe d'une longue caresse.

Il souleva son petit pied cambré et le porta à ses lèvres, suçant tour à tour chacun de ses orteils.

Marguerite poussa une exclamation, entre rire et gémissement.

— C'est… c'est un bon début ! l'encouragea-t-elle, manifestement troublée.

— Et cela ? fit-il en remontant le long de sa jambe.

Elle frissonna. D'abord imperceptiblement, puis de plus en plus violemment. Elle eut un léger sanglot de plaisir quand elle le sentit titiller de la langue le petit coin de chair particulièrement sensible derrière son genou. Ensuite la fossette qui creusait l'intérieur de sa cuisse… Seigneur, cet homme avait le pouvoir de lui faire perdre tous ses moyens. Un pouvoir presque divin…

— Mon bel archange…, chuchota-t-elle, à demi pâmée de plaisir.

Chaque parcelle de chair qu'il touchait de ses lèvres se mettait à vibrer, riche d'une vie insoupçonnée. Elle se perdait en lui, comme s'il était le seul être qui existât en ce monde. Les jambes écartées, elle se cramponna à ses épaules tandis qu'il embrassait l'intérieur de ses cuisses, de plus en plus haut, dans une lente et torturante caresse. Jusqu'à ce qu'il lui donne enfin ce qu'elle attendait avec une brûlante impatience…

Un cri s'exhala d'elle lorsqu'elle sentit sa langue s'introduire dans les profondeurs humides de sa féminité. Sans aucune retenue, elle s'ouvrit à lui, pantelante de désir, lui offrant tout ce qu'elle était, maintenant et à jamais.

Encore et encore, sa langue plongea, de plus en plus profond. Elle l'avait saisi par les cheveux pour le presser plus près, toujours plus près d'elle. Funambule de génie, il jouait de son corps avec la même virtuosité qu'il marchait sur la corde raide. Et tout en elle répondait en un flot inexorable de sensations délicieuses. Jamais elle ne s'était sentie aussi palpitante, aussi profondément vivante.

— Oh, Nicolaï…, chuchota-t-elle dans un sanglot en se cambrant vers lui.

Elle retomba sur les draps dans un spasme ultime, tandis que le monde autour d'elle explosait en une myriade d'étoiles scintillantes.

Bleues, rouges, dorées…

— Mon cœur…, murmura-t-elle.

Il se redressa, elle sentit son corps musclé glisser contre le sien tandis qu'il s'emparait de ses lèvres. Tout ce qu'ils étaient l'un et l'autre fusionna en un enivrant mélange, dans la magie unique de cet instant.

Nouant les jambes autour de lui, elle l'attira en elle jusqu'à ce qu'elle ne puisse plus dire où elle finissait ni où il commençait. En cet instant de fusion parfaite, ils ne formaient plus qu'un.

Quand elle retournerait en France et qu'il reprendrait le chemin de l'Italie, vers sa villa vénitienne nimbée de soleil, lorsqu'ils se scinderaient en deux êtres distincts de nouveau, sans doute vivrait-elle cela comme un arrachement.

L'impression d'avoir perdu une partie d'elle. Son cœur, peut-être…

16

— Un pique-nique ? se récria Claudine, stupéfaite. Vous voulez dire que nous allons manger par terre ? Comme des animaux ?

— Voyons, ma chère, il ne faut pas voir les choses ainsi ! protesta le comte, qui se voulait convaincant. Ce sera très amusant. Imaginez que vous êtes une bergère, voilà tout.

Marguerite baissa la tête vers sa broderie pour dissimuler un sourire. Quoi que dise le comte, elle doutait qu'il réussisse à persuader sa moitié que l'idée du roi était charmante.

Pour sa part, elle aimait assez cette perspective. Sortir du palais par cette belle journée d'hiver ensoleillée n'avait rien pour lui déplaire. Mais il était vrai qu'elle se sentait d'humeur particulièrement joyeuse ce matin. Pour un peu, elle aurait écarté les bras et se serait mise à tournoyer jusqu'à ce que le monde autour d'elle se brouille dans un délicieux vertige.

Elle se sentait… Mais oui, c'était bien cela ! Elle était heureuse. De telles explosions de bonheur ne duraient guère, elle en avait fait par le passé l'amère expérience. Mais elle avait bien l'intention de retenir la bulle enchanteresse le plus longtemps qu'elle pourrait !

C'était grâce à Nicolaï, bien sûr… Son sourire s'élargit au souvenir de ses baisers, de ses caresses, de son talent inné à lui faire gravir tous les degrés de l'extase jusqu'à ce qu'elle en perde le sentiment de sa propre existence.

Elle se rappelait aussi quelque chose d'encore plus précieux et intime : ses confidences. La mort de ses parents, de sa petite sœur. Et la façon dont il avait su lui arracher ses propres secrets.

Un moment fugitif, mais si délicieux... bien qu'un peu effrayant.

Autour d'elle, les dames françaises ne semblaient guère partager sa bonne humeur. La gaieté des premiers jours semblait s'être évanouie et l'heure n'était manifestement plus à la badinerie. Epuisées par les exigences quotidiennes de Claudine, ses suivantes cousaient dans leur coin dans un silence quelque peu pesant. L'invitation du roi à chevaucher dans les bois et à manger sous les arbres avait suscité en elles une lueur d'intérêt, que les jérémiades de la comtesse avaient bien vite étouffée.

— Le roi Henri peut bien jouer les bergers si cela l'amuse et sa catin d'Anne Boleyn se déguiser en pastourelle, jeta Claudine avec mépris. Mais pour ma part, je n'ai aucune envie de m'asseoir sur le sol et risquer d'attraper un bon rhume. C'est une idée absurde.

— Mais il ne fait pas si humide, plaida Calonne. Nous apporterons des coussins et il y aura du vin chaud pour nous réchauffer.

Claudine fit la moue et le comte, en désespoir de cause, tenta une autre méthode. Les mains sur les hanches, il prit un air sévère et se campa devant sa récalcitrante moitié.

— Nous ne sommes pas ici pour notre amusement, mais pour finaliser une alliance hautement bénéfique aux intérêts de la France. Il n'est pas question de mettre le traité en danger pour un simple caprice féminin, entendez-vous ?

Nous devons distraire le roi et nous plier à ses volontés, du moins pour un temps.

— Un caprice féminin ! protesta Claudine, outrée. J'ai fait tout ce chemin au beau milieu de l'hiver, enceinte de *votre* enfant, tout cela pour courir le risque de tomber malade et vous voir flirter à tout bout de champ avec cette Pénélope Percy. Et vous osez prétendre que je fais des caprices ? Vous feriez mieux de...

Voyant que la situation s'envenimait, Marguerite posa son ouvrage et se permit d'intervenir.

— Pardonnez-moi, monsieur le comte...

Claudine et son mari se retournèrent, aussi surpris l'un que l'autre. Absorbés par leur querelle, ils semblaient avoir oublié qu'il y eût d'autres personnes dans la pièce.

— Je crains que la comtesse n'ait raison, continua-t-elle doucement, priant intérieurement pour que son propos reçoive un accueil favorable. Il fait trop humide dehors pour une dame dans son état. Et même si elle vient en litière, elle risque fort de se faire cahoter, ce qui serait plus que risqué, vous en conviendrez. Il faut penser à la santé de votre héritier, sans pour autant froisser le roi. Aussi me permettrai-je de vous suggérer un compromis. La comtesse pourrait inviter la reine Catherine à dîner avec elle, entre dames, pendant que Mlles du Parc, Malreux et moi-même vous accompagnerons au pique-nique. Que dites-vous de cet arrangement ?

Il acquiesça, tournant le dos à sa femme.

— Voilà un avis fort sensé, mademoiselle Dumas. J'avais oublié comme vous aviez l'esprit pratique. Ce plan est excellent, déclara-t-il d'un ton satisfait.

Plaise au ciel qu'il s'avère tel, pria Marguerite à part elle. Le seul inconvénient, c'était qu'elle ne pouvait plus s'éclipser pour aller retrouver Nicolaï. La bulle irisée de son bonheur lui sembla tout à coup un peu moins brillante…

C'était un après-midi idéal pour une excursion dans la campagne. Une légère brise soufflait dans les branches du parc quand la petite cavalcade se mit en route sous le pâle soleil hivernal.

Montée sur sa jument d'emprunt, Marguerite jeta un coup d'œil par-dessus son épaule. En fin de compte, elle n'avait pas eu besoin de partir à la recherche de Nicolaï, car il faisait partie de l'expédition avec la señorita Alva et les autres dames espagnoles.

Roses de plaisir et leur chevelure d'ébène brillant dans la lumière, ces demoiselles se pressaient autour de lui, pouffant de rire à ses moindres propos. Les regards dont elles le gratifiaient étaient empreints d'admiration et un sourire aguicheur flottait sur leurs lèvres. Elles étaient la jeunesse et la candeur incarnées, et Nicolaï semblait apprécier leur compagnie. Souriant et plaisantant, il bridait son propre cheval pour se mettre au pas de leurs montures.

Toutes gracieuses qu'elles soient, les Espagnoles étaient moins bonnes cavalières qu'elle-même, nota Marguerite avec satisfaction. Après son accident, elle avait mis longtemps à se réhabituer aux chevaux, mais elle était parvenue à surmonter sa peur pour devenir une amazone accomplie. Les dames espagnoles étaient visiblement moins sûres d'elles et se montraient plus prudentes dans leurs mouvements. Elles ne prirent même pas le galop quand la cavalcade s'élança à travers prés. Pourtant, Nicolaï demeura à leur côté.

Marguerite détourna les yeux pour se concentrer de nouveau sur le paysage. Décidément, sa petite bulle de bonheur s'était bel et bien envolée. Dans la cour des écuries, peut-être… Ou même plus tôt, dans le lit de Nicolaï.

En tête de leur petit cortège caracolaient le roi et miss Boleyn montée sur une haquenée blanche caparaçonnée de velours noir et or. Deux lévriers gris couraient auprès d'elle, le dos recouvert d'un mantelet brodé aux initiales de leur maîtresse.

Venaient ensuite Nicholas Carew, George Boleyn, le séduisant frère d'Anne, Roger Tilney et le frère de lady Pénélope Percy. Puis les dames françaises avec le comte de Calonne.

Au grand étonnement de Marguerite, le père Lebêque s'était joint aux cavaliers, bien qu'il ne parût guère à l'aise sur sa monture. Dieu merci, ses efforts pour se maintenir en selle accaparaient toute son attention et il n'avait pas encore eu le loisir de la mettre de nouveau en garde contre les Espagnols, lesquels fermaient la marche avec Nicolaï. Mais si le duc de Bernaldez faisait partie du cortège, dona Elena, elle, avait préféré tenir compagnie à Claudine et à la reine.

Malgré son dépit de voir Nicolaï faire le joli cœur auprès des Espagnoles, Marguerite se réjouissait d'avoir échappé à l'atmosphère confinée du palais. La brise légère lui rafraîchissait délicieusement le visage. Enfin un peu d'exercice après tous ces jours d'inactivité forcée ! Si seulement elle avait pu lancer sa jument au grand galop et partir sans se préoccuper des autres… Oh, comme elle adorerait défier Nicolaï à la course à travers champs et bois, jusqu'à ce que le reste de l'escorte s'évanouisse dans le lointain !

D'un geste de sa main gantée, Henri leur désigna un chemin sur la droite. Après avoir trotté un instant sous les arbres, ils se retrouvèrent dans une petite clairière ensoleillée, protégée de la bise par les troncs gris clair des hêtres dénudés par l'hiver.

— Mes amis, je vous souhaite la bienvenue dans notre nouvelle salle des banquets, déclara le souverain avec emphase.

Marguerite exhala un « oh ! » de surprise. Claudine avait eu bien tort de s'inquiéter de l'humidité du sol, car elle n'aurait pas eu à s'asseoir par terre, après tout. Disposées en U, des tables drapées de nappes blanches et chargées de mets variés attendaient les pique-niqueurs. Viandes rôties, légumes aux épices, fruits confits et amandes à la cannelle, rien ne manquait au festin. Des gobelets de vin et des tranches de pain blanc étaient disposés près des assiettes des convives.

Si elle n'avait senti craquer les feuilles mortes sous ses pieds, Marguerite se serait crue au palais.

Dès qu'ils eurent mis pied à terre, les serviteurs qui avaient préparé le lieu se précipitèrent pour les conduire à leur place. Marguerite se retrouva avec les autres Français en face de Nicolaï et des Espagnols, tandis qu'Henri et Anne présidaient la table principale. A peine les convives furent-ils assis que des musiciens et des jongleurs apparurent comme par enchantement. Les sons de la musique, mêlés au brouhaha des conversations, couvrirent bientôt le bruissement du vent dans les arbres.

Au fil du repas, les rires s'amplifiaient et les plaisanteries se faisaient plus lestes, tandis que le vin circulait sur les tables. Marguerite elle-même s'esclaffait de tout son cœur devant les facéties du fou du roi, le squelettique et hilarant Will Somers. Entraînée par l'atmosphère ambiante, elle laissa Roger Tilney remplir son gobelet plus souvent que la sagesse ne le recommandait. Mais elle coupa court aux tentatives de flirt du jeune homme en lui enfournant des douceurs dans la bouche.

A un moment, son regard croisa celui de Nicolaï qui l'observait de l'autre côté de la table, un demi-sourire aux lèvres. Dieu, qu'il était beau ! songea-t-elle avec un élancement au cœur. D'habitude, les hommes séduisants perdaient à ses yeux une bonne partie de leur attrait dès qu'elle apprenait à les connaître. Mais pas Nicolaï, dont la beauté lui semblait plus fulgurante à chacune de leurs rencontres. Un homme superbe, attirant… et exaspérant au possible.

Elle lui adressa un sourire tout en repoussant la traîne de sa robe, afin qu'il puisse apercevoir le bout de son pied botté de cuir souple. Ce même pied qu'il avait embrassé cette nuit-là avec tant de sensuelle passion… Se souviendrait-il ?

Oui… Il rit tout haut, manifestement sensible à l'allusion. Marguerite eut l'impression que le jour retrouvait soudain tout son éclat.

— Et si nous dansions à présent ? proposa le roi d'une voix tonitruante à l'assistance.

Sans attendre la réponse, il fit signe aux musiciens de jouer une gaillarde et entraîna Anne Boleyn sur la « piste » de feuilles et de branchages. La plupart des autres convives les rejoignirent, tapant dans leurs mains et virevoltant au son des luths et des tambourins. Marguerite se mit à battre la mesure sur le bord de la table.

— Vous êtes bien gaie aujourd'hui, observa Roger Tilney, qui se remettait de son ingestion massive de pâtes de fruits.

— Je me sens toujours heureuse d'être dehors par une belle journée ensoleillée.

— Puis-je vous proposer de danser ?

Et, comme elle hésitait :

— Je n'essaierai pas de vous embrasser, c'est promis.

Elle eut un rire cristallin.

— Vous auriez du mal, avec tout ce monde autour de nous. Laissons les baisers au roi et à miss Boleyn ! Mais j'entrerai volontiers dans la ronde, puisque vous me le proposez.

Ils se glissèrent tous deux dans le cercle des danseurs, dont les évolutions s'accéléraient avec le tempo. Un, deux, trois, tournez une fois, puis tournez encore ! Bientôt hors d'haleine, Marguerite rit de bon cœur quand l'un de ses voisins entra en collision avec elle, la déséquilibrant du même coup. D'un mouvement gracieux, elle se rétablit d'une pirouette et entraîna son cavalier. Un, deux, trois…

— Holà, la compagnie ! Que personne ne bouge…

Comme un coup de baguette magique, le cri soudain immobilisa tous les danseurs, tandis que les sons de la musique s'éteignaient sur une note traînante. Marguerite se redressa et pivota sur les talons. Un incroyable spectacle s'offrit à ses yeux médusés. Etait-ce le fruit de son ébriété ?

Mais non ! Elle eut beau se frotter les yeux, la vision demeurait. Leur salle de danse improvisée se trouvait encerclée par des hors-la-loi vêtus de tuniques et de capuchons verts, dont le visage était dissimulé derrière un masque de cuir. Bandant leurs arcs, ils tenaient leurs flèches pointées vers la joyeuse assemblée.

A cette vue, l'une des dames espagnoles exhala un petit cri effrayé et s'évanouit dans l'instant. Marguerite sentit aussitôt se dissiper les vapeurs de l'alcool et souleva discrètement un pan de sa jupe pour glisser la main vers la dague fixée à sa jarretière. Elle avait de nouveau les sens en alerte.

Elle cherchait déjà le meilleur angle pour lancer sa lame sur le chef des assaillants, quand un détail étrange retint son attention. Les flèches fixées dans les encoches avaient toutes le bout émoussé. Quant au roi Henri, il semblait bien impassible pour un homme dont le divertissement venait d'être interrompu par des brigands. Pis que cela, il avait le visage fendu d'un large sourire !

Lentement, la jeune femme laissa retomber sa jupe. Tout cela n'était-il que mascarade ? L'humour de la chose lui échappait, mais les Anglais du groupe semblaient en goûter tout le sel. Leur roi devait être coutumier de ce genre de facétie.

— Que demandez-vous pour nous laisser en paix ? demanda Henri au prétendu hors-la-loi. Nous sommes désarmés, comme vous pouvez voir.

— Nous exigeons du vin, répliqua le brigand. Et une danse avec la plus jolie des dames ici présentes.

— Vous demandez beaucoup, fit le roi d'un ton bourru.

Quel piètre acteur ! songea Marguerite. Un grave défaut pour un monarque, censé donner le change en toutes circonstances.

— Mais pour notre sauvegarde à tous, je vous accorde la plus belle dame de l'assemblée.

Il saisit la main d'Anne et la présenta cérémonieusement au chef des bandits. L'homme s'inclina très bas, tandis que ses compagnons grappillaient les restes du festin et invitaient les autres dames à danser. Les musiciens recommencèrent à jouer, et Marguerite profita des moments de confusion qui s'ensuivirent pour s'éclipser discrètement. La tête lui tournait après tout le vin qu'elle avait bu, et la stupide plaisanterie du roi était décidément plus qu'elle n'en pouvait supporter.

Jetant un regard par-dessus son épaule, elle s'aperçut que Nicolaï observait sa fuite. « Suivez-moi ! » lui intima-t-elle d'un geste. Puis elle s'enfonça dans le sous-bois.

Le bruit de la fête s'estompait derrière elle tandis qu'elle avançait sous les futaies et elle n'entendit bientôt plus que le craquement des brindilles sous ses pas. L'endroit était solitaire à souhait et elle ôta son chapeau pour libérer ses cheveux, qui cascadèrent sur ses épaules. Soulagée, elle leva la tête vers les frondaisons, offrant son visage aux rayons tièdes du soleil qui filtraient à travers le feuillage plus ou moins fourni.

— Vous n'aviez pas envie de danser avec Robin des Bois ? interrogea tout à coup la voix chantante de Nicolaï.

Elle l'entendit s'approcher d'elle par-derrière et sentit deux bras vigoureux lui ceindre la taille. Il l'attira contre lui et posa les lèvres sur sa nuque, sensation si enivrante qu'elle se sentit littéralement fondre dans cette étreinte.

— J'aurais préféré danser avec vous, murmura-t-elle. Mais vous ne me l'avez pas demandé.

— Tilney m'a pris de vitesse.

— Dites plutôt que vous étiez trop occupé avec la señorita Alva. Vous ne l'avez pas quittée d'une semelle depuis notre départ du palais.

Il rit doucement et elle sentit son souffle tiède lui soulever les cheveux. Malgré elle, elle fut prise d'un irrépressible frisson.

— Seriez-vous jalouse, *dorogaya* ?

— Comment ne le serais-je pas ? Vous lui faisiez les yeux doux, à cette demoiselle…

Elle se retourna pour lui enlacer le cou.

— Elle est si jolie… si suave !

— Marguerite ! Vous n'avez pas encore réalisé que je ne vois plus personne dès que vous êtes dans les parages ?

Vous ne ressemblez à aucune femme que je connaisse. Il n'y a même pas de comparaison possible !

— Vraiment ?

C'était exactement ce qu'elle pensait de lui. Il ne pouvait être comparé à aucun homme de sa connaissance.

— Absolument. Je n'en connais pas une seule qui sache se battre comme vous, monter à cheval comme vous, danser comme vous et…

— Faire l'amour comme moi ?

Il éclata de rire.

— Surtout cela. Vous me rendez fou, et pourtant je suis incapable de m'éloigner de vous.

— Peut-être sommes-nous l'un et l'autre victimes d'un enchantement. Quelque sorcière a dû nous jeter un sortilège…

— Et quel serait l'antidote d'après vous ? s'enquit-il, la moue taquine.

Elle haussa les épaules.

— Si seulement je le savais !

— Quoi ? Vous n'avez pas de formule appropriée dans votre répertoire magique, *vedma* ?

— Bah, nous serons débarrassés l'un de l'autre bien assez tôt, murmura-t-elle.

Dieu savait que la seule idée de leur séparation prochaine lui déchirait le cœur. Repoussant résolument cette pensée, elle se haussa sur la pointe des pieds pour lui offrir ses lèvres. Serrée contre lui, elle sentait son corps se fondre littéralement dans le sien. Elle le connaissait si bien à présent ! Pas un pouce de sa chair ne lui était étranger. Et pourtant, elle voulait davantage, toujours davantage. En vérité, elle désirait tout de lui : son corps, son esprit, son passé et son avenir. Elle voulait même son amour, un mot qu'elle n'aurait jamais osé prononcer jusque-là, pas même en pensée.

Elle n'aurait rien de tout cela, certes. Mais elle était décidée à savourer chaque parcelle que le destin voudrait bien lui accorder. Ces moments privilégiés, ce serait sa réserve de bonheur. Pour tout le reste de sa vie…

Abandonnant ses lèvres, elle sema de légers baisers sur sa joue légèrement ombrée de barbe blonde, puis embrassa le contour de son oreille et son cou, juste au-dessus du col de son pourpoint. Il sentait délicieusement bon le cuir, le soleil… et Nicolaï. Une odeur bien plus intime et enivrante que n'importe quel parfum coûteux.

— Nous devrions retourner auprès des autres, chuchota-t-elle.

— Dans un petit moment…

Il écarta une mèche de cheveux pour déposer un baiser sur sa tempe.

— Quelques minutes seulement, reprit-il. Ils ne s'apercevront pas tout de suite de notre absence.

— Quelques minutes seront-elles assez ?

Il eut un rire rauque.

— Cela dépend pour quoi, *dorogaya.*

Elle recula assez pour qu'il pût la voir de la tête aux pieds. Puis elle rejeta sa chevelure en arrière d'un geste lascif et releva sa jupe, découvrant ses bottines, ses bas, et, plus haut encore, la courbe gracieuse de ses genoux et de ses cuisses.

— Si nous essayions cet arbre, derrière nous ?

Il eut un gémissement.

— Je vois clair en vous à présent, petite sorcière… Vous jetez bel et bien des sortilèges de tentation, n'est-ce pas ?

— Seulement à vous, mon bel archange. N'allez pas vous imaginer…

Elle fut interrompue par un sifflement aigu accompagné d'un léger déplacement d'air. Surgie d'entre les arbres, une flèche entailla sa jambe nue avant de se ficher dans une souche.

L'espace d'un instant, elle fut trop stupéfaite pour éprouver quoi que ce soit. Puis une douleur fulgurante lui cisailla le mollet. Son bas déchiré se teinta de sang et elle sentit qu'elle s'affaissait lentement vers le sol.

Nicolaï se jeta sur elle et la prit dans ses bras.

— Marguerite ! cria-t-il, la peur transparaissant dans sa voix.

Elle eut l'impression que cette voix venait de très loin, comme s'il la hélait de l'autre bout d'un tunnel. Tout devenait gris et brumeux autour d'elle. La seule chose ferme qui restât dans le monde, c'étaient les bras de Nicolaï, qui semblaient la hisser au-delà de la souffrance.

— J'ai… j'ai baissé ma garde, eut-elle encore la force de chuchoter. Ne le dites à personne !

Puis elle sombra dans les ténèbres de l'inconscience.

17

— *Vykhadyila, pyesnyu zavodyila, pro stepnovo, sizovo orla…*

Comme du fond d'un rêve, Marguerite entendait la voix profonde et douce fredonner ces mots mystérieux au-dessus d'elle. Incapable d'en déchiffrer le sens, elle tourna la tête et sentit un oreiller de plumes sous sa joue.

Puis elle devint consciente d'autres sensations : la chaleur d'un feu quelque part. Une couverture enroulée autour de ses épaules. Un linge frais sur son front. Et cette douleur lancinante dans sa jambe…

Les souvenirs lui revinrent un à un. Le pique-nique. Le baiser de Nicolaï dans les bois. Et le sifflement aigu de la flèche.

Elle ouvrit les paupières. Elle se trouvait dans une petite chambre et il faisait nuit dehors, à en juger par le rectangle noir de la fenêtre. Les courtines du lit avaient été ouvertes pour laisser la tiédeur du feu pénétrer dans l'alcôve. Un chandelier à deux branches était posé sur la table, répandant sa lumière.

Elle savait où elle était à présent — dans la chambre de Nicolaï.

D'un mouvement précautionneux, elle se retourna en prenant bien garde de ne pas bouger la jambe. L'occupant du lieu était là, assis à son chevet. Il l'observait avec attention, un soupçon d'inquiétude dans les yeux, tout en pressant une étoffe mouillée sur son front. Son regard bleu brillait dans la pénombre comme un phare destiné à la guider vers des eaux plus sûres. Vers la sécurité du port…

Il eut un sourire, visiblement soulagé.

— Ah, la princesse enchantée se réveille enfin…

— Je croyais que j'étais une sorcière ? croassa-t-elle, la gorge sèche.

— Pas ce soir. Pour le moment, vous êtes une princesse dont il faut prendre grand soin.

— Qui va le faire ? Vous, Nicolaï ?

— Mais oui. Je suis votre serviteur, au moins jusqu'à demain matin.

Il rinça le linge dans une cuvette, puis l'essora avant de le replacer sur son front.

— Vous avez eu un peu de fièvre, mais je crois qu'elle est en train de tomber. Vous rappelez-vous ce qui s'est passé ?

Elle fronça les sourcils.

— Je me souviens de la flèche. Avez-vous pu savoir qui avait tiré ?

Nicolaï pinça furieusement les lèvres. Ses traits s'étaient soudain durcis.

— Hélas non. Il y avait trop de monde alentour, trop de gens déguisés. Le roi Henri jure que ses faux hors-la-loi n'avaient que des flèches émoussées dans leur carquois. Il vous a envoyé une fiasque de son précieux vin de Malvoisie. En voulez-vous quelques gorgées ? Il n'est sûrement pas parfait selon vos standards, mais il devrait suffire à vous requinquer.

Elle accepta volontiers et il lui glissa une main sous la nuque pour l'aider à boire. Le liquide frais et sucré lui adoucit agréablement la gorge et elle reposa sa tête sur l'oreiller avec un soupir de satisfaction.

— Comment se fait-il que je sois dans votre chambre et non dans la mienne ?

— C'est l'œuvre de dona Elena. Le médecin du roi voulait vous faire une saignée, mais j'ai objecté que vous aviez déjà perdu assez de sang. Dona Elena est alors intervenue en racontant que j'avais appris la médecine à Turin et que j'avais déjà soigné toutes sortes de blessures. Aussi vous a-t-on confiée à mes soins.

— Est-ce vrai ?

— L'apprentissage de la médecine ? C'est une pure et simple fable. Je n'ai jamais mis les pieds à Turin de ma vie. Mais les blessures, il est exact que cela me connaît. Un chef de troupe doit être prêt à tout.

Marguerite souleva la couverture et examina sa jambe. Un bandage irréprochable entourait le mollet, sous l'ourlet de la courte chemise.

— Travail impeccable, le félicita-t-elle. Vous semblez très compétent.

— J'ai d'abord désinfecté la blessure avec du vin, puis j'y ai posé un cataplasme de plantes. Il faudra le changer demain matin.

Elle laissa retomber le drap avec un soupir.

— Décidément, vous ne cesserez jamais de me surprendre, Nicolaï. Quels secrets me cachez-vous encore ? Jamais je n'en ferai le tour…

— Je pourrais en dire autant de vous.

— Mais si ce n'est pas un geste accidentel de l'un des faux bandits, qui cela peut-il être ? On ne joue pas avec des flèches dans les parcs royaux, que je sache.

— Peut-être un braconnier ?

— Il aurait fallu qu'il soit bien stupide pour se livrer à cette activité illicite quand le roi était dans les parages.

La tête lui tournait un peu et elle voulut se frotter les tempes, mais elle avait les mains engourdies. Elle se sentait si lasse tout à coup, si étrangement pesante… A peine formées, ses pensées s'éparpillaient et elle n'arrivait pas à en ressaisir le fil. Pourtant, il y avait quelque chose d'important qu'elle aurait dû savoir, comprendre…

— Qu'avez-vous mis dans ce vin ? s'enquit-elle d'une voix pâteuse.

— Seulement quelques simples pour vous aider à dormir. Dona Elena est allée les cueillir au jardin et les a réduites en poudre. C'est une excellente apothicaire, vous savez.

— Elle a dû apprendre cela dans son couvent. En tout cas, ça marche ! Je n'arrive pas à tenir les yeux ouverts…

— Tant mieux. Le sommeil est le meilleur des remèdes.

— Mais il ne faut pas que je dorme, protesta-t-elle.

Elle tenta de se redresser, luttant contre la torpeur qui menaçait de l'engloutir.

— Je dois découvrir qui a fait cela.

Il la repoussa doucement sur le matelas et borda les couvertures autour de ses épaules.

— Cela peut attendre demain matin, affirma-t-il.

— Et si… s'ils viennent finir le travail ?

— Chut… Personne ne vous fera de mal, Marguerite.

Il lissa en arrière ses longues boucles humides de sueur.

— Je veille sur vous, n'ayez crainte.

Une chaude sensation de paix déferla en elle et tout son corps se détendit. Pour une fois, peut-être pouvait-elle se permettre de se laisser aller, après tout.

Elle lui saisit la main et la pressa sur sa joue brûlante. Il avait les doigts délicieusement frais.

— J'ai des ennemis, vous savez.

— Je sais. Mais je ne les laisserai pas vous approcher.

— Vous… vous voulez bien rester allongé près de moi jusqu'à ce que je m'endorme ?

— Bien sûr.

Elle sentit qu'il se glissait dans le lit à côté d'elle, lui entourant la taille d'un bras protecteur. Elle se blottit contre lui, les paupières lourdes. La marée du sommeil l'emportait déjà, sans qu'elle pût résister…

— Qu'est-ce que c'était que cette chanson ? demanda-t-elle dans un murmure. Je vous ai entendu fredonner…

— C'est un vieux chant populaire que me chantait ma nounou quand j'étais petit. Il s'appelle *Katyusha.*

— De quoi parle-t-il ?

— C'est la complainte d'une jeune fille dont l'amoureux est parti au loin. Elle marche près de la rivière et lui envoie un message d'amour, qu'elle confie à l'aile du vent.

— Voulez-vous me le chanter encore ? C'était si joli…

Nichée contre lui, dans la chaleur de son corps, elle avait l'impression de flotter. Les doigts de Nicolaï lui caressaient doucement les cheveux. Elle le sentait près d'elle, si fort, si rassurant…

— *O toi, mon chant, suis le soleil brillant, vole vers celui qui guerroie là-bas en terre étrangère, et apporte-lui le salut de Katyusha…*

Lumineuse et chaude, la voix vibrante l'entraînait lentement vers le pays des songes…

*
* *

Nicolaï s'arrêta de chanter quand il la sentit s'endormir contre lui. Son corps était immobile, son souffle, doux et régulier.

Sa courageuse petite guerrière… Elle se battait contre tout, contre le sommeil, contre la douleur, contre les vicissitudes de la vie. Elle se jetait sur les obstacles, accumulant les coups et les blessures, mais elle ne s'avouait jamais vaincue. Jamais.

Il se rappela l'instant où elle s'était évanouie dans ses bras, les prunelles élargies, la jambe inondée de sang. Elle était si pâle quand il l'avait relevée, si immobile et glacée qu'il avait failli la croire morte.

« J'ai des ennemis », lui avait-elle chuchoté. Mais qui n'en avait pas ? Il avait les siens. Même la douce dona Elena avait les siens. Ceux du Lys d'Emeraude devaient être légion, et il semblait qu'ils soient partout, y compris en plein cœur d'une forêt anglaise ! Avec un arc bandé prêt à lâcher sa flèche mortelle.

Dieu merci, le trait lui avait transpercé la jambe et non le cœur. Seigneur, que serait-il devenu si elle avait expiré entre ses bras ?

Après Venise, il aurait éprouvé un réel regret en apprenant son trépas. Elle était si belle ! C'était toujours dommage de voir disparaître tant de beauté. Mais à présent, il savait que Marguerite Dumas était bien plus qu'un joli visage et un corps superbe. Il commençait à comprendre, au moins en partie, pourquoi elle était devenue le Lys d'Emeraude et quels secrets désirs abritait son cœur juvénile. C'était une investigatrice, comme lui. Toujours en quête de quelque chose d'indéfinissable. Jamais satisfaite, elle courait le monde à la poursuite de son insaisissable idéal. Qu'était-ce donc ? L'amour ? Le bonheur ?

Si elle était morte aujourd'hui, cette quête serait restée

pour toujours inassouvie. Et il n'aurait jamais su ce qu'il éprouvait exactement pour elle.

Dire que l'un de ses ennemis avait failli la lui arracher à jamais ! Il frissonna d'horreur à cette seule pensée, se remémorant l'impuissance qu'il avait ressentie en la voyant s'effondrer.

Effleurant d'un baiser la joue de la dormeuse, il se glissa doucement hors du lit et marcha jusqu'à la fenêtre. Le jardin était sombre et désert, mais il vit bouger au loin les soldats de la garde royale. Grands et massifs dans leurs tuniques vertes, ils se découpaient sur le fond des charmilles. L'heure de la relève… L'aube ne devait pas être loin et tout semblait tranquille aux alentours. Pour le moment du moins.

Il était bien décidé à mettre la main sur celui qui avait blessé Marguerite. Et à lui faire payer cher — très cher — sa funeste tentative…

18

— Que faites-vous donc ?

Il y avait déjà quelques minutes qu'elle l'observait à son insu. Assis près de la fenêtre, il examinait une liasse de documents. La lumière matinale jouait dans ses cheveux, sur ses épaules moulées dans une simple chemise de lin blanc. Ainsi nimbé d'or, il ressemblait à une icône de son pays natal.

Il leva la tête au son de sa voix et lui sourit.

— Comment vous sentez-vous, ma princesse ?

Elle cambra le pied pour tester la souplesse de sa jambe blessée.

— Mieux. La douleur a presque disparu.

— Le cataplasme a donc agi.

Il s'approcha du lit et lui tâta doucement le front.

— On dirait que la fièvre est complètement tombée.

— C'est que j'ai un excellent médecin, fit-elle d'un ton léger. Ce doit être l'apprentissage à Turin…

Il eut un petit rire.

— La flèche ne vous a pas coupé la langue, on dirait.

— Dieu merci ! Asseyez-vous donc près de moi et montrez-moi ce que vous faites. A moins que ce ne soit un secret ?

— Pas le moins du monde.

Il se posa près d'elle sur le bord du matelas et l'aida à se redresser sur les oreillers. Il sentait merveilleusement bon, comme s'il sortait juste d'un bain parfumé aux herbes aromatiques. Elle ne put résister à l'envie de se blottir contre lui, la tête nichée dans son épaule. Tel un oiseau qui cherche un refuge après la tempête…

— Ce sont des croquis pour la représentation, expliqua-t-il en lui tendant les feuillets.

Marguerite feuilleta les papiers. C'était essentiellement des croquis de bannières pour les tours du Château Vert. L'une d'elles représentait des cœurs brisés, une autre une dame tenant un cœur d'homme entre ses mains. Nicolaï avait aussi esquissé des costumes : robes, manteaux, chapeaux et casques.

Elle trouva également des listes de personnages : Beauté, Persévérance, Bonté et bien d'autres, toutes habillées de blanc comme il convenait. Jalousie, Perfidie, Langue de Vipère et leurs consœurs étaient vêtues de noir. A côté de chaque personnage figurait le nom de l'actrice pressentie :

Beauté : Marguerite Dumas.

Gentillesse : Pénélope Percy

Persévérance : Anne Boleyn

Marguerite haussa les sourcils à ce dernier nom.

— Si j'en crois ce que j'ai entendu, miss Boleyn serait plus convaincante en Langue de Vipère, marmonna-t-elle.

— Le roi n'apprécierait pas, je le crains.

Elle éclata d'un rire frais et examina la liste des rôles masculins : Amour, Honneur, Plaisir, Ardent Désir… Tous étaient attribués, mais le nom de Nicolaï n'y figurait pas.

— Vous ne jouez décidément pas ?

— J'aurai déjà bien assez à faire avec tout ce troupeau de dames indisciplinées, répondit-il d'un ton taquin.

— D'autant plus que nous sommes nombreuses,

admit-elle. Ce n'est pas très gentil à Guildford de vous avoir mis ce fardeau sur les épaules.

Elle repoussa les papiers et tendit la main vers le visage de Nicolaï, dont elle effleura les mâchoires et le cou d'une longue caresse. Puis elle descendit plus bas, glissant dans l'encolure de sa chemise ouverte. Le pouls de Nicolaï s'emballa et elle sentit sous ses doigts le battement précipité de son cœur.

— Vous seriez pourtant parfait dans le rôle d'Ardent Désir...

Elle s'apprêtait à continuer son exploration plus bas, mais il arrêta sa main et l'emprisonna dans la sienne.

— Au nom du ciel, Marguerite, vous êtes malade !

— Je l'étais ! Mais je vais beaucoup mieux, grâce à vos excellents soins. En réalité, je me sens même tout à fait bien, conclut-elle avec conviction.

— Il serait imprudent de bouger votre jambe avant demain. En tant que médecin, je vous ordonne l'immobilité...

Elle fit pleuvoir une averse de petits baisers sur ses pommettes.

— Oh, oh ! Vous *ordonnez* ?

— Parfaitement !

— L'ennui, c'est que je n'ai jamais été très obéissante. Je pourrais faire un effort, remarquez... Si en contrepartie vous vous engagez à me distraire pendant ce repos forcé. Ce ne serait pas trop vous demander, n'est-ce pas ?

Incapable de résister davantage, Nicolaï la renversa en arrière et s'allongea sur elle avant de s'emparer de ses lèvres.

— Cette *distraction* vous suffit-elle ?

Elle mit quelques secondes à reprendre sa respiration.

— Euh... Pas tout à fait, je dirais !

Elle voulut l'attirer de nouveau vers elle, mais il éluda son geste et lui échappa en se levant d'un bond.

— Nicolaï, s'il vous plaît…

Il la regarda d'un air sévère et elle ne put s'empêcher de rire tant il ressemblait en cet instant à son vieux maître d'escrime italien, le *signor* Lunelli. Plus elle se montrait folâtre, plus le vénérable spadassin lui opposait un visage austère. Nicolaï se dérida à son tour et déposa un rapide baiser sur son front.

— En ce cas, je vais vous donner les bannières à broder. Cela devrait vous occuper un bon moment.

— Je suppose qu'il me faudra m'en contenter…

— Certes, car vous n'aurez pas davantage.

— Quel homme cruel vous faites !

— Ah, Beauté, ce n'est pas moi qui suis cruel…

Et, se penchant vers elle :

— Laissez-moi regarder votre jambe. Le pansement a besoin d'être changé.

— Vous me refusez un baiser, puis vous demandez à voir ma jambe nue. Vous êtes non seulement cruel, mais téméraire.

Elle releva le drap et retroussa sa chemise, puis regarda Nicolaï défaire le pansement. La plaie était rouge mais saine, et rien ne laissait présager une infection. Une couture nette rapprochait les deux bords et le cataplasme d'onguent aux herbes avait fait merveille.

— Turin ou pas, vous êtes décidément très habile. Je suis sûre que je n'aurai même pas de cicatrice.

Il essuya doucement la blessure avec un linge humide.

— Oh, vous en aurez une, mais très légère. Rien à voir avec celles que vous avez sur le ventre.

Marguerite, gênée, tira sur sa chemise pour masquer son

abdomen. Nicolaï l'avait touchée et embrassée plusieurs fois à cet endroit, mais jamais il n'avait fait la moindre allusion au sujet. Elle avait presque fini par croire qu'il n'avait rien remarqué…

— Ce sont de vieilles cicatrices, expliqua-t-elle. Je suis tombée de cheval quand j'avais douze ans et l'animal m'a piétinée.

Lentement, il desserra les doigts de Marguerite et releva un pan d'étoffe. Puis il effleura du bout des doigts les marques roses, comme s'il avait eu le pouvoir de les effacer par ses caresses. Marguerite, apaisée, se détendit contre ses oreillers. Tout son passé de souffrance, de larmes et le désespoir s'estompait lentement sous ce toucher rasséré-nant. Ce n'était plus elle qui avait souffert ainsi. Elle était vraiment devenue quelqu'un d'autre.

— Cela a dû être très douloureux, je suppose ?

— Quand les médecins m'ont examinée, ils ont prévenu mon père que je ne vivrais sans doute pas. Ils craignaient une hémorragie interne.

— Ils sous-estimaient votre entêtement !

Elle se mit à rire.

— Vous me connaissez bien, Nicolaï. C'est vrai que je ne capitule pas aussi facilement. Je me suis cramponnée à la vie, luttant pied à pied et heure après heure. Mais quand j'ai été enfin rétablie, les docteurs m'ont appris que je ne pourrais jamais avoir d'enfants.

Voilà, c'était dit. Pour la première fois, elle avait prononcé les mots tout haut. De tout ce qui lui était arrivé dans sa vie, cette malédiction était la pire à ses yeux. Elle était devenue une femme *pas comme les autres*.

Elle s'attendait à voir Nicolaï se détourner avec dégoût, mais il n'en fut rien. Il la dévisagea simplement, son regard bleu assombri de tristesse.

— Et vous les avez crus ? Après tout, ils s'étaient déjà trompés en vous condamnant.

Elle haussa les épaules.

— Au début, j'ai douté de leur diagnostic. Mais les faits sont venus le confirmer. Je n'ai jamais conçu et mes cycles menstruels sont la fantaisie même, irréguliers et douloureux au possible.

Elle posa la main sur la sienne, tandis qu'il s'activait à changer son pansement.

— Nul besoin de vous retirer quand nous faisons l'amour, Nicolaï. Vous ne courez pas le risque d'engendrer quelque bâtard qui partagera le sort maudit de sa mère.

— Marguerite…

— Ne soyez pas désolé pour moi, mon chéri, fit-elle avec une légèreté qu'elle était loin de ressentir. J'aurais fait une épouvantable maman, je le crains. Vous imaginez quel genre de savoir j'aurais transmis à ma progéniture ? Se battre, mentir, trucider…

Il posa les doigts sur ses lèvres pour étouffer ses paroles.

— Marguerite, cessez ! Vous auriez été une mère merveilleuse, j'en suis certain. Vos enfants auraient appris à être forts, à affronter le monde et à survivre coûte que coûte. A voir les gens pour ce qu'ils sont, au-delà des apparences…

Elle secoua la tête.

— Et vous, Nicolaï, avez-vous des enfants ?

Il lui sourit.

— Pas que je sache !

— C'est grand dommage. Vous avez davantage à transmettre qu'aucun autre homme de ma connaissance. Moi, j'ai tendance à voir le pire chez les gens. Vous, vous avez l'art de déceler ce qu'il y a en eux de plus noble. Vous croyez en la bonté, au pouvoir de l'amitié…

— Comment pourrais-je ne pas y croire, quand j'en ai eu tant de preuves sous les yeux ?

— Mais moi, je n'ai jamais rencontré ces qualités… excepté chez vous. Les enfants ont besoin de cet esprit de tolérance, tout autant que d'armes pour se défendre contre les cruautés du monde.

Elle se tut un instant, tandis qu'il achevait de la panser. Il avait un toucher si léger qu'elle le sentait à peine.

— Vous devriez épouser la señorita Alva, fit-elle avec une incommensurable tristesse. Vous l'emmèneriez dans votre ferme italienne et elle vous donnerait toute une brochette de délicieux marmots.

Nicolaï s'esclaffa.

— Maria Carolina ? Je doute fort qu'elle apprécie ce genre de vie, loin de la cour d'Espagne. Sans compter qu'elle n'a sans doute pas la moindre connaissance en viticulture !

— Mais elle vous ferait de beaux enfants.

Il termina sa tâche et vint se rasseoir près d'elle pour la prendre dans ses bras.

— Je ne serais pas un bon mari pour elle. Elle est trop jeune, trop inexpérimentée. Nous ne nous comprendrions pas du tout.

Il plongea son regard dans le sien, et pour la première fois de sa vie Marguerite eut l'impression que quelqu'un la *voyait* vraiment, jusque dans les moindres recoins d'elle-même. Espoirs, défauts et jusqu'au moindre péché qu'elle avait pu commettre…

Il voyait… et comprenait.

Quelqu'un avait su regarder en elle, plus loin que sa

beauté et sa flatteuse apparence. Plus loin que ses actes répréhensibles.

Pour l'instant, cela lui suffisait. C'était plus qu'on ne lui avait jamais donné.

— Quant à son bonnet, n'en parlons pas. Complètement démodé ! Vous auriez dû voir cela, señorita Dumas…

— Allons, allons, Maria Carolina ! gronda gentiment dona Elena. Lady Monteath était fort jolie ainsi.

Les deux Espagnoles aidaient Marguerite à broder les bannières, lui tenant ainsi compagnie pendant que Nicolaï était occupé au théâtre.

Avait-il vraiment du travail, ou n'était-ce qu'un prétexte pour la fuir ? Marguerite aurait été bien incapable de le dire. Mais elle n'en sourit pas moins à dona Elena et à la señorita Alva, dont le bavardage la distrayait. Ces petits commérages l'empêchaient d'oublier le monde extérieur, ce qu'elle n'avait que trop tendance à faire depuis qu'elle était confinée dans la chambre de Nicolaï. Dieu savait qu'elle aurait du mal à quitter cet univers protecteur, le moment voulu. Si seulement elle avait pu rester avec Nicolaï pour toujours…

Elle rougit à cette pensée et pencha la tête vers sa bannière pour dissimuler cette intempestive montée d'émotion. Il y avait bien des années qu'elle ne s'était empourprée ainsi. Mais le souvenir de ses échanges avec Nicolaï, de cette façon qu'il avait de la serrer dans ses bras, suffisait à la mettre en émoi. Ou à lui donner envie de pleurer…

Tous les sentiments qu'elle avait refoulés en elle depuis tant d'années remontaient inopinément à sa conscience. Longtemps, elle avait cru que la petite fille en elle avait à jamais disparu avec ses rêves et ses espoirs. Qu'il ne restait plus que le Lys d'Emeraude.

Mais il avait suffi du regard de Nicolaï, de ses caresses, pour faire revivre l'enfant d'autrefois. Il lisait en elle à livre ouvert et cela l'effrayait plus que tout. Les dagues et les flèches, elle pouvait les affronter. Mais elle n'était pas sûre de pouvoir vaincre un homme qui la voyait telle qu'elle était, ses cicatrices physiques tout comme les blessures plus intimes de son cœur.

Arriverait-elle à lutter contre lui… contre elle-même ?

Tout en piquant l'aiguille dans la soie, elle repensa à l'incident de la forêt. Bien des ennemis avaient déjà essayé de se débarrasser d'elle, mais jamais ils ne s'étaient aussi bien dissimulés. Qui, à Greenwich, pouvait connaître les véritables raisons de sa présence en Angleterre ? Elle ne voyait pas. Le roi François n'avait jamais dévoilé son rôle à personne, pour ce qu'elle en savait. Le seul qui fût au courant ici était Nicolaï. Et il se tenait près d'elle quand la flèche avait jailli des profondeurs obscures du sous-bois.

Se pouvait-il qu'il eût encore une raison de la tuer ? Tout cela n'était-il qu'un jeu dont elle avait imprudemment oublié les règles ? Dorénavant, il lui faudrait se montrer doublement précautionneuse. Sa mission était loin d'être achevée…

La voix de Maria Carolina Alva la tira brusquement de ses réflexions.

— N'est-ce pas, señorita Dumas ?

— Hmm ? Pardonnez-moi, j'étais distraite…

La jeune Espagnole pouffa.

— Vous pensiez au señor Ostrovsky, j'en mettrais ma main au feu. Il est si séduisant ! Je voudrais moi aussi tomber malade, rien que pour être soignée par lui.

— Maria Carolina ! gronda de nouveau Elena. La señorita

Dumas a été grièvement blessée. Je suis sûre qu'elle n'a pas le cœur d'admirer qui que ce soit en ce moment.

Marguerite éclata de rire.

— Il faudrait être dans un coma profond pour ne pas remarquer la beauté de M. Ostrovsky. Il a les yeux si incroyablement bleus !

— Et pourtant il semble ne pas avoir la moindre envie de se marier ! soupira Maria Carolina. C'est tellement dommage…

— Bah, une jolie demoiselle comme vous doit avoir bien d'autres cordes à son arc… Ce ne sont pas les beaux jeunes hommes qui manquent, dans l'entourage de l'ambassadeur Mendoza. Et avec le patronage de dona Elena…

La señorita Alva fit la moue.

— Ils sont tous tellement sinistres ! Même les plus jeunes… Il n'y a que la politique et les prières qui les intéressent.

— La piété et le dévouement aux intérêts de l'Espagne ne sauraient être qualifiés de *sinistres*, la reprit dona Elena. Voyez mon mari ! Du reste, j'ai bien l'impression que le comte de Garcia-Baca vous fait les yeux doux.

Marguerite les écoutait, espérant glaner quelque information intéressante au détour de la conversation. Mais tout en piquant régulièrement son aiguille dans la soie de la bannière, elle ne pouvait empêcher ses pensées de buter inlassablement sur les mêmes questions.

Qui avait tiré sur elle cette maudite flèche, et pour quelle raison ? Quelque chose aurait dû la mettre sur la voie, elle le sentait obscurément.

Quelle découverte s'apprêtait-elle à faire ?

19

Cet après-midi-là, le théâtre ressemblait à une volière d'oiseaux multicolores, pépiant et voletant dans tous les coins de la salle. Rassemblées à un bout de la vaste pièce, des dames examinaient les lés de satin noir et blanc destinés aux costumes. D'autres entouraient la rieuse et caquetante Anne Boleyn. Perchée sur un trône de papier mâché, la favorite exerçait sa verve aux dépens des malheureuses qu'elle jugeait mal fagotées. Toutes attendaient de savoir quel rôle leur avait été attribué.

Nicolaï parcourait des yeux la brillante assemblée, soupesant les capacités de chacune. Mais son regard fasciné revenait toujours vers l'une de ces dames — Marguerite.

Debout près de Pénélope Percy et deux ou trois autres Anglaises, la jeune femme s'appuyait sur une canne sculptée, seul souvenir visible de sa blessure. Contrairement à ses compagnes, elle portait une robe de velours sombre au grand col flamand, et ses cheveux étaient sobrement tirés sous une coiffe de perles. Mais, comme d'habitude, toute la lumière de la pièce semblait se concentrer sur elle. Céleste et argentée, elle était le pôle d'attraction de tous les regards…

Parfaitement maîtresse d'elle-même, elle ne semblait pas affectée par le vacarme croissant des bavardages et souriait à lady Pénélope. En cet instant, elle n'avait plus rien de la femme qu'il avait tenue dans ses bras, ce mémorable soir où elle lui avait révélé l'accident de jeunesse qui avait à jamais influé sur sa vie, la détournant du chemin ordinaire des femmes…

Le corps tremblant d'une émotion trop longtemps réprimée, elle lui avait alors dévoilé ses secrets, lui livrant une précieuse partie de son cœur. Puis elle s'était fermée de nouveau et avait repris ce masque glacial qui ne laissait rien deviner de son moi vulnérable et caché.

Mais, derrière cette façade impassible, la douleur était toujours là, il le savait. Et aussi cette force indomptable qui lui avait permis de traverser toutes les épreuves et avait fait d'elle ce qu'elle était aujourd'hui. Ce qu'elle pouvait encore devenir.

La nuit précédente, il l'avait longuement observée pendant son sommeil. Le visage rose et serein, elle respirait doucement, blottie contre lui comme une enfant avide de protection. Et dire qu'il avait été si près de la perdre ! A quelques centimètres près, la flèche se serait fichée dans un organe vital et la jeune femme serait morte entre ses bras. Cette pensée avait éveillé en lui un sentiment qu'il croyait ne plus jamais connaître : une tendre sollicitude, le souci de la protéger coûte que coûte.

Or, Marguerite Dumas avait beaucoup d'ennemis, elle l'avait elle-même avoué. Le danger s'attachait à chacun de ses pas. Avec le travail qu'elle avait choisi, il était plus que probable qu'elle ne ferait pas de vieux os. Mais il avait beau faire, il ne supportait pas l'idée que cette flamme de beauté qui palpitait en elle puisse s'éteindre pour toujours. Pas maintenant, quand ils venaient à peine de se rencontrer !

Mais s'il ne manquait pas lui-même d'ennemis, il avait aussi des amis, après tout. Et il possédait en outre l'art de lire dans les cœurs et de débusquer les secrets d'autrui, même les plus profondément enfouis. Il finirait bien par trouver qui avait tiré cette flèche sur Marguerite. Du moins pourrait-il la protéger de cet ennemi-là.

A cet instant, leurs regards se croisèrent et elle lui adressa un petit sourire de connivence. L'espace d'une seconde, le masque imperturbable disparut et elle fut de nouveau la femme qui l'avait embrassé ce matin-là, tandis que les premières lueurs de l'aube naissaient derrière les vitres. Un baiser d'espoir et de promesse…

Il lui sourit en retour, puis frappa le sol de son bâton. Lentement, les bavardages se turent et les dames se tournèrent vers lui, impatientes de savoir quel rôle il leur avait attribué.

Il était grand temps de se mettre au travail.

— Je vais jouer Gentillesse ! s'exclama Pénélope avec enthousiasme. Pensez-vous que ce soit un bon rôle, mademoiselle Dumas ?

Elles marchaient toutes deux dans les allées du parc, heureuses de respirer un peu d'air frais.

— Bien sûr, répondit laconiquement Marguerite.

D'humeur peu volubile, elle ne s'était exprimée que par monosyllabes depuis qu'elles étaient sorties du théâtre. Mais cela n'avait pas grande importance, Pénélope faisant à elle seule les frais de la conversation.

— Pas aussi bien que celui de Beauté, bien sûr, ajouta cette dernière d'une voix taquine. C'est vous qui occuperez le siège le plus élevé et miss Boleyn va en être verte de jalousie. Mais les costumes sont très jolis, vous ne trouvez pas ?

— Le satin blanc sera parfait pour vos cheveux noirs.

Quant à moi, je crains d'avoir l'air un peu trop évanescente !

— Vous aurez l'air d'un ange, voilà tout, et Anne Boleyn aura une raison de plus d'être dépitée ! Dieu merci, nous avons échappé au noir. Ma sœur doit jouer Dédain, pour son plus grand dépit. Heureusement que nous avons un metteur en scène séduisant, pour une fois. C'est mieux que ce vieux grognon de Guildford ! La dernière fois que j'ai joué dans l'une de ses pièces, il n'a pas arrêté de crier sur moi, sous prétexte que je ployais les épaules et ne pouvais m'empêcher de rire. Est-ce que je me tiens vraiment si mal ?

Marguerite lui coula un regard dubitatif. Avec son corset aussi raide qu'un instrument de torture, la pauvre fille aurait eu du mal à ne pas se tenir droite.

— Pas le moins du monde !

— C'est bien ce que je pense. Mais je voudrais tellement être à mon avantage devant M. Ostrovsky. Il a quelque chose d'angélique, vous ne trouvez pas ?

Un ange, Nicolaï ? Marguerite étouffa un petit rire. C'était bien ce qu'elle avait pensé elle-même pendant longtemps ! L'ange de la beauté, de la vengeance et de la rétribution… Mais elle savait à présent qu'elle pouvait ajouter la bonté à la liste. Jamais elle n'avait rencontré quelqu'un comme lui. Un homme capable de lui arracher ses secrets sans le moindre effort et de lui laisser ce sentiment de légèreté… Dans ses bras, elle avait goûté un sommeil profond et sans rêves, pour la première fois depuis bien des années. L'ange de la paix, aussi…

— Je croyais que vous aviez déjà le béguin pour quelqu'un, lady Pénélope ?

— Oh, oui, le comte ! Mais je le vois si rarement… Les

hommes sont assommants ces derniers temps, ils ne pensent à rien d'autre que leurs traités et leurs alliances.

« Traités et alliances » étaient sans doute le seul moyen pour la France et l'Angleterre de contrer les ambitions de l'empereur Charles Quint, et Marguerite renouvela *in petto* ses prières pour la réussite des négociations. Mais elle n'en dit rien, bien entendu. Les affaires du Saint Empire romain intéressaient fort peu lady Pénélope et, pour être franche, elle avait elle-même du mal à se concentrer sur de tels sujets ces derniers temps. Des menaces bien plus proches planaient sur elle, accaparant son attention. Son cœur était si vulnérable désormais… Vulnérable aux flèches, certes, mais aussi au regard bleu de Nicolaï Ostrovsky…

— Pendant la représentation, tout le monde oubliera les traités, assura-t-elle. Surtout quand vous serez en scène dans votre robe de satin blanc…

Lady Pénélope pouffa.

— Vous avez raison. Le comte sera bien obligé de me remarquer, même derrière le masque doré. D'ici là, je tâcherai d'apprendre des poses plus élégantes. Peut-être pourrez-vous m'aider ?

Pendant quelques secondes, Marguerite se retrouva transportée place Saint-Marc, à Venise. Elle revit la jeune femme qui jouait Colombine au côté de Nicolaï. Il y avait tant d'élégance, tant d'espiègle grâce dans le moindre de ses gestes… Qu'était-elle devenue ? Et, surtout, qui était-elle pour Nicolaï ?

— Je ne connais rien à la gestuelle du théâtre, objecta-t-elle.

— Oh, mais si ! Il n'y a pas un homme ici qui ne soit tombé amoureux de vous, rien qu'en vous regardant danser. Il paraît que Roger Tilney est en train de composer un sonnet en votre honneur, bien que ce soit censé être un secret. Personne n'a jamais écrit de sonnets pour moi !

Marguerite ne put s'empêcher de rire.

— De qui aimeriez-vous en recevoir un ?

Lady Pénélope était occupée à passer ses soupirants en revue — trop prosaïque, celui-ci, pas la moindre veine poétique. Quant à celui-là, n'en parlons pas ! — quand un page se précipita vers Marguerite et lui tendit une lettre.

— Vous voyez ! s'exclama lady Pénélope. C'est sans doute un sonnet.

— Si c'est un poème, il est plutôt court, s'étonna Marguerite.

Elle brisa le cachet de cire rouge et déplia le parchemin. Le message était rédigé en caractères d'imprimerie. « Soyez prudente, lut-elle. Ne vous fiez à personne. Le danger peut être tapi là où vous ne l'attendez pas. Un ami. »

Sous le texte, quelqu'un avait grossièrement dessiné une flèche et un cercueil.

Malgré la température clémente, Marguerite sentit un frisson glacé lui parcourir l'échine. Elle écrasa le parchemin d'un geste nerveux et serra de l'autre main le pommeau de sa canne, jusqu'à sentir les sculptures s'imprimer dans sa paume. Puis elle jeta un regard autour d'elle, mais le page avait déjà disparu. Celui qui avait écrit la lettre la surveillait-il en cet instant ?

— C'est donc un si mauvais poème ? s'enquit Pénélope.

Marguerite se força à rire.

— Exécrable ! Réjouissez-vous de n'en avoir jamais reçu de tel…

Elle enfouit le parchemin froissé dans la bourse de velours suspendue à sa taille et reprit son bavardage avec Pénélope comme si rien ne s'était passé. Au détour d'une allée, un petit groupe de dames se joignit à elles et Marguerite en profita pour s'excuser.

— Ma jambe se fatigue un peu, allégua-t-elle. Je crois que je vais rentrer à présent.

Enfin hors de vue de ces dames, elle se hâta de regagner le théâtre. Elle ne savait pas ce qui guidait ses pas. Que dire à Nicolaï ? Lui montrer cet absurde griffonnage ? Il ne pourrait rien faire, de toute façon. Mais elle avait tout de même besoin de le voir, de lui parler. De sentir cette étrange chaleur qui se dégageait de sa présence…

D'une démarche claudicante, elle se glissa dans la salle à présent déserte. Toutes les dames étaient parties, laissant derrière elles une jonchée de satin blanc et de couronnes en carton doré. On entendait les sons d'un luth s'élever dans le fin fond du bâtiment. Quelqu'un devait répéter pour l'un des futurs spectacles. C'était un air triste et plaintif, dont l'écho semblait encore plus solitaire ici, dans la splendeur artificielle des décors.

Marguerite s'arrêta pour écouter, le cœur étreint d'une poignante langueur. Puis elle passa la tête dans le bureau de Nicolaï. Il était là, en train d'écrire à une petite table encombrée de parchemins. Sans doute prenait-il des notes sur la répétition qui venait d'avoir lieu. Depuis son poste d'observation, elle apercevait son profil élégant et finement ciselé sous ses cheveux blonds impatiemment rejetés en arrière. Un léger pli lui creusait le front et la courbe de ses lèvres s'infléchissait vers le bas. Sentait-il comme elle toute la mélancolie de la musique ? Le son doux et froid de ce luth, c'était comme la voix même du destin…

Marguerite sentit les larmes lui monter aux paupières. Il y avait si longtemps qu'elle n'avait pas pleuré ! Les larmes ne servaient à rien, elle l'avait toujours su. Et, pourtant, elles étaient bel et bien là, près de jaillir, comme un exutoire à toutes ces années de peines et de tristesses.

La main pressée contre son cœur, elle se détourna pour partir. Elle ne voulait pas que Nicolaï la vît ainsi. Mais il entendit le bruissement de ses jupes et leva les yeux au moment même où elle s'éclipsait. Son front se dérida aussitôt et un sourire de bienvenue éclaira son visage.

— Marguerite ! Vous êtes venue me libérer de ce travail fastidieux ?

Elle sourit à son tour, dans l'espoir qu'il ne remarquerait pas ses paupières rougies.

— Vous exagérez ! Est-il si fastidieux de travailler avec des douzaines de femmes délicieuses ? La plupart des hommes en remercieraient le ciel…

— La plupart des hommes ne savent pas ce que c'est que de diriger des dames de la cour pour obtenir d'elles un minimum de discipline, répliqua-t-il en lui tendant la main. C'est pire que d'avoir à dompter une horde !

Elle referma les doigts sur les siens tandis qu'il l'attirait vers lui. Dès que sa peau entra en contact avec celle de Nicolaï, si chaude et vivante, quelque chose commença à fondre dans la carapace glacée qui emprisonnait son cœur.

Lâchant sa canne, elle s'assit sur ses genoux et enfouit la tête dans le creux de son épaule. Dieu, qu'il était séduisant, son Moscovite ! Quand elle était près de lui comme en cet instant, la joue appuyée à son pourpoint de velours, le monde autour d'eux semblait s'évanouir pour les laisser seuls ensemble. Dans leur royaume à eux, il n'y avait plus de politique, plus de nations ennemies ni de Lys d'Emeraude…

Mais ces instants étaient fugaces, hélas. « Accroche-toi à eux tant que tu le peux et garde-les à jamais dans ton cœur ! » Dieu savait qu'elle en aurait besoin plus tard pour se réchauffer, dans le désert glacial qu'allait être sa vie. Sa vie sans Nicolaï…

— C'est vrai que nous ne sommes pas des actrices professionnelles. Chacune espère avoir le rôle qui la mettra le mieux en valeur. Lady Pénélope Percy, par exemple, ne songe qu'à attirer le regard de ses soupirants. Que voulez-vous, nous ne ressemblons pas à votre Colombine vénitienne !

Nicolaï se mit à rire.

— Que savez-vous de *ma* Colombine ?

— Je l'ai vue jouer avec vous place Saint-Marc. Elle était très jolie.

— Comment pouvez-vous le savoir ? Elle portait un masque.

— En tout cas, elle avait une belle poitrine, tout le monde pouvait s'en rendre compte. Son corsage en montrait long !

Il s'esclaffa davantage et l'attira si près qu'elle perçut les battements sourds et profonds de son cœur.

— Il est vrai qu'il y a eu un début de romance entre Masha et moi. Mais c'est fini à présent.

Marguerite sourit, étrangement soulagée.

— Elle n'a pas envie de devenir l'épouse d'un viticulteur ?

— Bien au contraire ! Elle a épousé un fils de fermier et ce sont eux qui s'occupent de mon nouveau domaine en mon absence.

— Je vois… Le fils de fermier serait-il un mari complaisant par hasard ?

— Je ne suis pas intéressé par le genre de « complaisances » auxquelles vous songez.

Et, la serrant plus étroitement encore :

— Voyez-vous, j'ai rencontré quelqu'un à Venise…

Marguerite se débattit pour se dégager, mais il la retint fermement.

— Encore une femme, je suppose ?

— Oui. Une femme aux yeux d'émeraude et aux cheveux aussi blonds que des rayons de lune. Après l'avoir embrassée — et avoir échappé de peu à sa dague —, je n'ai plus été capable de penser à une autre. Elle m'a hanté pendant des mois, jusqu'à ce que nos chemins se croisent de nouveau.

Elle rit doucement et se détendit dans ses bras.

— Espèce de séducteur ! Et que s'est-il passé quand vous l'avez retrouvée ?

— Elle m'a enchanté tout de suite, si bien que je ne vois plus qu'elle. Je crains de n'être pris dans ses filets pour toujours.

Marguerite leva les yeux vers lui et traça du bout du doigt le contour de sa joue. Un soupçon de barbe dorée ombrait sa peau étrangement douce.

— Ce n'est pas sa faute. Elle aussi est victime du sortilège…

Elle déposa un léger baiser sur sa pommette et se leva. Puis elle examina la corde raide tendue dans un coin et en testa la solidité du bout de l'index.

— Quand je vous ai vu marcher là-dessus, j'ai vraiment eu l'impression que vous pouviez voler. Cette façon de se jouer du danger… J'ai trouvé cela magique.

Il la rejoignit, amusé.

— Il n'y a aucune magie là-dedans, seulement des années de pratique… et quelques chutes sur le crâne, jusqu'à ce que j'apprenne à ne plus tomber du tout !

— Une leçon que certains d'entre nous n'intègrent

jamais. Nous passons notre temps à nous cogner la tête contre les mêmes murs…

Elle tâta machinalement les fibres de chanvre.

— Il y a une magie en vous, Nicolaï, que vous le vouliez ou non. Vous avez le pouvoir de vous envoler vers les cieux, quand nous autres, pauvres mortels, demeurons cloués au sol, avec nos peurs et nos sottises !

Elle se pencha pour ôter ses chaussures, qu'elle repoussa d'un coup de pied.

— Aidez-moi donc à monter !

Il fronça les sourcils.

— Marguerite, votre jambe…

— S'il vous plaît ! implora-t-elle.

Elle mourait d'envie de sentir la corde sous ses pieds, d'éprouver les mêmes sensations que Nicolaï, même si cela ne devait durer que quelques instants avant qu'elle ne se rompe effectivement le cou. Jamais elle n'avait désiré quoi que ce soit avec tant d'intensité –excepté Nicolaï lui-même.

— Je vous en prie, répéta-t-elle doucement. Je veux seulement essayer. Vous me tiendrez la main, n'est-ce pas ? Avec vous à côté, je ne pourrai pas tomber.

Il la dévisagea un instant, dubitatif.

— Juste quelques pas, concéda-t-il enfin.

Marguerite applaudit, au comble de l'excitation, et le regarda approcher un tabouret de la corde. Puis il lui prit la main, l'aida à monter sur le marchepied improvisé et, de là, sur la corde. Il la tint par la taille tandis qu'elle avançait précautionneusement l'un de ses pieds, puis l'autre, en restant bien dans l'alignement du fil comme elle avait vu Nicolaï le faire.

— Vous êtes une excellente danseuse, Marguerite, et cet exercice s'apparente à la danse. Vous devez trouver votre centre de gravité, votre point d'équilibre. Gardez le torse droit et pliez légèrement les genoux. Là… Et servez-vous de vos bras, comme pour la pavane.

Elle prit une longue inspiration, s'imagina qu'elle était vraiment en train de danser, et son appréhension s'envola aussitôt. Ses jambes se stabilisèrent et elle eut l'impression que ses pieds ne faisaient plus qu'un avec la corde.

Nicolaï laissa retomber ses bras.

— Ne me lâchez pas, s'écria-t-elle, se sentant vaciller.

— Je vous tiens encore la main, la rassura-t-il en serrant les doigts autour des siens. Et je vous rattraperai si vous tombez. Permettez-moi tout de même de vous faire remarquer que vous vous tenez debout toute seule.

Mais c'était vrai ! La main de Nicolaï la soutenait à peine, réalisa-t-elle avec surprise.

— Faites un pas à présent.

— Un… un pas ?

— Je sais que vous pouvez. Comme une danseuse, rappelez-vous. Gardez votre centre et levez le pied qui est en arrière. Doucement… Pas de geste brusque. Placez-le devant l'autre à présent.

Marguerite acquiesça, farouchement déterminée à réussir. Les bras tendus parallèlement au sol, elle souleva le pied et le posa devant l'autre sur la corde, imaginant qu'elle glissait sur le parquet lustré d'une salle de danse.

— *Haroshiy !* cria Nicolaï, admiratif. Très bien !

Enhardie, elle risqua un autre pas, puis un troisième. Jamais elle ne s'était sentie aussi vibrante, aussi fière d'elle. Elle pouvait bel et bien le faire. Elle était *en train* de le faire ! Une force croissait en elle avec chaque geste, diffusant dans tout son corps cette lumière dorée qu'elle sentait toujours autour de Nicolaï.

Lentement, il retira sa main jusqu'à ce que seul le bout de leurs doigts demeurât en contact. Marguerite osa un autre pas, puis une succession d'autres. De plus en plus rapides, de plus en plus légers. Elle riait à présent, plus heureuse qu'elle ne l'avait été depuis ces jours déjà lointains où elle courait dans les vignes inondées de soleil. Oh, Seigneur, mais c'était divin, tout simplement... Quelques pas de plus et elle allait s'envoler !

Lorsqu'elle eut atteint le bout de la corde, Nicolaï la reprit par la taille et la fit tournoyer dans ses bras. La tête renversée dans un mouvement de pur délice, elle se laissa aller, secouée d'un rire inextinguible.

— Marguerite, *dorogaya*, vous y êtes arrivée ! Vous avez parcouru toute la longueur de la corde. Remarquable, pour un premier essai.

Lorsqu'il la déposa enfin sur le sol, elle appuya la joue contre sa poitrine, riant et pleurant à la fois. Elle était si heureuse ! C'était de la vie à l'état pur qui circulait dans ses veines. Une étreinte de flamme !

— C'est parce que vous me teniez, murmura-t-elle.

— Oh, Marguerite !

Il referma les bras autour d'elle.

— Vous n'aviez pas besoin de moi pour cela. Vous avez vos propres ailes. Et à présent, vous les avez trouvées !

Ses propres ailes. Peut-être les avait-elle découvertes en effet, dans ce besoin qui la poussait toujours en avant, plus loin, vers un monde meilleur qu'elle n'avait jamais connu avant de rencontrer Nicolaï. Il lui avait donné l'espoir, et les ailes pour s'envoler vers lui.

Mais n'était-il pas déjà trop tard... beaucoup trop tard ?

20

— Eh bien, Majesté, toujours aussi bien en chair ? En voilà un gros visage !

Charmé, le roi éclata d'un rire tonitruant. Mais, s'il appréciait les plaisanteries de Will Somers, son fou favori, les courtisans, eux, les accueillaient avec des sourires nettement plus contraints. Chacun d'eux redoutait d'être la cible suivante de l'acerbe clown.

Marguerite se réjouissait d'être assise à l'autre bout de la salle, loin de l'estrade royale. Mieux valait assister au spectacle que d'y prendre part ! Après son exploit sur la corde raide, elle n'avait plus envie de plaisanter ni de rire. Ses nerfs trépidaient encore, ses sens vibraient au souvenir des instants magiques.

En fait, elle avait marché toute sa vie sur la corde raide, un pas précautionneux après l'autre et attentive à tout ce qui l'entourait. A l'affût de tout ce qui aurait pu la déséquilibrer…

Seulement, cette fois, elle n'était *pas* tombée. Dans l'état d'exaltation où elle se trouvait, il lui était difficile de redescendre sur terre, surtout dans cette cage dorée qu'était la cour.

Nicolaï n'assistait pas au banquet ce soir. Dona Elena et son mari occupaient leur place habituelle près de l'ambassadeur Mendoza, lui-même entouré de tous ses fidèles. Pourtant, Nicolaï n'était pas parmi eux. Ni avec les jongleurs qui circulaient autour de la table. Comme la salle semblait vide sans lui !

Assis à côté d'elle, le père Lebêque posa sans mot dire un morceau de gâteau sur son assiette.

— Merci, murmura-t-elle.

D'un geste prudent, elle goûta le bord du glaçage au miel. Depuis l'épisode de la flèche, elle se méfiait de tout. Le danger pouvait être tapi dans tous les recoins, derrière chaque portière de tapisserie. Elle ne pouvait faire confiance à personne, pas même à un homme d'Eglise.

— Etes-vous bien remise de votre malheureux accident, mademoiselle ?

— Je vais tout à fait bien, merci. L'accident laissera à peine une cicatrice.

— On dit que c'est le Russe attaché à la délégation espagnole qui vous a soignée ?

Marguerite lui coula un regard oblique mais ne put rien lire sur son visage. Il semblait plus solennel que jamais, comme s'il attendait d'elle Dieu savait quoi. Quelque chose qu'elle n'arrivait pas à comprendre ni même à imaginer.

— C'est exact. Il est très compétent.

— Compétent… comme médecin ?

— Je ne comprends pas ce que vous voulez dire, rétorqua-t-elle froidement.

Le père Lebêque l'irritait depuis le début du voyage, mais ce soir plus que jamais. Encore transportée par son exaltante expérience sur la corde raide — oh, cette merveilleuse impression d'être tout à coup transformée en oiseau ! —, elle n'avait pas envie de laisser qui que ce soit lui gâcher ce bonheur. Il s'évanouirait bien assez tôt sans cela.

L'ecclésiastique haussa les épaules et détourna les yeux.

— Je me demandais seulement s'il était bien sage de votre part de passer tout ce temps avec les Espagnols et leurs alliés. Si aimables qu'ils puissent paraître, ces gens ne sont pas nos amis, mademoiselle Dumas. Ils sont opposés à notre mission et utiliseront tous les moyens possibles pour empêcher la conclusion du traité.

Marguerite jeta un furtif coup d'œil à dona Elena, qui souriait tendrement à son mari.

— Je ne suis tout de même pas aussi stupide, mon père. Je connais les chausse-trapes de la cour et n'ignore pas qu'on ne peut s'y fier à âme qui vive. En règle générale, personne n'est jamais l'ami de personne.

Bien qu'elle s'exprimât avec assurance, elle ne pouvait empêcher une petite voix en elle d'émettre des doutes. « Tu aurais pu dire cela autrefois, quand ta vie n'était que stratagèmes et intrigues. Mais à présent… »

Eh bien quoi, à présent ? Avait-elle été piégée par la passion de Nicolaï, par les gentillesses de sona Elena ?

— C'est faux, lui chuchota le prêtre.

Il s'était penché vers elle, si près qu'elle sentit la chaleur de son long corps sous sa soutane en laine. Elle se recula sur son banc, gênée.

— Il existe des amis sincères, continua-t-il. Il faut savoir les chercher là où ils sont, voilà tout.

— Je me souviendrai du conseil, merci.

— Je suis là pour vous écouter, mademoiselle. Parfois, les consolations du ciel valent mieux que tous les conseils de la terre.

Marguerite eut une moue dubitative. Les consolations du ciel ? Elle doutait fort qu'il n'eût que cela en tête. Mais elle ne l'en remercia pas moins.

— C'est très aimable à vous, mon père.

Un page s'arrêta derrière elle pour verser un peu plus de vin dans son gobelet. Elle en profita pour se détourner et engager la conversation avec ses voisins de gauche. Mais à peine avait-elle échangé quelques mots avec eux que la porte de la salle s'ouvrit, livrant passage à un groupe de nouveaux venus.

Leur entrée passa inaperçue de la plupart des convives, distraits par les rires et les conversations. Mais il n'en fut pas de même pour Marguerite, qui ne put réprimer un tressaillement. Nicolaï !

Vêtu de son plus beau pourpoint de velours rouge, il avait attaché ses cheveux en catogan, dégageant la boucle d'oreille en perle qui se balançait à son oreille et la fine broderie d'or de son col montant. Quant à l'homme qui l'accompagnait, Marguerite ne l'avait jamais vu céans et elle l'examina aussitôt avec une attention suspicieuse.

Légèrement plus grand que Nicolaï, il avait un long corps musclé et une chevelure châtain clair, dont la masse brillante retombait sur ses épaules. Son visage ovale, tanné par un soleil qui ne brillait jamais sur l'Angleterre, était encadré par un collier de barbe soigneusement taillé, qui ajoutait une touche plus virile à sa beauté.

Le regard vert qu'il promena sur la salle avait quelque chose de sombre et de moqueur. Marguerite comprit pourquoi en examinant ses hautes bottes noires. Bien que fort propres et confectionnées dans un cuir très fin, elles étaient usées et éraflées en plus d'un endroit. Quant à la dague passée à sa ceinture, ce n'était pas une arme d'apparat mais une solide lame, au manche patiné par l'usage.

Un homme d'action, de toute évidence... Mais qui était-il ? Il ne ressemblait pas à un comédien comme Nicolaï. Il lui manquait cette vivacité, cette aura qui distinguaient son compagnon. Si Nicolaï était pour elle un archange, l'inconnu, lui, s'apparentait plutôt au seigneur des ténèbres. Elle l'aurait très bien vu environné d'un nuage sombre et entouré de corbeaux !

Des regards spéculatifs se tournèrent vers les deux hommes tandis qu'ils s'avançaient dans la salle, suivis de trois ou quatre comparses eux aussi vêtus de noir. Les chuchotements allaient bon train. Qui pouvaient bien être ces étrangers ? Depuis tant de jours qu'ils séjournaient dans la prison dorée de Greenwich, Français et Espagnols se morfondaient. Un nouveau visage avait de quoi exciter leur intérêt…

Parvenus devant la table de dona Elena, les nouveaux venus s'arrêtèrent et s'entretinrent un instant avec le couple ducal, sans paraître remarquer la curiosité dont ils étaient l'objet. Mais Marguerite connaissait suffisamment Nicolaï pour savoir que rien n'échappait jamais à son attention.

D'un mouvement discret, elle se leva de son siège et longea le mur du fond, heureuse de porter ce soir une robe brune et une coiffe assortie qui lui permettaient de passer relativement inaperçue. Lentement, elle se glissa de groupe en groupe, écoutant mine de rien. Lorsqu'elle arriva enfin à proximité des Espagnols, elle se fit héler par Maria Carolina Alva, qui lui fit signe d'approcher.

— Ah, señorita Dumas ! Nous étions en train de nous interroger sur le nouvel ami du señor Ostrovsky. Le connaissez-vous ?

— Comment le pourrais-je, si vous ne le connaissez pas vous-même ? Je croyais que c'était un nouveau membre de votre délégation qui nous arrivait tout droit de Madrid.

— Aucune d'entre nous ne l'a jamais vu, répondit la señorita Alva, prenant ses compagnes à témoin. Il est beau, n'est-ce pas ? Esperanza dit que ce doit être un pirate barbaresque !

Les jeunes filles pouffèrent, étouffant leurs rires dans leur mouchoir.

— Je ne crois pas que M. Ostrovsky présenterait un pirate à dona Elena, objecta Marguerite.

En fait, elle était persuadée que Nicolaï devait compter quelques forbans parmi ses amis, tant il semblait connaître toutes sortes de gens. Mais de là à les introduire à la cour…

— C'est sans doute quelque marchand de Venise ou de Naples, intervint un jeune Espagnol avec mépris. Inutile d'en faire tant de foin !

La señorita Alva ne répondit pas, mais l'éclair qui jaillit de ses yeux noirs était assez éloquent en lui-même. De toute évidence, elle n'était pas d'accord avec cette assertion.

La conversation dévia sur d'autres sujets et Marguerite s'installa avec le groupe pour siroter un peu de vin, dans l'espoir que des informations viendraient éclairer sa lanterne. Son attente ne fut pas déçue.

— Dona Elena vous invite tous à la rejoindre ce soir dans ses appartements pour une partie de cartes, vint annoncer l'un des secrétaires du duc. Elle aura le plaisir de vous présenter le señor Balthazar Grattiano, de Venise.

C'était donc bien un Vénitien, songea Marguerite, les yeux fixés sur le visiteur assis à côté de dona Elena. L'homme semblait courtois et affable, mais le sourire qui incurvait ses lèvres n'atteignait jamais ses yeux. Son beau visage semblait méfiant et tendu. Ni un acteur ni un pirate, et sans doute pas davantage un marchand. Qui était ce Grattiano et que faisait-il en Angleterre ?

Marguerite n'aimait pas cela, décidément. Assez de surprises et d'énigmes !

S'excusant auprès des autres, elle se dirigea vers la porte, impatiente de pouvoir réfléchir tranquillement au problème. Mais, au moment où elle atteignait le seuil, elle sentit un picotement dans sa nuque, sensation familière qui l'avertissait généralement qu'elle était épiée. Dommage que le signal n'ait pas fonctionné dans la clairière, quand la flèche avait jailli du sous-bois !

Jetant un coup d'œil par-dessus son épaule, elle surprit le regard du père Lebêque qui l'observait avec intensité. L'homme lui adressa de loin un signe de tête négatif, comme pour la dissuader une fois de plus d'aller retrouver les Espagnols.

Marguerite se retourna sans répondre et se hâta de quitter la salle. Qu'il aille au diable ! songea-t-elle pour elle-même. S'il y avait quelqu'un qu'elle devait éviter à tout prix, c'était plutôt le prêtre !

21

— Je suis heureux que vous soyez venu, Balthazar, déclara Nicolaï tandis qu'ils longeaient tous deux le bord de la rivière.

A cette heure de la nuit, les alentours étaient déserts et l'on entendait clapoter les vaguelettes qui venaient lécher la rive. Seuls les bruits assourdis du banquet résonnaient au loin, comme l'écho d'un autre monde.

— Peut-être allez-vous vite le regretter, du reste. A présent que vous avez vu dans quelle toile d'araignée vous avez débarqué…

Balthazar l'interrompit en secouant la tête. Avec ses vêtements et sa barbe sombres, il semblait faire partie de la nuit. Cette colère profonde qui l'habitait à Venise était toujours là, Nicolaï le sentait bien. Il la dissimulait seulement sous sa nouvelle apparence de capitaine de vaisseau.

— Je suis en route vers les Indes orientales, expliqua Balthazar. Marc voulait expédier une cargaison à Mexico, via Porto Rico et Hispaniola. Je lui ai offert de commander l'*Elena Maria* pour ce voyage.

— Et passer par Greenwich vous détourne à peine de votre chemin, n'est-ce pas ? le taquina son compagnon.

Un petit sourire retroussa les lèvres de Balthazar.

— Peut-être un peu plus qu'*à peine*, admit-il. Mais c'est

un excellent apprentissage de naviguer sur la Tamise. J'ai l'intention de commander bientôt mon propre navire et j'ai besoin d'expérience. Sans compter que Marc et Julietta sont encore un peu inquiets pour dona Elena. On dit que les Français sont prêts à tout pour assurer le succès de leur nouvelle alliance.

Nicolaï pensa au Lys d'Emeraude et à tous les autres espions probablement mêlés à la délégation.

— Il est vrai qu'ils sont plus déterminés que jamais. Mais je ne crois pas que dona Elena coure le moindre danger. Quoi qu'il advienne du traité, son mari et elle vont bientôt regagner leurs pénates.

— A mon avis, c'est *vous* qui courez le plus grand danger.

Nicolaï fronça les sourcils. Se pouvait-il que Balthazar eût déjà entendu parler de Marguerite et de ses sentiments pour elle ?

— Que voulez-vous dire ?

— Lorsque vous êtes allé quérir du vin, dona Elena a profité de votre brève absence pour m'assurer qu'elle était bien décidée à vous voir fiancé avant son départ pour l'Espagne. Vous êtes en grand danger de devoir rentrer chez vous avec une épouse espagnole au bras !

Nicolaï éclata de rire, soulagé.

— Dona Elena est une marieuse convaincue, c'est sûr. Mais je suis tout aussi déterminé à éviter ce piège.

— Vous avez donc passé tout votre temps ici à fuir cette menace ?

Nicolaï songea à tout ce qui lui était arrivé depuis qu'il avait débarqué à Greenwich. Tout était si embrouillé et confus qu'il aurait eu du mal à en faire un récit cohérent.

— Pas seulement. On m'a également confié la direction

d'une pièce. Pas moins de seize dames à diriger, imaginez un peu !

Balthazar s'esclaffa à cette nouvelle. Il y avait si longtemps que Nicolaï ne l'avait entendu rire…

— Alors, vous êtes vraiment en danger, mon ami ! J'affronterais plus volontiers toute une flotte de pirates barbaresques qu'une escouade de dames de la cour.

— C'est pourtant vous qui avez abandonné votre confortable navire pour vous risquer céans ! Ici, c'est un autre genre de péril que vous aurez à affronter. J'ai besoin d'un assistant pour la pièce et vous êtes l'homme idéal pour cela.

Balthazar recula, les mains levées dans un geste de protection.

— Pitié, Nicolaï ! Tout mais pas ça… Je ne connais rien à l'art de la scène.

— Mais vous connaissez les femmes ! J'ai bien vu comment elles se comportaient avec vous à Venise, rentrant leurs griffes dès que vous étiez dans les parages. Vous dompteriez n'importe quelle tigresse, parole d'honneur. Je ne vois personne d'autre pour m'aider à traverser cette épreuve.

Mais Balthazar secoua la tête.

— J'ai peut-être une certaine expérience des femmes, vu les frasques de ma jeunesse. Mais *seize*…

— La plupart sont ravissantes, plaida Nicolaï. Peut-être que…

Son regard capta tout à coup le reflet d'un rayon de lune, qui miroitait sur le satin d'une robe brune. Marguerite ! La jeune femme se déplaçait silencieusement le long du muret qui bordait l'extrémité du parc. Les avait-elle suivis jusque-là ? Il se maudit de sa propre imprudence. A quoi songeait-il, au nom du ciel ? Cette légèreté ne lui ressemblait pas, surtout par les temps qui couraient.

— Ah, voici justement l'une de nos charmantes comédiennes, fit-il assez fort pour être entendu de l'intruse. Mademoiselle Dumas, quelle surprise de vous voir ici !

Marguerite se figea et, l'espace de quelques secondes, elle parut se fondre dans l'ombre du muret. Puis elle sortit de l'obscurité et s'avança vers eux d'un air calme, comme s'il avait été parfaitement naturel pour une dame de rôder seule au bord de la rivière en plein milieu de la nuit.

Balthazar la regarda émerger dans le clair de lune et ses yeux s'arrondirent de surprise.

— Je comprends ce que vous voulez dire, Nicolaï. Ravissante, en effet…

Nicolaï dut réprimer une violente envie d'envoyer son poing dans la figure de son ami.

— C'est mademoiselle Dumas, l'une des suivantes de la comtesse de Calonne.

Parvenue devant eux, Marguerite croisa ostensiblement les mains sur son ventre.

— Bonsoir, monsieur Ostrovsky. Je ne suis pas la seule à avoir eu besoin de respirer un peu d'air frais, à ce que je vois.

— En effet. Puis-je vous présenter le *signor* Balthazar Grattiano ? Il nous arrive tout droit de Venise.

Elle plongea dans une gracieuse révérence avant de tendre la main au visiteur.

— Monsieur Grattiano… A Greenwich, il est toujours agréable de rencontrer un nouveau visage.

— Surtout si ce visage ressemble au vôtre, répliqua Balthazar, qui déposa un baiser sur les phalanges de la jeune femme.

Son ami le gratifia d'un regard furibond. Mais Marguerite, ravie, éclata d'un rire perlé.

— Le *signor* Grattiano a accepté de nous aider pour la pièce, assura perfidement Nicolaï, qui vint se placer mine de rien entre la promeneuse et Balthazar.

Il tendit le bras à Marguerite et elle y posa la main avec naturel, comme si elle n'avait jamais fait que cela de sa vie. Tous trois se remirent à marcher de conserve.

— Vous avez vraiment besoin d'un assistant ? demanda-t-elle. Vous sembliez pourtant vous en tirer fort bien. Ce sera certainement la plus belle pièce qu'on aura jamais représentée à la cour.

— Il est vrai que la plupart des dames se sont montrées jusqu'ici assez maniables. Mais je crains que cela ne dure pas longtemps.

Elle eut un petit rire.

— Vous ne pensez pas à moi en disant cela, j'espère ? Ce serait donner une bien fausse idée de moi au *signor* Grattiano. Je ne souhaite qu'une chose, c'est le succès de cette pièce… et de toutes vos entreprises.

Ils échangèrent un long regard et il sentit la main de Marguerite lui presser le bras dans un geste de connivence.

— Je suis ici pour aider si je le puis, assura Balthazar. Mais à présent je dois retourner au banquet. J'ai promis à dona Elena de lui donner toutes les nouvelles de Venise. Elle veut tout savoir sur les nouvelles modes vénitiennes.

— Soyez prudent, *signor*, fit la jeune femme d'un ton léger. Si vous n'y prenez garde, vous risquez fort de vous retrouver fiancé avant la fin de la nuit !

— Merci, mademoiselle. Je tiendrai compte de votre aimable avertissement.

Après une profonde courbette, il s'éloigna dans la nuit, laissant Nicolaï et Marguerite près de la rivière.

Restés seuls, les deux jeunes gens observèrent un long moment de silence. Puis Marguerite lâcha le bras de son compagnon et le devança d'un pas.

— L'arrivée de votre ami a provoqué un grand émoi chez ces dames. Elles le trouvent aussi beau que mystérieux et leurs suppositions vont bon train.

— Il en était déjà ainsi à Venise. Balthazar ne laisse pas les femmes indifférentes.

— Grand Dieu, il s'en passe, des choses, à Venise ! Fait-il partie de votre troupe ?

— Vous savez bien que non. Il est capitaine de l'un des bateaux de Marc Velasquez. Il est en route pour les Indes orientales et a fait un petit crochet par Greenwich afin de s'assurer que tout va bien pour dona Elena.

— Que de zélés protecteurs elle a ! Toutes les femmes n'ont pas sa chance…

Nicolaï lui prit la main et l'attira dans ses bras. Elle se blottit contre sa poitrine, rieuse.

— Vous le trouvez séduisant ? s'enquit-il d'une voix grondeuse.

— Pas autant que vous, monsieur le Moscovite !

— Ainsi, c'était pour admirer nos beaux visages que vous nous suiviez ?

Elle releva la tête pour le regarder dans les yeux.

— Je ne vous suivais pas ! J'avais vraiment besoin de respirer, après le vacarme du banquet. Quand je vous ai vu avec votre ami, je n'ai pas voulu vous déranger.

— Donc, vous ne prêtiez pas l'oreille ?

La main qu'elle avait posée sur son épaule cessa d'être caressante et lui assena une tape.

— J'étais bien trop loin pour entendre, de toute façon.

Et si j'avais voulu vous épier, je me serais montrée plus maligne. Cela dit, j'avoue que j'éprouve quelque curiosité à l'égard de votre ami.

— Balthazar se fera un plaisir de la satisfaire, si vous nous retrouvez tout à l'heure chez dona Elena.

Marguerite parut s'assombrir tout à coup.

— Oh, je viendrai, mais…

— Mais quoi ?

— Pourrai-je vous rejoindre ensuite dans votre chambre ? J'ai un conseil à vous demander.

Il surprit une ombre dans ses yeux et resserra son étreinte autour d'elle.

— Il n'y a pas eu de nouvel incident, j'espère ? Pas comme la flèche ?

Elle secoua la tête.

— Pas exactement, mais… Je vous en parlerai plus tard, d'accord ?

Il la serra contre lui.

— Très bien. Plus tard…

22

Nerveuse, Marguerite défripa le message sur sa paume. « Le danger peut être tapi là où vous ne l'attendez pas. »

Qu'est-ce que cela signifiait ? Elle avait des ennemis, bien entendu. Qui n'en avait pas dans le monde instable et dangereux où elle évoluait ? Mais pourquoi lui lancer cet avertissement à présent ? Les choses n'étaient pas pires que d'habitude…

Son regard se porta vers la fenêtre obscurcie par la nuit. Il faisait si sombre ce soir… La lune avait disparu, cachée derrière un voile de nuages. Les jardins, comme le palais, étaient plongés dans un lourd silence. Même les joueurs de *primero* avaient déserté l'appartement de dona Elena pour regagner les leurs. Tout paraissait à présent si calme. Le calme avant la tempête…

Marguerite n'était pas particulièrement superstitieuse ni imaginative. Elle se colletait avec la réalité, si sordide fût-elle. Mais cette nuit elle avait le désagréable pressentiment que quelque chose se préparait, là, dans cette obscurité profonde. Un danger inconnu, qu'elle ne pouvait pas définir et encore moins combattre. Et ce mauvais pressentiment l'oppressait à mesure que la nuit avançait.

Qui lui avait envoyé ce message et que savait son auteur qu'elle ignorait elle-même ?

Une seule personne pouvait l'aider à trouver la réponse, quelqu'un qui connaissait suffisamment la nature humaine pour voir clair dans le jeu d'autrui : Nicolaï. Et si c'était lui qui avait écrit ce billet, elle le lirait aussitôt dans la claire lumière de ses yeux.

D'un geste précautionneux, elle replaça le morceau de parchemin dans son aumônière et enfila sa cape, dont elle rabattit le capuchon sur ses cheveux. Les corridors étaient sombres eux aussi, et les meubles aux formes indistinctes ressemblaient à des fantômes tapis dans le noir. Dieu merci, elle connaissait le chemin sur le bout des doigts à présent et ce fut sans encombre qu'elle atteignit la porte de Nicolaï. Parvenue là, elle écouta un instant, l'oreille collée au panneau de bois. Seul un faible froissement de papier lui parvint à travers la porte et elle se coula à l'intérieur sans même avoir frappé.

Assis à son petit bureau sous la fenêtre, Nicolaï était occupé à lire, vêtu d'une robe de chambre de brocart rouge bordée de zibeline. Il leva les yeux et lui sourit comme s'il n'attendait que sa venue.

Et comment en aurait-il été autrement, quand elle se sentait inexorablement attirée vers lui, sa chaleur, l'aura dorée qui s'exhalait de sa personne ? Elle était pareille au papillon qu'attire la lueur d'une torche. Lui aussi sait qu'il va se brûler les ailes, mais il ne peut s'empêcher de s'approcher de la flamme…

— Que lisez-vous donc ? s'informa-t-elle avec calme. Ne me dites pas que vous travaillez encore sur cette stupide pièce à une heure pareille ?

— Certes non. J'en ai assez de Beauté, Dédain et les autres. Ce sont des lettres que Balthazar a apportées pour moi. Des nouvelles de Venise.

— Ah, oui, le mystérieux *signor* Grattiano…

Posant les mains sur les épaules de Nicolaï, elle s'assura d'un regard qu'aucun des documents ne portait de sceau officiel. Pas d'instructions du grand-prince de Moscou ou du doge de Venise…

— C'était tout un spectacle, ce soir, de le voir flirter avec les Espagnoles ! Sans la moindre lueur de gaieté dans les yeux, cependant… On voyait bien qu'il jouait un rôle. En réalité, il est l'homme le plus sérieux que j'aie jamais rencontré.

Nicolaï lui prit la main.

— Eh bien, il prépare son voyage pour les Indes orientales et pense davantage à approvisionner ses cales qu'à séduire les demoiselles. Le Nouveau Monde l'attire visiblement plus que le reste.

— Le Nouveau Monde… ,répéta-t-elle d'un ton rêveur. C'est si loin…

Tout en lui caressant les cheveux, elle songea à toutes les possibilités que devaient offrir ces vastes terres. C'était tentant, en vérité.

— J'ai entendu parler de ces espaces immenses où le soleil brille tout le temps et où l'Océan a la couleur du saphir, poursuivit-elle. On dit que les plages sont parsemées de perles chatoyantes et qu'il y règne un silence de début du monde.

— Aimeriez-vous y aller, Marguerite ? demanda-t-il, taquin. Il n'y a pas d'intrigues de cour, là-bas. Mais vous n'y trouverez pas non plus de robes de satin, ni de pain aux épices et de malvoisie.

Elle éclata de rire.

— Grand Dieu, je me passerais volontiers de tout cela ! Sauf de bon vin, bien entendu… Mais j'ai entendu dire qu'il y avait aussi les fièvres, les sauvages… et trop d'Espagnols dans les parages ! Je crains que le Nouveau Monde ne soit pas fait pour moi, après tout.

— Ni pour moi, je l'avoue. Mais c'est tout à fait ce qu'il faut pour Balthazar. Dans ces forêts sauvages, peut-être se débarrassera-t-il enfin des fantômes qui le hantent.

Des fantômes… Le mot rappela à Marguerite la raison de sa visite nocturne. A évoquer ainsi les terres lointaines, elle avait failli oublier pourquoi elle était là. Ses fantômes à elle, hélas, n'étaient pas du genre dont on se débarrasse aisément. Ni sur une île ni dans les corridors sombres de Greenwich…

Attirant un tabouret, elle s'assit près de Nicolaï et tira le billet de son aumônière. Puis elle hésita, incertaine. Il n'était pas dans ses habitudes de requérir l'aide d'autrui. Le Lys d'Emeraude ne s'y serait jamais abaissé. Mais Marguerite Dumas, elle, en avait un urgent besoin. Il fallait qu'elle sache.

Nicolaï fronça les sourcils, comme s'il avait senti le magma de doutes et de craintes qui s'agitait en elle. Les bras croisés, il suivait des yeux tous ses gestes.

— Qu'est-ce qui ne va pas, Marguerite ? Une nouvelle agression ?

Elle secoua la tête.

— Pas encore. Mais voici ce que j'ai reçu, dit-elle en lui tendant le message d'une main tremblante.

Elle l'observa, surveillant son visage pour y déceler la moindre trace de culpabilité ou d'embarras. Il parcourut le billet en silence, s'attardant sur chaque mot de la missive. Le rouge de la colère teinta bientôt ses pommettes, sa mâchoire se durcit et ses doigts se crispèrent nerveusement sur le parchemin.

— Vous ne savez pas qui a envoyé cela ?

— C'est un page qui me l'a apporté. J'ai retrouvé le

garçon, mais il ignorait de qui provenait le billet. Il l'avait trouvé épinglé à sa paillasse, avec un mot lui enjoignant de me l'apporter. Je n'ai pas reconnu non plus l'écriture.

— Vous n'en avez pas reçu d'autres ?

— Pas comme celui-ci. J'ai déjà été l'objet de menaces, bien sûr, mais jamais sous la forme d'avertissement. Cela m'intrigue vraiment.

— Et vous êtes venue me demander de l'aide… ou vous assurer que je n'en étais pas l'auteur ?

Marguerite plongea dans le regard bleu qui cherchait le sien.

— Est-ce vous ?

Il haussa les épaules.

— Vous me connaissez à présent, *dorogaya*. Si vraiment j'avais voulu vous mettre en garde ou vous menacer, je l'aurais fait en face. Je n'ai rien à vous dissimuler, conclut-il avec gravité.

Elle sut instantanément que c'était vrai. Il ne se cachait pas d'elle. Pas plus qu'elle ne pouvait désormais se cacher de lui… ou d'elle-même.

— Je sais, dit-elle simplement.

Nicolaï lui rendit le billet.

— En dehors de nous deux, qui connaît la véritable raison de votre présence ici ? L'évêque ? Le comte ?

Elle remit le message dans son aumônière et secoua la tête.

— Personne. Le roi François n'ignore pas qu'il doit protéger l'identité de ses espions, s'il veut qu'ils soient efficaces. Le comte et la comtesse croient tous deux que j'ai été envoyée ici pour prendre soin de Claudine. Celle-ci pense que j'ai accepté pour rester dans le sillage d'un amant qui pourrait bien être son époux. Aussi se méfie-t-elle de moi comme de la peste.

— L'un des Espagnols, peut-être ? suggéra Nicolaï, l'air sérieux.

— Si c'était le cas, pourquoi m'avertir ? Il lui aurait suffi de me tuer et de jeter mon corps dans la rivière.

Nicolaï retourna l'une des lettres qu'il avait reçues et écrivit au dos : « Comte et comtesse de Calonne ».

— Qui d'autre pouvons-nous suspecter ? Donnez-moi tous les noms, même si ce sont ceux de personnes apparemment très éloignées de tout ceci.

Ils travaillèrent à cette liste pendant près d'une heure, ajoutant des noms et des hypothèses, jusqu'à ce que la jeune femme sente la tête lui tourner. Oh, elle n'avait jamais sous-estimé le danger ! Elle le côtoyait depuis des années. Mais c'était plutôt déconcertant de voir toutes ces possibilités couchées noir sur blanc devant elle. Elle se voyait comme une chasseresse, mais jamais elle ne s'était considérée comme une proie potentielle.

Prise d'un début de migraine, elle se frotta consciencieusement les tempes, dans une tentative vaine de dissoudre par ce geste la douleur qui l'envahissait. Le piège dont elle avait senti la présence au début de la nuit semblait se resserrer autour d'elle. Un moment viendrait où elle ne pourrait plus lui échapper. Soudain inquiet de son silence prolongé, Nicolaï leva les yeux vers elle.

— Vous allez bien, *dorogaya* ?

— Oh, oui. Je suis seulement un peu lasse.

— Et pas encore complètement guérie, je le crains. Je ne devrais pas vous faire travailler sur des listes à une heure pareille, ajouta-t-il en déposant sa plume.

— Mais si, c'est très utile !

Il lui tendit les bras et elle s'y réfugia avec gratitude. Oh, goûter au moins cet instant de réconfort dans la sécurité de son étreinte, là où il n'y avait plus ni flèches ni messages inquiétants… Juchée sur ses genoux, elle enfouit le visage dans son col de fourrure, se délectant de son parfum si rassurant.

— Je suis venue vous demander de l'aide, après tout. J'avais besoin de vos lumières.

— Vous avez très bien fait, fit-il de cette voix profonde qui avait le don d'émouvoir Marguerite. Mais votre démarche m'intrigue, je l'avoue.

— Pourquoi cela ?

— Je croyais que le Lys d'Emeraude ne se fiait à personne, hasarda-t-il, circonspect.

— Et vous aviez raison, reconnut-elle dans un soupir.

Elle recula légèrement pour lever les yeux vers lui et la vérité se fit jour en elle, fulgurante. Magnifique et douloureuse à la fois.

— Mais Marguerite, elle, a confiance en vous. En vous seul…

Et elle n'aime que vous, ajouta en elle la voix de la franchise.

Car elle l'aimait, c'était un fait indéniable. De tout son être, de tout son cœur chargé de turpitudes et de péchés. Il représentait tout ce en quoi elle s'était refusé de croire jusqu'alors : la beauté lumineuse, l'honnêteté. L'humour, l'intelligence et la bonté… Tout ce qu'elle n'était pas elle-même et ne méritait certainement pas d'obtenir. Mais cela ne l'empêchait pas de l'aimer, de le désirer. Et de lui vouer une confiance absolue.

Elle se rappela cette nuit chaude dans le lupanar de Venise et son cœur se serra à la pensée qu'elle avait failli le tuer. Dire qu'elle avait été si près de le perdre ! Dieu merci, quelque chose avait arrêté sa main à temps. Le destin, sans doute…

Des larmes brûlantes montèrent à ses paupières. Elle pressa une main sur sa bouche pour ravaler ses sanglots. Tant d'années de frustration, de solitude et de désirs refoulés pesaient sur ses épaules ! Confuse, elle enfouit la tête dans l'épaule de Nicolaï, en priant pour qu'il ne s'aperçût pas de sa faiblesse.

Mais il en fut conscient, bien entendu. Ne remarquait-il pas toujours tout ?

— Je ne trahirai pas votre confiance, Marguerite, murmura-t-il en la pressant contre lui. Et je ne vous laisserai pas périr, je vous le promets.

Bouleversée par ces paroles si simples, elle l'enlaça et pressa les lèvres sur les siennes. Ce fut un baiser comme elle n'en avait jamais donné, un baiser pour qu'il ne l'oublie jamais et se souvienne toute sa vie de cet instant.

Avec un gémissement, Nicolaï resserra son étreinte autour d'elle et la souleva dans ses bras pour la porter sur le lit. Pas un mot ne fut prononcé. Ils se contentèrent de se regarder, tandis qu'il la dépouillait de ses vêtements et se dévêtait lui-même à la lueur de la chandelle qui vacillait sur la table. Un rituel qui leur était maintenant bien familier. Mais dont ni l'un ni l'autre ne semblait se lasser.

Quand ils furent tous deux nus et vulnérables, il la reprit dans ses bras et ils demeurèrent ainsi un instant, pris dans le sortilège de leur désir. Dans le besoin désespéré qu'ils avaient l'un de l'autre.

La joue blottie contre l'épaule de Nicolaï, Marguerite ferma les yeux, inhalant son odeur dans une longue inspiration. Ces minutes de pur bonheur, c'était tout ce qu'elle aurait jamais dans sa vie. Si furtif qu'il soit, ce moment lui appartenait et elle voulait en garder jusqu'au moindre détail dans sa mémoire : la peau tiède de Nicolaï contre la sienne, son souffle frais sur son front, le son de sa voix et la saveur enivrante de ses baisers… Ainsi, quand ce serait fini et qu'elle se retrouverait en France, seule comme elle l'avait toujours été, elle pourrait se remémorer chaque seconde de cet instant précieux entre tous. Tel le diamant de sa mère, elle pourrait le contempler chaque fois qu'elle aurait besoin de consolation et de courage.

Prise dans l'enchantement de leur mutuel silence, elle l'embrassa encore et encore, les doigts glissant tout le long de son dos, puis dansant sur la courbe ferme et musclée de ses fesses.

Elle sentit sa virilité se dresser contre son flanc, brûlant du même désir qui l'incendiait elle-même. Du besoin irrépressible de se fondre l'un dans l'autre pour ne former plus qu'un.

Elle écarta les jambes pour l'accueillir tandis qu'il se glissait en elle. Leurs mains s'entrelacèrent, de plus en plus serrées à mesure que les mouvements de Nicolaï s'accéléraient, que leurs souffles se confondaient, le tam-tam sonore de leurs cœurs battant la chamade à l'unisson. Leurs corps respectifs s'accordaient dans un ensemble parfait, proclamant malgré eux ce qu'ils n'avaient pas su se dire à voix haute : *Je t'aime… J'ai besoin de toi.*

Les yeux clos, Marguerite renversa la tête sur l'oreiller. Tous ses sens atteignaient un pic d'exaltation. Jamais elle n'avait connu union aussi parfaite, tendresse aussi pure. Nicolaï faisait partie d'elle. Ils n'étaient plus qu'une seule et même personne.

Très loin, du fin fond d'elle-même, elle sentit monter l'orgasme. Nouant les jambes autour des hanches de son amant, elle l'attira plus profondément en elle jusqu'à ce que la tension explose enfin en un feu d'artifice de lumières multicolores. Bleues, vertes et rouges, les étincelles fusèrent dans le ciel flamboyant de la passion, derrière ses paupières closes. Au-dessus d'elle, le corps de Nicolaï se cambra, tandis qu'il exhalait dans un râle :

— Marguerite ! *Moja lubimaya.*

Puis il retomba sur le lit à côté d'elle, les mains encore liées aux siennes et le visage enfoui dans sa blonde chevelure éparse. Apaisée, alanguie, elle nicha la joue au creux de son épaule et s'endormit enfin d'un profond sommeil. Elle était en sécurité ici, dans ses bras.

Du moins pour le moment… Cet unique moment béni des dieux.

Assis sur le bord du lit, Nicolaï relaçait sa chemise tout en observant Marguerite endormie. Comme elle semblait jeune quand elle voyageait ainsi au pays des songes ! Son doux visage avait un éclat rose dans la lueur mourante de la chandelle. Elle semblait si tendre et vulnérable vue ainsi, ouverte à toutes les possibilités que pouvait offrir la vie…

Sur son visage, rien ne se lisait plus des épreuves qu'elle avait endurées : la mort de sa mère, la négligence de son père ; l'illégitimité de sa naissance et les enfants qu'elle ne pourrait jamais avoir ; le manque de scrupules des hommes qui avaient utilisé son intelligence et sa beauté à leurs propres fins. Elle n'était plus que Marguerite, une femme différente de toutes celles qu'il avait connues.

Sa douce, son indomptable *lubimaya.*

Ici, dans cette chambre, elle pouvait enfin montrer la face cachée de son cœur. Et s'ouvrir comme une fleur trop longtemps brimée qui offre ses frêles pétales au flamboyant soleil de l'été.

Pourtant, quelqu'un voulait l'abattre avant même qu'elle n'ait eu le temps de s'épanouir.

Nicolaï ramassa l'aumônière de la jeune femme et en tira le parchemin pour le relire. « Le danger peut être tapi partout »… Quel qu'il fût, l'auteur de ce billet cherchait à la prévenir, après tout. A la mettre sur ses gardes. Probablement qu'il ne pouvait rien faire d'autre, sans quoi il ne lui aurait pas écrit sous le couvert de l'anonymat. Peut-être craignait-il lui-même pour sa vie ou pour sa position. C'était donc à eux et à eux seuls de se défendre contre leurs ennemis, songea-t-il en tournant de nouveau son regard vers le lit.

Pendant qu'il la soignait, il s'était juré qu'il retrouverait celui qui avait tenté de la tuer. Et aussi qu'il la protégerait coûte que coûte. A présent, il sentait qu'il ne lui restait plus beaucoup de temps. L'ennemi invisible se rapprochait, plus menaçant que jamais. Il leur fallait se préparer à la confrontation finale.

Songeur, il remit le parchemin dans la bourse et alla fouiller dans son coffre à vêtements. C'était là, parmi les chemises et les pourpoints, qu'il avait dissimulé la dague du Lys d'Emeraude.

Il la retira de la malle et la retourna prestement dans sa main, faisant scintiller l'émeraude à la lueur vacillante de la chandelle. Que de chemin ils avaient parcouru depuis Venise et cette mémorable nuit où elle avait tenté de lui plonger cette lame dans le cœur… Qui aurait pu imaginer alors qu'il aurait un jour envie de la protéger, de la sauver au prix de sa propre vie — plus que cela : qu'elle *serait* un jour l'essence même de sa vie ?

Il retourna vers le lit où Marguerite dormait paisiblement, couchée sur le flanc. Elle avait besoin de sommeil, besoin de reprendre des forces pour affronter ce qui l'attendait. Ce serait un combat sans merci, il le craignait bien. Mais il la connaissait à présent, il savait de quelle volonté farouche elle était capable, dès lors qu'il s'agissait de se battre. Elle l'avait déjà prouvé pour la France et pour les intérêts de son roi. La différence à présent, c'était qu'elle devait lutter pour elle-même, pour sa vie.

Elle n'aurait pas à lutter seule. Plus jamais, se jura-t-il.

Attentif à ne pas la réveiller, il déposa doucement la dague sur l'oreiller vide à côté d'elle. La lame scintilla sur l'étoffe de satin blanc comme si elle avait trouvé sa place, enfin. Elle protégerait Marguerite pendant qu'il accomplissait ce qu'il avait à faire, rassemblant leur petite armée secrète et tirant ses plans de bataille.

Bientôt, très bientôt, il aurait un rempart bien plus solide à dresser entre elle et son ennemi inconnu.

— Je vous le promets, chuchota-t-il à sa princesse endormie, avant de quitter la chambre.

23

Pareille à un nageur qui remonte à la surface, Marguerite émergea lentement de ses rêves. Dieu savait qu'elle aurait préféré s'attarder dans ce monde d'oubli. Pourquoi fallait-il revenir à la glaciale réalité ? Elle était tellement mieux au pays des songes…

Mais elle eut beau s'enfouir plus profondément sous les couvertures, le sommeil l'avait bel et bien désertée. La chambre s'était refroidie et elle sentait la fraîcheur de l'air sur le bout de son nez. Irritée, elle se roula en boule sous la courtepointe, poussant un gémissement plaintif. Où était donc la servante chargée de rallumer le feu ? Sans parler de Claudine, qui n'allait pas tarder à l'envoyer chercher pour lui imposer de nouveau sa mauvaise humeur et ses continuelles jérémiades…

Puis, dans sa torpeur, elle se rappela brusquement où elle était. Pas dans sa propre chambre, mais dans celle de Nicolaï, où elle était venue la veille au soir chercher refuge.

Frissonnante, elle rabattit les couvertures pour regarder autour d'elle. C'était bien l'appartement de Nicolaï, mais elle était seule dans la pièce. Le feu s'était éteint dans la cheminée, la chandelle s'était consumée, et le ciel, dans le rectangle de la fenêtre, avait pris cette teinte gris foncé qui précède l'aurore.

Peut-être Nicolaï était-il dans le cabinet de toilette ? A moins qu'il ne fût allé renouveler sa provision de bougies... Il allait revenir, sans aucun doute. Mais Marguerite n'en sentit pas moins un étrange sentiment d'abandon s'emparer d'elle, tandis qu'elle s'allongeait de nouveau dans la chaleur réconfortante du lit.

Quelque chose avait irrévocablement changé cette nuit-là. Non seulement dans sa relation avec Nicolaï, mais aussi à l'intérieur d'elle-même. Elle s'était confiée à lui, lui avait montré le billet, et ne lui avait pas caché ses craintes. Elle qui ne se fiait d'habitude à personne d'autre qu'à elle-même, et encore... Mais le plus incroyable, c'était qu'elle avait trouvé cela parfaitement naturel...

Puis ils avaient fait l'amour, avec tant de tendresse et de passion que le seul souvenir de ces instants de communion enchantée la bouleversait encore. Depuis longtemps déjà, elle avait appris à séparer les besoins de son corps de ceux de son cœur et de son esprit. Mais la nuit dernière, dans les bras de Nicolaï, ils avaient totalement fusionné. Elle s'était donnée tout entière, corps et âme, jusqu'à ce qu'elle et lui ne fassent plus qu'un.

Mais, à présent qu'il n'était plus là, elle se sentait de nouveau glacée, incertaine. Elle voyait béer l'abîme sous ses pieds.

Elle se souvint alors de la corde raide. Si fine et ténue... Et pourtant, avec l'aide de Nicolaï, elle avait réussi à traverser. Il l'avait soutenue et elle avait pris son envol.

Un peu réconfortée par cette pensée, elle se redressa sur le traversin, repoussant ses boucles emmêlées. Et ce fut alors qu'elle la vit sur l'oreiller voisin. Sa dague. Celle que Nicolaï lui avait confisquée à Venise.

Lentement, elle tendit la main vers l'arme, comme si elle craignait que la lame ne lui brûle les doigts. Mais l'acier était froid et la poignée, comme jadis, s'adaptait parfaitement à sa main. Une vieille amie, à qui elle avait longtemps accordé toute sa confiance. Mais à présent, elle ne savait plus.

Elle la fit pivoter dans sa paume, testant son équilibre et sa légèreté. La gemme sertie dans le manche étincelait, projetant sa lumière aussi verte qu'un après-midi d'été sous les arbres. Oui, c'était bien *sa* dague. Ou plutôt, celle du Lys d'Emeraude. Une partie d'elle-même qu'elle ne pourrait jamais renier, pas plus que sa loyauté à la France et à son roi. Le Lys d'Emeraude et Marguerite Dumas étaient les deux faces d'une même médaille et ne pourraient jamais être séparées. Même si elle avait commencé à rêver d'autre chose aux côtés de Nicolaï, sa part d'ombre demeurait en elle, inentamée. Si elle voulait être digne de lui, il lui fallait se libérer de sa propre nuit. Même si cela devait la détruire elle aussi.

Frissonnant dans la pénombre, elle se leva et ramassa ses vêtements, qu'elle enfila en hâte. Puis elle glissa la dague dans son aumônière et s'enveloppa dans sa cape. Le corridor qui longeait les appartements des Espagnols était désert, et elle n'y vit pas trace de Nicolaï. Les serviteurs n'allaient pas tarder à se lever pour s'activer à leurs tâches, pendant que le roi et ses courtisans se prépareraient à une nouvelle journée de politique et de loisirs.

Qu'elle le voulût ou non, elle faisait encore partie de ce monde. Il lui fallait être loyale à son roi et accomplir sa mission jusqu'au bout. Quant à ce qui se passerait ensuite…

Eh, bien, elle n'en avait pas la moindre idée !

A pas silencieux et rapides, elle se glissa dans les jardins, préférant regagner sa chambre par les allées désertes que par les couloirs du palais. On ne savait jamais… Elle risquerait d'y faire une mauvaise rencontre… Ou de réveiller quelque dame endormie qui ne comprendrait pas qu'elle se promène si tôt en tenue de nuit.

Au moins, la brise fraîche avait quelque chose de revigorant, se consola-t-elle en luttant contre le vent qui gonflait les pans de sa cape. Elle aimait la nuit, qui lui offrait toujours l'asile de ses profondeurs pour s'y dissimuler. Là, personne ne pouvait la retrouver. Elle aimait surtout quand tout était silencieux et désert comme à présent. En cette heure qui précédait l'aurore, il semblait qu'il n'y avait personne d'autre qu'elle dans le monde.

L'espace d'un instant, elle se prit à souhaiter que Nicolaï soit avec elle. Elle aurait tant aimé lui tenir la main et partager avec lui la perfection du silence. Dansant avec elle autour des plates-bandes endormies, il l'aurait aidée à s'envoler de nouveau…

Elle tournait le coin d'une haie quand elle vit une forme humaine surgir de l'obscurité. Pendant une seconde, elle crut que c'était Nicolaï, comme si son rêve avait eu le pouvoir de le matérialiser. Son cœur bondit de joie dans sa poitrine. Mais elle réalisa vite son erreur, et son bonheur fit aussitôt place à de la crainte. La silhouette qui s'avançait vers elle était trop mince pour être celle de Nicolaï et sa chevelure sombre n'avait rien de commun avec la crinière dorée du Slave.

Elle recula, en posture de défense, songeant à dégainer sa dague au moindre mouvement suspect de l'inconnu. Mais celui-ci la héla avant qu'elle n'ait eu le temps d'esquisser un geste ou d'échapper à sa vue.

— Mademoiselle Dumas, attendez !

Le père Lebêque… Bien sûr, ce ne pouvait être que lui.

Il ne cessait de rôder autour d'elle depuis leur arrivée à Greenwich. Et même avant, à Fontainebleau. Tel un corbeau de mauvais augure, il était toujours là à l'observer, à attendre d'elle quelque chose qu'elle ne comprenait pas.

D'un geste preste, elle porta la main à sa dague, prête à tout en fonction des circonstances : se battre ou s'enfuir…

— Inutile de vous cacher, je sais que c'est vous, reprit la voix, insistante. Je vous ai vue pénétrer dans les appartements des Espagnols et je me suis posté ici pour vous attendre.

— Vous m'avez suivie ? s'enquit-elle en dénouant le lacet de son aumônière. Pourquoi ?

Se préparant à toute éventualité, elle referma les doigts sur la poignée de sa dague.

— Vous ne vous en êtes peut-être pas aperçue, mais je veille sur vous depuis le début du voyage, affirma-t-il d'une voix qui se voulait rassurante.

Il s'approcha d'elle dans un bruissement d'étoffe, sa soutane noire battant contre ses jambes. Prudente, elle fit un autre pas en arrière.

— Il m'aurait été difficile de ne pas le remarquer, rétorqua-t-elle sèchement. Vos attentions ne sont pas du genre discret.

— Il fallait que je sois près de vous, assura-t-il. Pour vous protéger.

Elle vit briller ses yeux dans les rayons mourants du clair de lune.

— Me protéger, ou m'espionner ?

— Oh, non, mademoiselle, n'allez pas imaginer cela ! Mes intentions sont tout sauf malveillantes ; vous pouvez me croire… Je suis vraiment votre ami.

Votre ami. Elle eut une intuition soudaine.

— C'est vous qui avez écrit ce billet ! s'exclama-t-elle.

— Il fallait que je vous prévienne… que je vous détourne de ces Espagnols et de leur pernicieuse influence. Et voilà que vous êtes retournée vous jeter dans la gueule du loup. Vous ne m'avez pas écouté !

Sa voix avait monté d'un cran, exaspérée, comme s'il avait été en train de tancer un gamin rebelle, à la leçon de catéchisme. Marguerite inspira longuement. Inutile de se mettre en colère, cela ne servirait à rien. Elle prit une voix douce au contraire :

— Je ne suis qu'une étourdie, mon père. Je ne comprends pas votre message. Mais bien sûr je ne doute pas de vos bonnes intentions. Vous êtes mon ami, je n'en attendais pas moins de vous.

— Mais je l'ai toujours été ! Je… je m'intéresse à vous depuis longtemps. Dès que je vous ai vue, j'ai pensé que vous étiez différente des autres. Mon intuition me trompe rarement. Et je sais à présent que vous n'êtes pas seulement une *étourdie*, comme vous voulez bien le laisser croire. Je connais la vérité.

Marguerite frissonna dans le vent glacé de l'aube.

— Que voulez-vous dire ?

— Je sais ce que vous faites réellement. Quelqu'un me l'a dit. Vous êtes une espionne au service du roi.

Le sang de Marguerite ne fit qu'un tour. Grand Dieu, quelqu'un l'avait trahie ! Et à ce prêtre encore… Mais elle prit sur elle pour dissimuler sa surprise et tenta même de rire, comme si tout cela n'était que pure folie.

— C'est absurde ! Où êtes-vous allé pêcher cette idée incongrue, mon père ? Moi, Marguerite Dumas, une dame de cour qui ne connait rien à rien, en dehors des toilettes et des parfums… Une espionne ! Allons donc…

— Arrêtez ce jeu ! l'interrompit-il d'un ton cassant. Cela ne prend pas avec moi.

Il s'élança vers elle avant qu'elle n'ait eu le temps de réagir et l'empoigna par les bras. Marguerite rua pour écarter la traîne de sa robe et assener au prêtre un coup de pied bien placé avant de prendre la fuite. Mais il la maintenait avec plus de force qu'elle n'en aurait attendu de sa part.

— Cessez de feindre. Je sais tout, je vous dis. Je connais tous les péchés dont votre âme est chargée. C'est le comte de Calonne qui m'en a informé !

Elle le dévisagea, incrédule.

— Le comte !

— Oui. Et il y a plus. Il a reçu pour mission de vous exécuter. Je suis censé être son assistant, voilà pourquoi il m'a mis au courant de son projet. Et c'est pour cela que je vous ai écrit ce billet. Vous ne pouvez que m'écouter à présent !

Marguerite eut l'impression qu'un tremblement de terre ébranlait le sol sous ses pieds. L'espace de quelques secondes, elle n'entendit plus que le bourdonnement de son propre sang qui rugissait dans ses oreilles. Une véritable cataracte…

— Vous… vous mentez.

— Bien sûr que non. Comment pourrais-je vous mentir désormais ? Surtout à vous…

Elle sentait la tête lui tourner à présent, de plus en plus vite. Pendant un instant, elle craignit de s'évanouir, ce qui aurait bien été la dernière chose à faire en l'occurrence. Il lui fallait réagir au contraire. Un ordre d'exécution. Contre elle… A moins que tout cela ne fût qu'un stratagème ?

Comme dans un brouillard, elle suivit machinalement le père Lebêque qui la conduisait vers un banc pour la faire asseoir. Puis il se pencha vers elle, inquiet. Il ne la tenait plus à présent, et elle aurait pu en profiter pour s'enfuir. Mais un seul regard vers le visage de son compagnon l'en dissuada. Il disait la vérité, elle en eut la certitude absolue. C'était lisible dans l'expression de son regard, dans chacun de ses traits tendus par l'angoisse. Si maladroit qu'il fût, il se faisait du souci pour elle, à son étrange manière. Tout de même, il avait pris le risque de lui écrire ce billet et de venir l'attendre ici cette nuit.

— Pourquoi m'avez-vous écrit cette lettre, dites-moi ? Si vous vouliez me prévenir, vous n'aviez qu'à le faire de vive voix.

— A quoi cela aurait-il servi ? Vous ne m'auriez pas cru un seul instant.

— Je ne suis pas encore sûre de vous croire, même à présent.

Il eut une moue de contrariété, et pour la première fois elle réalisa qu'il était très jeune, sans doute guère plus âgé qu'elle-même. Comme elle, il avait été pris très tôt dans le tourbillon des intrigues, sans même comprendre ce qui lui arrivait. Simples instruments aux mains des puissants de ce monde…

Mais comment être certaine qu'il lui disait toute la vérité ?

— Vous n'avez effectivement aucune raison de me faire confiance, mademoiselle Dumas. J'ai fait ce que j'ai pu pour vous montrer que j'étais de votre côté, et je m'y suis peut-être mal pris. J'en suis désolé. Pour vous et pour moi… Mais de grâce, il vous faut m'écouter à présent. Il ne reste plus beaucoup de temps.

Marguerite le regarda fouiller dans la poche de sa soutane et en extraire une petite clé récemment fabriquée, à en juger par le brillant du métal. Il la lui posa dans la paume en murmurant :

— Après son petit déjeuner avec la comtesse, le comte de Calonne doit passer toute la matinée auprès du roi. Cette clé ouvre un coffret dissimulé sous son lit. Examinez bien ce que vous y trouverez et vous comprendrez que je veux vraiment vous aider.

Elle resserra les doigts autour de l'anneau, mais le père Lebêque ne lui lâcha pas la main pour autant. Il la serrait d'une étreinte glacée et elle le sentait trembler de tout son corps sous l'effet d'une émotion inconnue.

Méfiante, elle se dégagea. Elle avait déjà vu des hommes prêts à tout pour obtenir ou garder l'objet de leur désir, que ce fût la richesse, le pouvoir, ou tout simplement la vie. Mais jusqu'ici elle n'avait jamais été *l'objet* de ce genre de passion. La fièvre dont brûlait le père Lebêque l'inquiétait.

— Que voulez-vous en échange de cette information, mon père ?

Il secoua la tête, toujours cramponné à sa main.

— Je ne veux rien pour moi-même, Marguerite. Juste votre sécurité. Je ne supporterais pas de vous voir arriver malheur, surtout en sachant que j'aurais pu vous éviter cela.

Sa voix tomba jusqu'à n'être plus qu'un douloureux murmure.

— J'ai essayé de lutter contre ce sentiment et de rester fidèle à mes vœux. Mais chaque jour mes inclinations se renforçaient. Vous êtes si belle, si…

Il se détourna pour enfouir la tête dans ses mains et un sanglot secoua ses maigres épaules. Marguerite le regarda, le cœur serré de compassion. Pauvre père Lebêque ! La vie était décidément pavée de surprises, de révélations inattendues. Quelle sotte elle avait été de l'oublier ! Bonnes ou mauvaises, les choses étaient rarement conformes aux apparences.

Apitoyée, elle lui posa une main sur l'épaule.

— Ne vous tourmentez pas à cause de moi, je vous en prie, l'exhorta-t-elle. Vous avez fait une bonne action aujourd'hui. Vous avez probablement sauvé une vie, même si c'est la mienne et qu'elle ne vaut pas grand-chose, acheva-t-elle amère.

Il se retourna promptement et lui saisit de nouveau la main.

— Comment pouvez-vous dire cela ? Pour le Seigneur, il n'existe pas d'être indigne. Vous devez changer de vie, Marguerite. Mener une existence plus digne de votre beauté et de la bonté de votre cœur…

Comme dans un rêve éveillé, elle songea à Nicolaï, aux arpents de vigne ensoleillée sous le bleu du ciel italien. Une vision si proche et pourtant si lointaine…

— Je vous promets que votre bonne action n'aura pas été vaine, répondit-elle. Je trouverai une autre voie. Mais il faut que vous en fassiez autant, mon père. Vous n'êtes pas plus fait que moi pour cette vie-là.

— Oh, je ne retournerai pas à la cour, assura-t-il. Je vais entrer dans un monastère.

Ses lèvres eurent une moue dédaigneuse.

— J'ai vu les rois d'assez près. J'en ai assez de leurs façons. A la cour, tout n'est que complot et mystification. Un dangereux nid de crabes… C'est à vous dégoûter de l'âme humaine…

— Je vous comprends, mon père. C'est exactement la même chose pour moi.

Elle lui retira doucement sa main pour ranger la clé dans son aumônière. Puis elle se leva. Si tout ceci était un piège, elle n'allait pas tarder à le savoir. Mais elle ne croyait pas le père Lebêque capable d'une telle perfidie.

— Je vous remercie du fond du cœur, lui dit-elle,

sincère. Et je vous demande pardon de vous avoir si mal jugé, ajouta-t-elle.

Elle sentit son regard dans son dos tandis qu'elle s'éloignait. Un regard affamé et si désespérément solitaire… Elle ne comprenait que trop. Elle se sentait elle-même ébranlée jusqu'au tréfonds par ce qu'elle venait d'apprendre. C'était tout son monde qui s'écroulait dans un grondement de tonnerre. Elle se mit à courir dans les allées, de plus en plus vite, tout en sachant fort bien que ce n'était pas ainsi qu'elle échapperait au désastre. Son univers s'était effondré, ne laissant derrière lui que gravats et cendres.

Si seulement elle pouvait construire autre chose à la place ! Mais lui laisserait-on la possibilité d'essayer… ou son sort était-il déjà inexorablement scellé ?

24

Marguerite arpentait inlassablement sa chambrette, du lit à la fenêtre. Trois pas dans un sens, demi-tour, trois pas en sens contraire… La régularité de ses allées et venues l'aidait à surmonter son émotion et à remettre de l'ordre dans ses pensées, si perturbées après son entretien avec le père Lebêque. Il lui fallait mettre en place ses plans de bataille, dans ce combat implacable dont l'enjeu était sa propre vie. C'était avec du sang-froid et de la détermination qu'on gagnait les guerres. Pas avec la fièvre des passions.

Claudine et ses dames étaient allées jouer aux cartes avec la reine Catherine, mais Marguerite avait prétexté une migraine pour ne pas les accompagner. Restée seule dans sa chambre, elle avait pris un bain et enfilé sa robe de velours la plus foncée. Son seul bijou était le diamant de sa mère, caché par le col montant de son corsage. Ce n'était pas le moment d'arborer des soies écarlates et des rangs de perles. Elle avait davantage besoin d'une armure que d'une toilette d'apparat.

La première chose à faire à présent, c'était de partir en reconnaissance. Il lui fallait trouver des preuves, afin d'être certaine que la révélation du père Lebêque n'était pas un piège. Et découvrir quand ses ennemis avaient l'intention de frapper. Puis elle aurait à recruter des alliés. A supposer qu'elle en eût quelques-uns, à part ce prêtre déchiré entre la passion et la culpabilité !

Elle ne put s'empêcher de rire à voix haute. Qui aurait pu penser que le père Lebêque, dont le regard insistant et la présence soupçonneuse lui avaient tant pesé, se révélerait son ami en fin de compte ? Que son inclination pour elle l'amènerait à trahir le comte et à remettre en cause sa propre présence à la cour ?

Malgré tout, elle ne pouvait lui accorder sa confiance les yeux fermés. Même s'il disait la vérité, il lui semblait trop imprévisible et versatile. Que ferait-elle si le remords le poussait à aller se confesser au comte ?

Quant à Calonne… Pourquoi n'avait-elle pas su le percer à jour, au nom du ciel ? Son enjouement, ses façons affables et ouvertes l'avaient complètement aveuglée. Excellent acteur, il aurait rendu des points à Nicolaï lui-même.

La vérité, c'était qu'elle avait baissé sa garde. Mais c'était fini à présent. Une femme avertie en valait deux et elle était bien décidée à ne pas se laisser vaincre par l'ennemi. Pas maintenant, quand pour la première fois, elle avait une vraie raison de vivre… ou de mourir. Quelque chose qui valait enfin la peine de se battre.

Elle ouvrit la main et contempla la clé dans sa paume. L'anneau de métal étincelait dans la lumière. La clé de la liberté ? De l'avenir ?

Décidée à agir, elle quitta la chambre en hâte et traversa le boudoir de Claudine. Les reliefs du petit déjeuner traînaient encore sur les tables. Sans doute les domestiques n'allaient-ils pas tarder à venir débarrasser et nettoyer les appartements. Le temps lui était compté.

D'un geste précautionneux, elle ouvrit la porte de la

chambre du comte. Le lit n'était pas encore fait et des vêtements épars traînaient sur les sièges et les commodes. D'un regard, elle s'assura que les alentours étaient déserts et s'avança dans la pièce, non sans avoir repéré les coins où elle pourrait se cacher au cas où quelqu'un surgirait à l'improviste. Puis elle s'agenouilla pour regarder sous le lit. Le père Lebêque ne l'avait pas trompée. Il y avait bien là un coffre garni de ferrures, du genre à abriter des documents importants.

Elle le tira vers elle et s'assit par terre pour examiner la serrure. C'était un système allemand très sophistiqué, difficile à forcer même pour une experte comme elle. Sans l'aide du prêtre, son douteux allié, elle n'en serait certainement pas venue à bout.

Faisant usage de la clé, elle ouvrit aisément le coffre, dont elle souleva le couvercle. Elle trouva sur le dessus plusieurs sacs de numéraires, qu'elle enleva pour découvrir dessous une cache remplie de lettres et de papiers divers. Les premiers qu'elle parcourut des yeux contenaient des instructions sur la manière de conduire les négociations avec le roi Henri, ainsi que les listes des amis et adversaires de la France à la cour d'Angleterre. Enfin, elle trouva tout au fond ce qu'elle cherchait.

Une lettre du roi François… Elle n'était pas signée, mais elle reconnut aussitôt l'écriture. Elle avait tant reçu de ces missives-là !

« Quant à la dame en question, son voyage avec vous sera une mise à l'épreuve décisive. Après Venise, nous ne pouvons plus jurer ni de sa compétence ni de sa loyauté. Surveillez-la de très près. Si vous avez l'impression qu'elle se rapproche de nos ennemis, ou si vous avez la moindre raison de douter de sa fidélité, vous savez ce que vous aurez à faire. Un accident est vite arrivé… »

Un accident ! Après avoir donné toute sa jeunesse, toute sa vie à son pays et à son roi, c'était ainsi qu'elle allait être récompensée de ses bons et loyaux services. Tout cela pour cette unique faute à Venise…

Un accident, et voilà. Disparue à jamais, la fauteuse de trouble !

Elle se souvint des avertissements réitérés du père Lebêque. Combien de fois, à sa manière maladroite, n'avait-il essayé de la mettre en garde en la dissuadant de se commettre avec les Espagnols ? Elle comprenait pourquoi à présent. Mais ce que le prêtre ne savait pas, c'était que son amitié pour le duc et la duchesse de Bernaldez n'était probablement qu'un prétexte. Pour le roi François, elle n'était plus d'aucune utilité et savait trop de choses. Elle devait donc disparaître.

Marguerite replia soigneusement la terrible lettre et la remit dans le coffre. Il fallait vraiment que Calonne fût d'une imprudence sans nom pour conserver de tels messages, qu'elle avait toujours brûlés pour sa part. Mais après tout, l'inconscience du comte avait du bon. Sans cela, elle n'aurait jamais pu lire noir sur blanc que le passé était bel et bien mort.

Elle replaça avec précaution documents et argent dans l'ordre où elle les avait trouvés. Elle aurait dû être triste et furieuse à la fois. Il avait suffi d'une seule lettre pour détruire tout ce pour quoi elle avait vécu, tout ce en quoi elle avait cru. Et pourtant elle ne ressentait rien de tout cela. Le seul sentiment qu'elle éprouvât en cet instant, c'était le soulagement. L'impression merveilleuse que ses chaînes étaient en train de tomber et qu'elle était libre enfin. Libre de s'envoler vers le ciel comme un oiseau ivre d'espace !

Le Lys d'Emeraude n'existait plus. Il ne restait plus que Marguerite.

Mais Marguerite était encore en danger. Quelqu'un — quelqu'un de très puissant — voulait sa mort. Comment supporter de quitter la vie quand elle venait juste de commencer ? Quand elle était enfin en train d'émerger dans un monde neuf et lumineux où tout devenait possible... même l'amour ?

Elle referma le coffre à clé et le poussa sous le lit, dans la position exacte où elle l'avait trouvé. Pour sauver Marguerite, elle allait devoir redevenir le Lys d'Emeraude une fois encore. Il lui fallait mobiliser toutes ses ressources pour mener ce dernier combat.

Elle posa la main sur son corsage de velours et palpa le diamant suspendu à son cou. La gemme, toute tiède de la chaleur de sa peau, lui disait qu'elle n'était pas seule. Qu'elle ne serait plus jamais seule. Ses parents veillaient sur elle. Et elle avait Nicolaï à présent.

— Maman, appela-t-elle comme aux temps lointains de son enfance. Aide-moi. Protège-moi avec ton amour. Et envoie-moi une armée si tu peux, avec des épées et des canons !

Mais elle ne se rendrait pas, même si aucune armée ne venait à la rescousse ! Dût-elle se battre toute seule contre le monde entier...

Car, désormais, elle avait enfin une véritable raison d'exister.

— Pardieu, l'ami, vous voilà bien rouillé ! railla Balthazar. Cet humide climat anglais ne vous vaut rien. Sans parler des festins et des filles...

Il se fendit et porta une botte à son adversaire avec son fleuret moucheté.

— Toutes ces débauches vous ont affaibli !

Nicolaï para le coup en riant et changea de position pour engager le fer dans un cliquetis de métal.

— Si quelqu'un s'y connaît en la matière, c'est bien vous, *signor* Grattiano !

— Que voulez-vous que j'y fasse, si les dames me trouvent irrésistible ? Mais je ne les laisse jamais me distraire, comme vous avec votre blonde française !

— Avouez que la *distraction* est ravissante… bien plus agréable que *ceci*.

Joignant le geste à la parole, il décocha un coup de pied à son adversaire et l'atteignit au genou. Balthazar chuta sur le sol en maugréant un juron et roula adroitement sur le côté pour esquiver la lame de Nicolaï.

— Espèce de vil tricheur ! cria-t-il avec un rire dans la voix. Mais bah, que peut-on attendre d'autre d'un comédien ambulant ?

— Et d'un vil patricien de Venise ! riposta Nicolaï sur le même ton.

Reposant son épée, il tendit la main à son ami pour l'aider à se relever. Puis ils s'assirent côte à côte sur le Château Vert enfin achevé et partagèrent fraternellement une chope de bière.

— C'est vrai que nous autres Vénitiens sommes passés maîtres dans l'art de la tromperie, admit Balthazar. Nous apprenons à mentir dès le berceau. Belles paroles et actions damnables. En fait, nous ressemblons à nos canaux : de vrais miroirs à la surface, de la vase malodorante au-dessous. Et tortueux, avec ça !

Nicolaï remplit de nouveau leurs gobelets.

— Et pourtant vous n'hésitez pas à quitter votre chère patrie pour les horizons lointains du Nouveau Monde !

— Provisoirement.

— Quoi ! Vous ne comptez pas vous installer sur l'une de ces îles ensoleillées ? Je vous imagine pourtant bien. On dit que les femmes y sont superbes, brunes et lascives à souhait. Cela devrait pourtant vous tenter…

Balthazar salua le tableau d'un éclat de rire.

— Et elles ne portent rien d'autre qu'un pagne à longueur de journée, n'est-ce pas ? Moi aussi, j'ai entendu cela. Aussi n'a-t-il pas fallu longtemps à Marc pour me persuader de faire ce voyage.

Il sirota une gorgée de bière. Nicolaï le regardait, songeur. Tel qu'il était, Balthazar n'avait plus grand-chose à voir avec le jeune aristocrate vêtu de satin dont il avait autrefois fait la connaissance à Venise. Si plein de frustration et de révolte, et si malheureux au fond, malgré ses richesses… A présent, les beaux atours avaient disparu, remplacés par un sobre pourpoint de velours noir et un baudrier de cuir. Mais la colère, elle, était toujours là. Contrôlée et canalisée, certes, mais présente néanmoins.

Trouverait-il la paix sous les tropiques ? Nicolaï, lui, espérait la goûter dans sa ferme italienne. Mais il commençait à croire que la véritable paix ne se trouve que dans le cœur. Et le sien était entre les blanches mains de la femme qu'il aimait. Sa douce Marguerite. Elle risquait fort d'emporter son cœur avec elle en France, dans sa Champagne natale, s'il ne trouvait pas un moyen de la retenir auprès de lui…

— Pour être franc, Marc n'a pas eu à me persuader, reprit Balthazar après un instant de silence. S'il ne me l'avait pas demandé, c'est moi qui l'aurais prié de m'envoyer là-bas.

— Qu'espérez-vous trouver au-delà des mers ?

Balthazar se tut un instant, le regard fixé sur les créneaux verts du château en carton-pâte.

— Ce n'est pas tant ce que je compte trouver là-bas que ce que j'espère laisser à jamais derrière moi, avoua-t-il l'air songeur.

Nicolaï hocha la tête.

— Dans ce cas, j'espère que les vents vous seront favorables.

Il leva sa chope pour porter un toast.

— Puissiez-vous revenir avec une belle cargaison d'argent espagnol.

Balthazar eut un rire amer.

— Pour que je puisse devenir encore plus riche, n'est-ce pas ?

— Bah, la richesse n'est pas si mauvaise, quand elle est employée à bon escient, assura Nicolaï.

Par la porte entrouverte de la salle voisine, il vit soudain Marguerite émerger de la pénombre. Elle était presque une ombre elle-même, avec sa robe noire et ses cheveux dissimulés sous une coiffe et un voile sombres. Pourtant, il était certain que c'était elle. Il n'y avait pas une autre femme qui savait se mouvoir avec cette légèreté et cette grâce. Même en cet instant où elle hésitait, jetant des coups d'œil par-dessus son épaule comme si elle craignait d'être suivie, elle avait une démarche de reine.

Balthazar la vit aussi et ses paupières s'étrécirent.

— Je vais finir par vous donner raison, si la richesse permet d'acheter de pareils joyaux.

Nicolaï éclata de rire.

— Je crains que vous ne vous mépreniez, mon ami. Il

vous faudrait beaucoup plus que la richesse pour acheter ce bijou-là !

— S'il y en a d'autres comme elle en France, je crois que je vais oublier les îles pour mettre le cap sur Paris !

Marguerite finit par se glisser dans l'entrebâillement de la porte, mais elle recula quand elle vit que Nicolaï n'était pas seul. Elle avait le visage très pâle et semblait prête à s'enfuir au moindre bruit. Qu'est-ce qui la rendait si circonspecte ?

— Excusez-moi, je ne savais pas que vous étiez occupé. Je reviendrai plus tard…

Nicolaï bondit sur ses pieds.

— Non, non, Marguerite, entrez !

Il se précipita vers elle pour lui tendre la main. Mais elle hésita un instant avant d'y placer la sienne.

— Si vous êtes sûr que je ne vous dérange pas…, commença-t-elle, hésitante.

— Mais pas du tout ! Vous connaissez déjà mon ami Balthazar Grattiano. Il m'a offert ses services pour m'aider à dérouiller ma lame.

Il désigna d'un geste grâcieux les fleurets abandonnés sur le sol.

La jeune femme esquissa un sourire.

— Je ne crois pas que vous en ayez vraiment besoin, mon cher. Vous êtes déjà un adversaire redoutable.

Et, se tournant vers Balthazar :

— Mais je me réjouis que vos soyez encore des nôtres, *signor* Grattiano.

L'interpellé la salua d'une galante courbette.

— Je resterai sans doute jusqu'à la grande joute et la représentation. Je suis curieux de voir comment les Anglais vont s'en tirer.

— Oh, ce sera sans doute bien modeste, comparé à vos

fêtes vénitiennes. En tout cas, ces dames seront ravies de votre présence. Les *misses*, *demoiselles* et autres *señoritas* ne cessaient de chanter vos louanges hier soir.

— Vous entendez cela, Balthazar ? intervint Nicolaï d'un ton badin. Maintenant que vous avez brisé tous les cœurs féminins de Venise et de la péninsule, vous pouvez vous attaquer à ceux de Londres, Paris et Madrid. Sans compter le Nouveau Monde ! Vous voilà bien loti, mon ami. Je vous envierais presque…

— Oui, j'ai du pain sur la planche. Aussi ferais-je mieux de m'y mettre tout de suite, car je n'ai guère de temps devant moi. Si vous voulez bien m'excuser, mademoiselle Dumas…

Il s'inclina sur la main de Marguerite et se dirigea vers la porte. Mais il se retourna sur le seuil pour lancer à Nicolaï d'un air moqueur :

— La richesse, hé hé !

Puis il s'éloigna, les laissant seuls dans la pièce. Mais Marguerite semblait incapable de tenir en place. D'un pas nerveux, elle allait et venait du Château Vert aux costumes empilés dans un coin, tâtant au passage un lé de satin blanc ou la garde dorée d'une épée.

— Ainsi, le *signor* Grattiano va rester pour le tournoi. Et pour la pièce…

— Sans doute veut-il faire le plein de bonne nourriture et de jolies femmes avant son voyage. Tant de semaines en mer…

— Je n'arrive pas à croire que la représentation soit si proche à présent. J'ai l'impression que nous venons juste d'arriver en Angleterre ! Croyez-vous que nous ayons assez répété ?

— Il nous reste encore quelques jours. Ces choses-là

se mettent souvent en place au dernier moment, comme par miracle.

Il s'adossa au mur, les bras croisés sur la poitrine, l'observant.

— Mais je gage que ce n'est pas la représentation qui vous inquiète ainsi. Il y a autre chose, n'est-ce pas ? Je vous sens préoccupée…

Marguerite laissa tomber l'épée qu'elle était en train d'examiner.

— Je le crains, avoua-t-elle.

— Dites-moi tout !

Elle s'assit sur un tabouret et croisa les mains dans son giron pour les empêcher de trembler.

— Je sais qui m'a envoyé le billet.

Nicolaï se raidit, tous les muscles en alerte.

— Qui est-ce ?

Elle sembla hésiter un instant. Puis elle lâcha la réponse, comme dans un murmure.

— Le père Lebêque.

— Quoi, le prêtre ? demanda Nicolaï qui n'en croyait pas ses oreilles.

— Oui. C'est plutôt inattendu, n'est-ce pas ? Il m'a abordée ce matin comme je sortais de chez vous et il m'a tout avoué.

— Alors, c'est lui qui a tiré la flèche ? Mais comment a-t-il osé…

— Non, non, il n'a pas tenté de me tuer, l'interrompit-elle. Il m'a seulement envoyé ce message pour m'avertir, me protéger.

— Et vous le croyez ?

— A présent, oui. Grâce à lui, je sais qui veut m'assassiner. Il m'a indiqué où je pouvais en trouver la preuve.

Ses mains se crispèrent sur ses genoux et Nicolaï lut

la colère et la peur dans son regard. Il voulut la serrer dans ses bras pour la réconforter, mais se retint, désireux d'entendre la suite.

— C'est le comte de Calonne. Et il agit sur ordre du roi de France.

L'espace d'un instant, Nicolaï crut qu'il avait mal entendu. Puis il s'empara de sa main et la pressa dans la sienne.

— Votre propre roi a ordonné… votre mort ? fit-il, incrédule.

— J'ai moi-même eu du mal à le croire. Mais cela se tient. Après tout, je ne lui suis plus d'aucune utilité, après mon échec à Venise, chuchota-t-elle, les yeux fixés non sur les siens, mais sur leurs doigts entrelacés. Le comte va se servir de mon amitié avec les Espagnols et avec vous comme d'un prétexte. Il est censé provoquer un « accident ». Il y a d'abord eu la flèche. Dieu sait maintenant ce qu'il prépare pour la suite.

Nicolaï sentit flamber en lui une irrépressible montée de colère.

— Mais c'est abominable ! Vous n'avez rien fait d'autre que servir votre roi et votre pays, Dieu sait à quel prix. Comment peut-il…

— Vous n'y êtes pas ! l'interrompit-elle. Au fond, c'est une excellente nouvelle !

Elle libéra sa main pour lui enserrer le visage entre ses paumes. Ses yeux d'émeraude brillaient de larmes, mais c'étaient des larmes de joie et un sourire radieux retroussait ses lèvres. Il la dévisagea, stupéfait. Jamais il ne l'avait vue aussi heureuse, aussi vivante… Etait-elle devenue folle ? La découverte de cette trahison avait finalement dû lui faire perdre l'esprit !

— Oh, mon amour, vous ne voyez donc pas ? Je suis

libre à présent ! Libre de laisser le Lys d'Emeraude derrière moi pour toujours, libre d'être — eh bien, tout ce que je voudrai ! Je ne suis plus liée à une loyauté qui n'a jamais existé pour de bon. Je peux être Marguerite à présent, même si je ne sais pas encore très bien qui elle est.

Lentement, il s'agenouilla, le regard levé vers elle. Le feu qui brûlait dans ses yeux se communiqua à lui. Il comprenait son exultation à présent, et son bonheur devenait le sien. Elle était libre, et lui aussi. Les liens qui la liaient au passé s'étaient rompus d'un seul coup. Dire qu'il avait suffi d'une simple flèche…

Il lui embrassa la main et l'entendit rire. Dieu, quelle douce musique !

— Libre de devenir la femme d'un fermier ? D'un modeste viticulteur ?

— Oh, Nicolaï ! Vous dites cela pour de bon ?

— Si vous croyez que la viticulture vous rendra heureuse, nous pouvons peut-être commencer ensemble une nouvelle vie ?

— Oh, oui ! s'exclama-t-elle avec élan.

Dans une cascade de rires, elle lui enlaça le cou et laissa tomber une pluie de baisers sur ses joues, jusqu'à ce que la tête leur tournât à tous deux. Il la saisit par la taille au moment où elle allait glisser de son tabouret.

— Nicolaï, mon amour, nous allons fabriquer le meilleur vin de toute la Vénétie, vous verrez ! Un vrai nectar des dieux… Et ce seront nos vignes, notre maison, nous ne devrons rendre de comptes à personne. Nous…

Elle s'arrêta soudain, comme si un nuage venait de passer sur son rêve. Il la sentit se raidir dans ses bras et s'inquiéta aussitôt.

— Qu'y a-t-il, *dorogaya* ?

— J'oubliais… Pour atteindre ce havre, encore faut-il

que je reste en vie. Je dois parvenir à quitter Greenwich saine et sauve.

Il resserra son étreinte.

— Bah, nous y arriverons. Après tout, nous sommes des experts en matière de survie, vous et moi. Vous avez sûrement réchappé plus d'une fois à la mort. Et moi, j'ai même réussi à détourner les coups du terrible Lys d'Emeraude !

Elle déglutit.

— C'est vrai, murmura-t-elle.

— Votre roi félon vous a sous-estimée, mais il n'aura pas l'occasion de recommencer. Nous ne manquons pas d'alliés nous aussi, Dieu merci. Dona Elena, son mari, et Balthazar qui n'aurait pu débarquer à un moment plus opportun. Et puis nous nous épaulerons l'un l'autre. Vous ne mourrez pas, *lubimaja*.

Il répéta dans un chuchotement farouche :

— Non, vous ne mourrez pas. Pas quand je viens juste de vous trouver !

— Et moi de vous rencontrer. Vous avez raison, nous pouvons l'emporter. Nous sommes des guerriers, n'est-ce pas ? Le tout est de savoir comment nous y prendre. Si nous fuyons maintenant, le comte n'aura aucun mal à remettre la main sur nous. Il doit me surveiller.

Nicolaï s'assit sur les talons. Son esprit travaillait fiévreusement et tous ses sens étaient en alerte. Une excitation presque sauvage courait dans ses veines. Après tout, c'était pour cela qu'il vivait depuis tant d'années : les intrigues, l'aventure, le risque. Et Dieu savait qu'il avait adoré cela !

Mais à présent il en avait assez. Il voulait que cela cesse enfin pour s'adonner à la vie qu'il avait rêvée. Une existence proche de la terre et du soleil, avec Marguerite à ses côtés. De beaux vignobles, une nouvelle famille.

Mais il pouvait bien jouer une dernière fois à ce jeu périlleux. Avec un enjeu plus élevé que tous ceux auxquels il avait été confronté par le passé : la vie de la femme qu'il aimait. Leur avenir ensemble.

— Je vais vous raconter une histoire, *dorogaya*. C'était à Venise, et les deux héros se nommaient Marc et Julietta. Ils s'aimaient passionnément, mais ils couraient un grave danger. En fin de compte, ce fut une pièce de théâtre, une mascarade, qui les sauva…

25

C'était le jour idéal pour un tournoi.

Les nuages s'étaient dissipés, laissant place à une vaste étendue de ciel bleu. Un soleil couleur d'ambre brillait sur les gradins drapés de vert, les banderoles et les bannières brodées d'or. Le roi Henri, qui s'était foulé le pied en jouant au tennis la veille, avait dû renoncer à participer à la joute. Vêtu de velours pourpre, il se tenait assis sous un dais d'or étincelant. La reine Catherine se tenait à son côté comme d'habitude, un sourire placide sur le visage. Des pages se frayaient un chemin dans la foule, offrant des vins épicés et des amandes glacées au sucre.

Placée derrière Claudine, Marguerite observait le spectacle. L'atmosphère était à la joie. Ce n'était partout que rires et bavardages, entremêlés au son des luths et des tambours et aux claquements des bannières qui flottaient dans la brise. Tout cela lui aurait paru fort plaisant, si elle n'avait su quelles traîtrises se cachaient derrière cette surface dorée.

Imitant la reine Catherine, elle affichait un perpétuel sourire, sans la moindre nuance de crainte ou de tension. Personne ne devait se douter qu'elle était autre chose qu'une dame de la cour encline au flirt et impatiente de voir les combattants s'affronter dans la lice.

Le comte de Calonne n'était nulle part visible. Il devait être dans l'une des tentes, occupé à préparer la compétition. Le père Lebêque ne se trouvait pas non plus parmi les spectateurs. Mais sa voix résonnait encore à l'oreille de Marguerite : *Vous devez commencer une nouvelle vie.* Son mince visage hagard ne cessait de la hanter. Il y avait tant de souffrance dans ses yeux : le tourment d'un amour interdit, qui ne serait jamais payé de retour…

Elle craignait de lui ressembler, si son talent de comédienne ne suffisait pas à maintenir le masque habituel sur son visage. Sous son apparence impassible bouillonnaient tant d'émoi, de peur et de passion !

Elle n'arrivait pas à savoir si ce qu'elle vivait en cet instant était bien réel. Etait-il possible qu'elle réussît enfin à se libérer ? Ou n'était-ce que l'un de ces rêves fugaces qu'elle repoussait si résolument depuis des années ? Nicolaï et elle. La liberté, l'amour, un foyer pour eux deux. Un pareil bonheur n'avait jamais été pour elle, Marguerite Dumas, la pauvresse et la bâtarde. Et à présent voilà qu'il était à sa portée. Elle en sentait déjà la présence.

Mais ce n'était pas chose acquise pour autant. Pas encore. Il restait une dernière épreuve, une ultime bataille.

Lentement, comme si de rien n'était, elle tourna les yeux vers Nicolaï. Il était assis à l'extrémité des gradins, près de dona Elena. Balthazar se tenait derrière eux, haute silhouette vêtue de noir. Ils riaient comme les autres, jouissant de cette belle journée, de la compétition qui n'allait pas tarder à s'engager. Pourtant, elle crut déceler une légère tension dans les épaules du Moscovite, dans la courbe souriante de ses lèvres.

Ce soir, ce serait le moment fatidique pour eux deux. Une nouvelle vie, ou bien la fin. Il ne pouvait y avoir pour eux de milieu. Tout ce que Marguerite avait vécu, tout ce qu'elle avait pu apprendre ou accomplir, l'avait menée à cet instant.

D'un geste instinctif, elle pressa le pendentif de diamant sous son corsage de satin écarlate. Il était là, chaud et rassurant contre son cœur. Qu'importait le reste ? Elle avait fait ce qu'elle avait à faire. Et l'enjeu — être avec Nicolaï — valait bien le risque qu'elle allait prendre. Pour gagner cette bataille, elle était prête à redevenir une dernière fois le Lys d'Emeraude.

Le portail s'ouvrit enfin dans un concert strident de trompettes, un éblouissement de bannières de soie et de lances scintillant au soleil. Le champion du roi, sir Nicholas Carew, entra en lice sur un cheval richement caparaçonné, tandis qu'une explosion de vivats jaillissait de l'assistance. Son adversaire, Roger Tilney, fit son entrée par le côté opposé, une faveur rouge nouée à sa lance. Marguerite reconnut le ruban qu'elle lui avait offert.

Elle applaudit avec un enjouement appuyé, ajoutant son « hourra » au chœur. Mais sous sa lourde jupe brodée, elle sentait contre sa cuisse le poids de sa dague d'émeraude fichée dans sa jarretière.

Laissant derrière lui le fracas des armes, Nicolaï s'éclipsa du tournoi et coupa par les jardins pour regagner le théâtre. Le bâtiment était sombre et silencieux, comme endormi dans l'attente du prochain spectacle. Une nouvelle histoire d'amour, de danger et de mort…

C'était un drame que Nicolaï avait interprété bien des fois dans moult pays différents. Mais aujourd'hui la pièce était bien réelle.

L'amour y était plus fort qu'il n'aurait jamais imaginé. Chaque fois qu'il plongeait les yeux dans le beau regard vert de Marguerite, il oubliait tout ce qui n'était pas elle. Il voyait sa beauté, certes, mais aussi son cœur. Celui d'une battante comme lui. Il lisait aussi l'espoir en elle, surtout quand ils évoquaient l'avenir, la nouvelle vie qu'ils souhaitaient construire ensemble.

Elle était l'autre moitié de lui-même. Il l'avait cherchée pendant si longtemps... Il ne pouvait accepter de la perdre au moment même où il l'avait enfin trouvée.

D'un pas silencieux, il pénétra dans la petite pièce où Marguerite et lui avaient fait l'amour ensemble pour la première fois, où il avait assisté à son exploit sur la corde raide. Elle semblait si heureuse alors ! Des étincelles paraissaient jaillir d'elle tandis qu'elle s'avançait sur la corde. Enfin libre, enfin elle-même, et rayonnante à enflammer le monde entier autour d'elle ! A cet instant béni, radieux et parfait, il avait su que son cœur lui appartenait et qu'il en serait ainsi jusqu'à la fin des temps. Il était son chevalier, son champion, et elle était sa dame.

Et à présent ils étaient si près de réaliser leur rêve...

Il examina le Château Vert complètement achevé, avec ses murailles fraîchement peintes et ses créneaux ornés de bannières brodées. Ce soir, après le tournoi et le banquet, Beauté et sa cour prendraient place dans ces tours.

Les huit seigneurs en habit de satin bleu et or, conduits par Ardent Désir vêtu d'écarlate, les assiégeraient avec de fausses armes, attaquant leur demeure avec des boulets d'oranges et de dattes. Les dames riposteraient en jetant de l'eau de rose et des fruits confits du haut des remparts. Mais tout finirait bien, cela allait de soi. Les dames sombres, Danger, Dédain et les autres, prendraient la fuite, tandis que les autres disparaîtraient en dansant dans la nuit.

Nicolaï avait mis au point toute la chorégraphie, enseigné à chaque dame les subtilités de son rôle, de façon qu'il n'y ait pas le moindre faux pas. Mais il ne serait pas là pour voir le résultat.

Tout était prêt pour leur fuite, aussi prêt que l'était le Château Vert. La différence, c'était que la façade de carton-pâte n'avait été conçue que pour durer quelques heures. Tandis que pour Marguerite et lui, c'était tout l'avenir qui était en jeu et chacun de leurs pas était crucial. Comme sur la corde raide, ils ne pouvaient se permettre de regarder en bas.

Il y eut un léger bruit sur le seuil et Nicolaï se retourna d'un bond, la main sur la poignée de sa dague. Mais ce n'était que Balthazar, dont le regard le cherchait dans la pénombre.

Nicolaï exhala un soupir de soulagement.

— Tout est-il prêt ? demanda-t-il tranquillement.

Balthazar acquiesça d'un hochement de tête.

— L'*Elena Maria* nous attend à Londres. Nous pourrons lever l'ancre pour Calais avec la marée du matin. La barge qui doit nous amener jusque-là sera arrimée sur la rive de la Tamise, près des marches de l'embarcadère. Chacun connaît son rôle.

Nicolaï ne put s'empêcher de rire.

— Vous semblez aussi solennel que de coutume. Mais je crois voir une diabolique lueur de joie briller dans vos yeux, Balthazar. L'amour vénitien de l'intrigue ne vous a pas tout à fait quitté, n'est-ce pas ?

Balthazar sourit.

— J'ai perdu le goût de la politique depuis que j'ai quitté la maison paternelle. Mais une intrigue romantique, c'est tout autre chose. Je suis prêt à m'y investir… tant que ce n'est pas la mienne ! ajouta-t-il en hâte.

Nicolaï secoua la tête, mi-amusé, mi-sérieux.

— Nous nous croyons tous immunisés contre l'amour,

n'est-ce pas ? Nous sommes des hommes du monde cyniques, bien trop avisés pour nous laisser prendre à ce piège. Mais je vous le dis, mon ami, l'amour est bien plus rusé que nous ne le croyions. Il fond sur vous à l'instant où vous vous y attendez le moins et il vous fait rendre gorge en un instant.

Balthazar secoua la tête.

— Je doute qu'il ose s'attaquer à moi. Mon cœur est trop coriace pour les flèches de Cupidon. Il n'y a pas la moindre brèche par où elles pourraient entrer.

— N'est-ce pas exactement ce que je disais par le passé ? Ce que nous disons tous ? Mais soyez-en assuré, Balthazar Grattiano : un jour, vous serez pris par surprise. Oui, même vous, je suis prêt à le parier !

26

— Vous savez ce que vous avez à faire, n'est-ce pas ?

Marguerite recula pour examiner la tenue de la señorita Alva et s'assurer que ses cheveux sombres étaient bien dissimulés sous sa coiffe.

— Oh, oui ! assura Maria Carolina, dont le regard brillait d'excitation.

Evidemment, ses yeux bruns étaient un problème. Mais une fois qu'elle aurait mis son masque et serait perchée au sommet du Château Vert, personne ne remarquerait la couleur de ses prunelles.

— Je dois jeter des fruits confits à la tête de l'homme vêtu de rouge, puis mimer la reddition avec les autres dames. Ensuite, je danserai une pavane.

— Et surtout, ne parlez à personne, lui intima dona Elena, occupée à lui lacer dans le dos le costume en satin blanc de Beauté. Dès que la danse sera finie, je viendrai vous chercher et vous aiderai à vous rhabiller. Ne suivez personne d'autre que don Carlos ou moi.

— Je me souviens parfaitement de vos instructions, assura la jeune fille, indignée. Je ne suis tout de même pas une enfant. Oh, mademoiselle Dumas, comme tout cela est romantique ! Je suis très honorée que vous m'ayez demandé de vous aider.

Marguerite lui sourit, refoulant sa propre nervosité. Tout ce que la señorita Alva savait, c'était que Nicolaï voulait enlever Marguerite. Et qu'ils allaient profiter de la représentation pour aller se marier en secret, les Français risquant de s'opposer à ce projet…

— C'est moi qui vous remercie, murmura-t-elle.

Elle avait déjà participé à tant de mascarades, de périlleuses comédies pour débarrasser la France de ses ennemis ! Mais jamais elle n'avait eu tant à perdre qu'aujourd'hui.

Elle serra doucement la señorita Alva dans ses bras, en prenant garde à ne pas froisser son corsage de satin. D'une certaine façon, la jeune fille n'avait pas tort. L'épisode était bel et bien *romantique* à sa façon. Après tout, elle allait s'enfuir avec l'homme qu'elle aimait, elle qui n'avait pas de place autrefois pour le mot « amour » dans son vocabulaire. Et tout irait bien. Il le fallait.

Maria Carolina Alva alla se placer devant la glace pour ajuster son masque d'or et jeter un dernier coup d'œil à son reflet. Elle avait le même teint clair que Marguerite, était presque aussi grande qu'elle et tout aussi mince. A distance et sous un déguisement, on pouvait fort bien les prendre l'une pour l'autre.

Marguerite redressa son propre costume : un pourpoint sombre et des culottes d'homme, une cape pourvue d'un capuchon et de solides bottes de cuir. Elle n'emportait rien d'autre avec elle, excepté le diamant de sa mère et la dague du Lys d'Emeraude, glissée dans un fourreau suspendu à sa ceinture.

— Etes-vous sûre qu'elle ne risque rien ? chuchota-t-elle à l'oreille de dona Elena. Je ne voudrais pas que quelqu'un la prenne pour moi.

La duchesse secoua la tête.

— Carlos et moi ne la quitterons pas un seul instant des

yeux et elle ne sera jamais seule. Ne craignez rien, *querida*. Concentrez-vous plutôt sur votre évasion.

Que savait exactement dona Elena ? Marguerite n'en avait pas la moindre idée. Nicolaï lui avait conté la même histoire qu'à Maria Carolina, mais la duchesse était bien plus avisée qu'elle ne voulait le paraître. Elle savait lire dans le cœur des gens, bien au-delà des simples apparences.

Marguerite lui pressa la main. Elle en était venue à apprécier infiniment cette femme et craignait de ne jamais la revoir.

— Vous avez été si gentille pour moi, dona Elena ! Je ne vous remercierai jamais assez. Dommage que je ne puisse pas vous revaloir cela.

Dona Elena lui rendit son étreinte avec un petit rire.

— Oh, mais si, vous pouvez ! Il vous suffit d'épouser Nicolaï et de le rendre heureux. Dieu sait que je me suis décarcassée pour lui trouver une bonne épouse ! Mais monsieur a l'esprit de contradiction et a préféré la dénicher lui-même. C'est vrai que j'aurais préféré une Espagnole. Mais il faudrait être aveugle pour ne pas voir à quel point vous vous aimez. Vous êtes parfaitement assortis, tous les deux. Comme Carlos et moi… Vous aurez une belle vie, vous verrez.

Marguerite rit aussi, bien qu'elle eût la gorge nouée d'émotion.

— Si nous réussissons à nous enfuir d'ici !

— Bah, comptez sur nous pour cela. Carlos est un diplomate hors pair, vous savez, il saura détourner l'attention des Français. Et avec Maria Carolina à votre place, ils ne se rendront même pas compte que vous êtes partie. Quant à Balthazar Grattiano, vous pouvez aussi lui faire confiance. Il n'est pas capitaine depuis longtemps, mais mon fils assure que c'est l'un des meilleurs marins qu'il ait jamais connus.

Marguerite haussa les sourcils.

— Ah, oui, l'énigmatique *signor* Grattiano. Qui est-il vraiment, dona Elena ?

La duchesse eut un petit sourire.

— Oh, il a beaucoup de facettes ! Il est entre autres le demi-frère de mon fils.

— Voulez-vous dire que…

— Oh non, il n'est pas mon fils à moi, même si j'aurais été fière d'être sa mère. Mais vous pouvez compter sur lui pour vous conduire à bon port. Les Vénitiens ont la navigation dans le sang, à ce qu'on dit. J'aurais préféré qu'il reste ici un peu plus longtemps, afin que j'aie le temps de lui trouver une bonne épouse. N'auriez-vous pas une sœur, Marguerite ? Ou à défaut une cousine ?

Marguerite pouffa d'un rire sincère cette fois et serra dona Elena dans ses bras.

— Vous allez me manquer, lui dit-elle.

— Nicolaï et vous allez me manquer aussi, répondit la duchesse en lui tapotant l'épaule. Mais je suis sûre que nous nous reverrons.

Maria Carolina se retourna, le visage dissimulé derrière son masque.

— Je suis prête. Comment me trouvez-vous ? Est-ce que j'ai l'air assez française ?

— Française ? Dieu vous en garde ! s'exclama dona Elena. Mais vous ressemblez suffisamment à Marguerite, je pense. Allons-y à présent. C'est presque l'heure du lever de rideau.

*
* *

Enveloppée dans sa cape, Marguerite attendait, accroupie derrière le socle d'une fontaine de marbre. Le visage fouetté par la bise et la gorge nouée d'angoisse, elle calculait ses chances. La pièce avait dû commencer à présent et le Château Vert avait dû être tiré sur la scène, avec Beauté au sommet des remparts.

Le comte, la comtesse et tous les autres Français devaient être persuadés qu'ils avaient Marguerite Dumas sous les yeux en cet instant. Cela lui laisserait le temps de fuir. Quand l'alarme serait enfin donnée, elle serait en sécurité, cachée dans les cales du navire de Balthazar. Du moins l'espérait-elle…

Elle posa sa main gantée sur le manche de sa dague. Bientôt, très bientôt, elle n'en aurait plus besoin. Jamais plus elle n'aurait à manier d'arme, à part la faucille des vignerons !

Elle entendit un très léger bruit dans les jardins en dessous d'elle et tourna la tête pour voir Nicolaï se hâter vers elle à pas muets. Lui aussi était vêtu de noir, ses cheveux blonds dissimulés sous un capuchon. Mais elle le reconnut à la grâce féline de ses mouvements. Un rayon de lune faisait étinceler la garde de son épée. Pas une lame de théâtre, cette fois, mais une solide rapière bien affûtée.

Il l'aida à se relever et l'attira à lui pour déposer un rapide baiser sur sa bouche. Ses lèvres étaient chaudes, rassurantes, et elle sentit une énergie nouvelle s'infiltrer dans ses veines. Ce qui les unissait à présent contrebalançait tous les dangers. Oui, cela valait la peine d'affronter tous les risques et de se battre pour ce bonheur-là. Afin de le préserver à jamais…

— Tout est prêt ? s'enquit-elle.

Il hocha la tête.

— La représentation bat son plein. La señorita Alva fait merveille. Elle a vraiment l'air d'être votre double.

Marguerite sourit malgré sa nervosité.

— Elle doit être une bien meilleure Beauté que moi, en fin de compte.

— Personne n'aura l'idée de s'inquiéter de vous avant une heure ou deux. Venez, Balthazar nous attend près de la rivière.

Main dans la main, ils s'enfoncèrent dans les jardins silencieux. Aucun son, hors le bruit de leur respiration et celui de leurs pas sur le gravier des allées, tandis qu'ils contournaient les massifs pour éviter la garde. En approchant du fleuve, ils aperçurent la silhouette de Balthazar Grattiano. Sa barge était amarrée au pied de l'embarcadère dont usaient d'habitude les serviteurs et les marchands, hors de vue du palais. Il leur adressa un signe de la main, les invitant à se hâter.

Marguerite jeta un coup d'œil vers l'esquif. Il était si proche désormais… Elle sentit son cœur battre plus fort, tandis que l'agitation laissait place en elle à l'espoir. La liberté était là, à portée de main. Elle pouvait déjà en savourer le goût sur ses lèvres. C'était presque aussi doux qu'un baiser de Nicolaï. Quelques pas encore…

— Halte-là !

Elle sentit son sang se glacer dans ses veines. L'espoir s'évanouit en elle comme neige au soleil. Tout avait été trop simple, trop facile. Comment avait-elle pu être assez naïve pour y croire ?

Elle se retourna, les oreilles bourdonnantes. Le temps parut se ralentir et le monde se figer autour d'elle. Elle se sentait prise au piège, pareille à un oiseau englué. Comme dans un rêve, elle entendit Nicolaï tirer son épée du fourreau et sentit qu'il l'agrippait par le bras pour la mettre à couvert derrière lui. Son champion, son chevalier…

Mais elle n'était pas du genre à jouer les demoiselles effrayées. D'un geste prompt, elle tira sa dague du fourreau et jeta un coup d'œil par-dessus l'épaule de Nicolaï.

C'était Calonne qui leur faisait face, mais un Calonne qu'elle n'avait jamais vu. Elle avait toujours pris le comte pour un homme affable et charmant, bien qu'un peu superficiel. Un mari affligé d'une épouse grognonne, à qui son grand nom et ses brillantes relations avaient valu d'être envoyé en Angleterre…

Elle mesurait à quel point elle s'était trompée. Comment avait-elle pu le sous-estimer à ce point, quand sa vie dépendait de sa faculté à juger les gens pour ce qu'ils étaient vraiment ? Le père Lebêque avait raison. Elle avait été si absorbée par ses propres préoccupations qu'elle en avait échoué à débusquer l'ennemi. Folle qu'elle était ! Combien d'erreurs n'avait-elle pas commises pendant ce fatal voyage ?

Mais elle avait les yeux en face des trous à présent.

Le comte s'arrêta à quelques pas d'eux, l'épée pointée sur eux d'un geste menaçant. Apparemment, il était seul. Pas d'hommes de main pour l'épauler. Mais il ne semblait pas en avoir besoin ce soir. Son visage était aussi impassible qu'un marbre antique et sa lame ne vacillait pas au bout de son bras. Ce n'était pas le bouffon de cour et le mari soumis qu'elle avait cru, loin de là. L'homme qui se tenait devant eux était un soldat, un impitoyable guerrier prêt à s'acquitter de sa mission de mort.

— Monsieur Ostrovsky, dit-il calmement, je n'ai pas de querelle à vider avec vous. Mais si vous vous dressez sur mon chemin, je vais être contraint de vous éliminer. Je suis vraiment désolé, mais je dois obéir aux ordres de mon roi.

Nicolaï secoua la tête et leva sa propre rapière, qui traça dans l'air un arc gracieux et nonchalant.

— Marguerite est ma fiancée. Vous en prendre à elle, c'est vous en prendre à moi.

Le comte exhala un soupir désolé.

— Ah, monsieur, quel dommage ! Vous me sembliez un homme sensé, malgré votre association avec les Espagnols. Mais à présent je vois bien que vous êtes comme les autres. Il suffit d'un joli minois pour vous faire perdre la tête. Cette fille a causé la mort de bien des hommes dans le passé. Ne la laissez pas vous ajouter à son tableau de chasse. Délivrez-vous de ses rets et laissez-la-moi, je vous en conjure.

Marguerite crispa les doigts sur la poignée de sa dague. La colère montait en elle avec la force d'un un raz-de-marée. Comment osait-il insulter ainsi Nicolaï ? Comment osait-il jeter l'opprobre sur elle et sur son passé, quand il n'était rien d'autre lui-même qu'un mercenaire au service du roi ? Un homme de main stipendié qui se dressait entre elle et ce qui lui était désormais plus cher que la vie...

Elle se glissa à côté de Nicolaï et s'arc-bouta quand il voulut la repousser derrière lui. Puis elle examina le comte, attentive au moindre regard, à la plus petite attitude qui aurait pu lui révéler le défaut de la cuirasse. Car il devait y avoir une faille. A elle de la découvrir sans lui révéler la sienne.

— Vous avez raison, monsieur le comte, fit-elle de sa voix la plus séductrice.

D'un bref mouvement d'épaules, elle se débarrassa de sa cape, qui chut sur le sol. Puis elle se servit de sa dague pour trancher les rubans de son pourpoint.

— Ce n'est pas à M. Ostrovsky que vous devez vous en prendre. Il n'a fait que suivre mes instructions. Il a été mon instrument, en quelque sorte. Les hommes sont si faciles à circonvenir ! De simples agneaux pour qui sait y faire avec eux…

De sa main libre, elle écarta les pans de son pourpoint et dénoua les lacets de sa chemise, révélant les courbes blanches et voluptueusement renflées de sa poitrine.

— Et si vulnérables aux charmes féminins… n'est-ce pas ? poursuivit-elle d'un ton suave.

— Marguerite ! s'interposa Nicolaï, réprobateur.

Elle lui jeta un bref regard, priant le ciel qu'il comprenne. Ils n'avaient qu'une fraction de seconde à eux. « Entrez dans mon jeu, secondez-moi ! » le supplia-t-elle des yeux. Elle le vit arquer les sourcils et sut que le message était passé. Parfait. Ils faisaient équipe à présent, indéfectiblement liés. Fasse le ciel que cela suffise !

— Espèce de catin ! cria Nicolaï d'un ton rude.

Laissant tomber son épée à ses pieds, il avança les mains vers elle comme pour la saisir à la gorge. Elle l'arrêta en le frappant du plat de sa lame. Le bruit du coup résonna dans le silence, tandis qu'elle s'écartait de lui avec un bond souple de danseuse. Ce mouvement la rapprocha du comte, et aussi de la rivière qui coulait en contrebas dans un chuchotement argentin. Du coin de l'œil, elle vit Balthazar se faufiler vers eux. Nicolaï le renvoya d'un geste. Mieux valait qu'il reste où il était pour protéger leurs arrières.

Mais le comte n'allait pas être facile à vaincre. Elle le voyait dans le regard d'acier qu'il dardait sur elle, dans la ligne inflexible de son épée, dont la poignée ne tremblait pas dans sa main. Il était aussi farouchement dévoué à son roi qu'elle l'avait été elle-même dans le passé, au temps où elle était encore naïve et crédule. Dédiée corps et âme à une cause qui n'en valait pas la peine… François n'avait pas de loyauté. Ni pour elle, ni pour le comte, ni même envers ses propres fils qu'il avait envoyés à sa place servir d'otages en

Espagne. Sans doute détruirait-il un jour Calonne comme il avait failli la détruire elle-même. Comme il pouvait encore la détruire…

— Vous ne vous étiez tout de même pas imaginé que je vous aimais vraiment, monsieur Ostrovsky ? ironisa-t-elle en se rapprochant du comte pas à pas. Ce serait trop de candeur ! J'avais besoin de votre amitié avec les Espagnols pour me lier avec eux et découvrir leurs secrets, voilà tout.

Elle sourit à Calonne, plus enjôleuse que jamais. Ah, le pouvoir de la beauté sur les hommes ! Au fil de sa carrière, elle en avait autant usé qu'elle l'avait maudit. Mais en cet instant, elle en appréciait toute la valeur. Jamais elle n'avait été aussi reconnaissante à sa mère de lui avoir légué son ravissant visage.

— Vous voyez, monsieur le comte, nous avons le même objectif, vous et moi. Nous voulons que le traité soit signé, peu importe comment. Chacun de nous s'est servi des armes dont il dispose, voilà tout.

Elle la voyait à présent, la faille dans l'armure. Le bras du comte avait eu un léger tremblement. Oh, à peine un frisson… Mais c'était assez. Il doutait. Etait-elle vraiment une ennemie, ou une alliée méconnue ?

— M. Ostrovsky a joué son rôle d'informateur bénévole. Nous pouvons l'éliminer à présent. Vous êtes arrivé juste au bon moment, comte. Quelle perspicacité !

Nicolaï poussa un cri de fureur et se rua vers elle avec une maladresse voulue. Dieu, quel acteur de génie ! Mais tout reposait sur elle à présent. Elle ne devait pas se laisser distraire un seul instant, pas même par Nicolaï. En somme, c'était comme de marcher sur la corde raide. Une seconde d'inattention, et c'était la chute.

D'un bond, elle se précipita en arrière et trébucha contre le comte, qui lâcha son épée.

— Bon sang !

Elle atterrit souplement sur les talons et leva la tête vers lui. Il avait compris à présent, elle le lut dans ses yeux. Il savait qu'elle était bel et bien son ennemie. Mais son instant d'hésitation avait suffi à le déstabiliser. Il n'avait plus le bras aussi ferme, l'esprit aussi clair. Elle se releva d'une brusque détente et lui assena un violent coup d'épaule dans le bas-ventre, l'envoyant reculer vers la rivière.

Puis elle brandit sa dague, dont l'émeraude étincela à la clarté de la lune. Sa vieille amie, son alliée… Le temps qui semblait s'être figé se précipita tout à coup. Elle leva sa lame, visant le comte sous la clavicule. Mais avant qu'elle n'ait eu le temps de frapper, il lui décocha un coup de pied qui l'atteignit en plein sur sa jambe blessée. La douleur fut si atroce qu'elle poussa un cri et vacilla.

Elle entendit le hurlement de Nicolaï, puis le bruit précipité de ses pas. D'un geste désespéré, elle projeta sa dague en avant et atteignit le comte au bras. Sa lame trancha l'étoffe du pourpoint, mais elle ne put freiner sa propre chute. Le sol se rapprocha d'elle dans un vertigineux tourbillon, tandis qu'elle luttait en vain pour retrouver son équilibre. Elle vit la main du comte se lever sur elle.

— Non ! hurla une voix. Ne faites pas cela !

Calonne se retourna.

— Que diable…

Distrait, enfin ! C'était l'instant à saisir et Nicolaï le comprit aussitôt. Elle eut le temps de le voir se pencher pour ramasser l'épée à ses pieds et la plonger dans la poitrine de leur adversaire. Mais déjà elle heurtait la terre avec un cri de douleur. Elle voulut se redresser, les doigts crispés sur sa dague, mais le sol incliné l'entraîna et elle roula vers la rivière. Un bras la rattrapa au moment où elle allait basculer dans l'eau. Puis quelqu'un la tira en arrière.

Elle secoua la tête pour dissiper le voile qui lui brouillait la vue. C'était Nicolaï qui la tenait, c'était son bras qu'elle sentait autour de sa taille. Le comte gisait à leurs pieds, face tournée vers le ciel, l'épée de Nicolaï encore plantée dans la poitrine. Une tache rouge s'élargissait sur son pourpoint.

Levant les yeux, elle vit le père Lebêque debout près de Calonne. Le visage inexpressif, il observait la scène, comme frappé par la foudre. Elle comprit alors. C'était le cri du prêtre qui avait détourné l'attention du comte en cette seconde fatale. Le cri qui l'avait sauvée…

Balthazar Grattiano se tenait derrière l'ecclésiastique, son épée à la main. Un intérêt amusé se lisait sur son visage, comme s'il avait été le spectateur d'une pièce particulièrement bien interprétée.

Mais Marguerite ne pouvait détourner les yeux du père Lebêque. Livide, il avait encore le bras à demi levé dans un geste de supplication. Il baissa le regard vers le comte, puis vers l'ourlet de sa soutane maculée de sang.

— Oh, mon Dieu ! chuchota-t-il dans un sanglot. C'est donc moi qui l'ai tué ?

27

Balthazar s'agenouilla près du comte et pressa les doigts sur son cou.

— En fin de compte, vous n'avez pas perdu la main, Nicolaï…

Marguerite regarda le père Lebêque baisser lentement la main et l'essuyer sur sa soutane, comme s'il espérait effacer ainsi les traces de sa culpabilité.

— Je… je crois que je vais être malade…, murmura-t-il dans un hoquet.

La jeune femme jeta sa dague à Nicolaï et s'élança vers le prêtre pour le soutenir. Elle comprenait ce qu'il éprouvait pour l'avoir ressenti elle-même après son premier duel, quand elle avait expédié un homme pour la première fois de sa vie. Elle ne se rappelait que trop bien ce reflux de bile dans sa gorge, et cette peur d'être désormais vouée à la damnation éternelle.

Le père Lebêque n'avait pas tué de ses mains, puisque c'était l'épée de Nicolaï qui avait ôté la vie à cet homme indigne. Mais c'était tout de même son cri qui avait déstabilisé le comte au moment crucial et il était normal qu'il se sentît responsable…

Elle lui prit la main et l'entraîna vers la rive où il s'affala, soulageant son estomac dans les flots sombres et tumultueux du fleuve. Lorsqu'il redressa enfin la tête, Marguerite s'agenouilla près de lui en silence. Puis elle lui tendit son mouchoir et le regarda s'essuyer le visage.

Ce fut alors seulement qu'elle remarqua les ecchymoses violâtres qui marquaient ses pommettes et la coupure aux commissures de ses lèvres. La couture de sa soutane avait même craqué à l'une des emmanchures. Elle comprit aussitôt ce qui s'était passé.

— Vous nous avez sauvé la vie, fit-elle avec émotion.

Comment avait-elle pu mépriser cet homme ? Son acharnement désespéré, qui lui avait été tellement à charge, s'était avéré un atout majeur en fin de compte. C'était grâce à lui si elle vivait encore…

— J'ai commis un meurtre, marmonna-t-il d'une voix rauque.

— Mais non, voyons. Vous nous avez seulement avertis. Le comte allait me tuer. Vous avez prévenu un crime en usant du seul moyen à votre disposition.

Il secoua la tête.

— Vous ne savez pas tout. C'est ma faute si votre fuite a échoué. Le comte ne s'est pas laissé prendre à votre stratagème. Au théâtre, il a deviné que ce n'était pas vous qui étiez en scène, et il m'a tout de suite soupçonné de vous avoir prévenue. Il m'a… questionné. D'abord, j'ai refusé de lui répondre. Seulement je n'ai pas été assez fort. Ou plutôt, je n'ai pas eu le courage…

Marguerite effleura sa joue maigre, toute meurtrie par les coups. Il grimaça, mais ne la repoussa point.

— Il vous a frappé ! Vous, un ecclésiastique…

— Je… je n'ai pas pu le supporter. J'ai admis que je vous avais informée du complot.

— Et que s'est-il passé ensuite ? s'enquit-elle doucement.

Si elle pouvait l'amenait à parler, cela le soulagerait peut-être de sa nausée…

— Quand il a compris que je ne pouvais rien lui apprendre de plus, il m'a enfermé dans ma chambre à double tour. Mais il fallait que je m'échappe, je le savais. Je devais vous prévenir.

— Vous avez été très courageux. Comment nous avez-vous retrouvés ?

Le père Lebêque la regarda et un soupçon de sourire incurva ses lèvres tuméfiées.

— Oh, il n'existe pas trente-six façons de s'enfuir de ce maudit palais ! J'ai songé tout de suite à la rivière. Il ne me restait plus qu'à prier pour ne pas arriver trop tard.

— Vous êtes intervenu juste à temps. Et vous nous avez sauvés. Comment pourrai-je jamais vous revaloir cela ?

— Il me suffit de savoir que vous êtes vivante, mademoiselle Dum… Marguerite. Et que vous commencez enfin cette nouvelle vie dont nous avons parlé, vous vous souvenez ?

Elle déglutit, luttant contre l'émotion qui lui serrait la gorge.

— C'est ce que je vais faire. Je deviendrai une femme respectable, je vous le promets. Et je n'oublierai jamais ce que vous avez fait ce soir.

Elle se pencha vers lui et lui embrassa doucement la joue.

— Merci, mon père.

Il inclina la tête avec un sourire.

— Je vous entendrais bien en confession, ma fille, pour vous absoudre de tous les péchés de votre ancienne existence. Mais je crains que nous n'ayons pas le temps.

— Le père a raison, intervint Balthazar. Si nous ne partons pas maintenant, nous aurons la marée contre nous.

— D'autant plus que la représentation doit être achevée à présent, renchérit Nicolaï. Nous risquons de ne plus être seuls très longtemps.

— Oh, mon Dieu ! s'écria-t-elle avec effroi.

Le cri du père Lebêque, puis la mort du comte, l'avaient plongée dans une atmosphère d'irréalité dont elle émergea brusquement dans un sursaut de panique. Nicolaï avait raison, les courtisans n'allaient sans doute pas tarder à envahir les jardins. C'était déjà un miracle qu'aucun garde ne soit venu faire sa ronde dans les parages. Le temps était compté…

Elle bondit sur ses pieds et aida le prêtre à se relever.

— Qu'allons-nous faire de lui ? demanda-t-elle en désignant le comte.

— Il va nous falloir mettre au point une petite mise en scène, répondit Nicolaï, comme s'il parlait d'une nouvelle pièce.

Après tout, c'était bien cela. Une mascarade de plus, une charade… mortelle.

Il déploya la cape abandonnée par Marguerite et la présenta à la jeune femme :

— Entaillez-la à deux ou trois endroits, dit-il en lui rendant sa dague. De grossières déchirures, si vous pouvez. Comme si elle s'était accrochée à quelque pilotis…

Quand elle eut obéi à ses instructions, il plongea la cape dans l'eau jusqu'à ce qu'elle fût complètement trempée. Puis il l'étala artistiquement sur la rive.

Le père Lebêque parut sortir tout à coup de sa torpeur et suivit ses gestes d'un regard brillant.

— Oui, c'est cela, murmura-t-il d'un ton approbateur.

Il s'approcha du vêtement disposé sur le sol et y ajouta le mouchoir de Marguerite, brodé d'un M et d'un D entrelacés.

La jeune femme contemplait la scène d'un air interloqué.

— Mais… que faites-vous donc ?

— Vous vous êtes noyée, *lubimaya*. Une triste fin, n'est-ce pas ? La comtesse Claudine y verra sans doute une querelle d'amants qui a mal tourné.

— Et le comte s'est noyé aussi en essayant de vous retenir, ajouta le père Lebêque, les yeux brillants. C'est bien cela, monsieur Ostrovsky ? J'ai assisté à toute la scène de loin et me suis précipité pour empêcher le drame. Mais j'ai glissé sur le débarcadère, me blessant au visage. Quand je me suis relevé, il était trop tard…

— Quel acteur vous auriez fait, mon père ! s'écria Nicolaï avec admiration.

Le prêtre eut un léger sourire.

— J'ai déjà monté un ou deux *mystères*. Vous savez, ces pièces à sujet religieux…

— En ce cas, vous comprendrez aussi le miracle de la résurrection…, murmura Marguerite.

Elle regarda Nicolaï retirer l'épée de la poitrine du comte. Puis il fit rouler le corps dans la rivière avec l'aide de Balthazar.

— Est-ce que sa blessure ne risque pas de nous accuser, si on le retrouve ?

— Si jamais cela arrive, la rivière aura fait son travail, la rassura Balthazar. Je doute que qui que ce soit puisse différencier un coup d'épée d'une morsure de poisson. Nous avons l'habitude, à Venise. Avec tous ces canaux… Mais à présent, mademoiselle, il n'y a plus un instant à perdre. Il faut vraiment que nous y allions.

Nicolaï posa la main sur l'épaule du père Lebêque.

— Soyez assuré de mon éternelle gratitude, mon père.

— Oh, je n'hésiterais pas à recommencer s'il le fallait. Que ne ferais-je pas pour Mlle Dumas ?

Nicolaï sourit et prit la main de Marguerite.

— Décidément, nous avons beaucoup de choses en commun, mon père.

— Où irez-vous, après avoir donné l'alarme ? s'inquiéta la jeune femme en se tournant vers le prêtre.

Le père Lebêque n'hésita pas. Une résolution nouvelle brillait dans ses yeux.

— Je vais quitter le service de l'évêque et me retirer du monde. L'un de mes cousins est abbé d'un monastère près de Bordeaux. Il m'accueillera volontiers dans son ordre.

Marguerite hocha la tête.

— Je suis sûre que vous y trouverez la paix. Je ne manquerai pas en tout cas de penser à vous.

— Et moi, je prierai pour vous dans ma retraite afin que vous goûtiez vous aussi la paix, dans cette vie que vous avez choisie.

— Merci, mon père, murmura-t-elle.

Déjà Nicolaï l'entraînait vers l'esquif qui les attendait au bas des marches. En montant dans la barge, elle voulut jeter un dernier regard au père Lebêque. Mais il s'était déjà fondu dans la nuit et elle ne vit que la tache sombre de sa propre cape, étalée sur le sol sablonneux de la rive.

Le seul vestige de la pauvre Marguerite Dumas, noyée dans la Tamise…

28

Les côtes d'Angleterre disparaissaient au loin, englouties par la brume comme si elles n'avaient jamais existé. Pareilles au royaume irréel d'une romance où le roi Henri, la reine Catherine, Anne Boleyn et les autres n'avaient rien été d'autre que les personnages d'une pièce dont le rideau venait de tomber…

Rêve ou cauchemar, c'était fini enfin. Il ne restait plus que le ciel et la mer, le plancher du navire sous leurs pieds, et ce vent salé qui les rafraîchissait après les longues heures passées dans la cale.

Posés sur un paquet de cordages, ils étaient assis côte à côte sur le pont de l'*Elena Maria*, la tête de Marguerite nichée contre l'épaule de Nicolaï.

Epuisée et soulagée à la fois, la jeune femme était tombée dans un lourd sommeil dès que le vaisseau avait quitté l'Angleterre et il sentait la pression de son corps abandonné contre le sien. Les cheveux emmêlés, les habits déchirés et le visage très pâle dans la lueur naissante de l'aube, elle était tout de même la plus ravissante créature qu'il eût jamais vue, jamais imaginée de sa vie. Et combien chère à son cœur ! Tout en elle lui était précieux, depuis son souffle jusqu'à la tiédeur de sa peau contre la sienne.

Il resserra sa cape d'emprunt autour d'elle. Elle murmura dans son sommeil et se blottit plus étroitement contre lui. La lumière de l'aurore faisait chatoyer le diamant suspendu entre ses seins.

— Marguerite…

Elle exhala un soupir et il sentit ses doigts se resserrer autour de son bras. Puis elle bougea, émergeant du sommeil. Pendant un instant, son regard vert eut du mal à se fixer, encore embrumé de rêves et d'anciennes frayeurs.

Elle se redressa enfin avec un sursaut.

— Où… où sommes-nous ?

— Ne craignez rien, *dorogaya*, dit-il en la ramenant doucement vers lui. Nous sommes en mer.

Elle jeta un regard méfiant autour d'elle.

— Vraiment ? Nous avons quitté l'Angleterre ?

— Elle est déjà loin derrière nous.

— Dieu soit loué !

Elle éclata de rire et ce son argentin fut pour Nicolaï la plus délicieuse des musiques. Ce n'était plus le rire rauque, séducteur et sans humour de Marguerite Dumas, mais l'expression d'une joie enfantine que rien ne venait plus brider. Le chant d'un oiseau qui s'est enfin échappé de sa cage…

— Mais alors, nous sommes libres ! Libres comme l'air, comme le vent…

Nicolaï ne put s'empêcher de sourire à son tour. Libres, oui… Toutes ces années d'errance incessante, de jongleries et de faux-semblants, cette incessante quête d'il ne savait même pas quoi, étaient finies à jamais.

Ce qu'il avait passé tant de temps à chercher était là enfin, dans le cercle de ses bras. Son foyer, c'était elle, Marguerite.

— Est-ce que le passé peut disparaître ainsi ? demanda-t-elle, songeuse. On hisse les voiles, et voilà, plus rien…

Il la regarda, une lueur mutine dans les yeux.

— Voulez-vous que je vous donne le baptême de la mer ? L'eau doit être un peu froide, mais…

Il fit mine de la soulever dans ses bras et elle se débattit à coups de pied et de poing, rieuse.

— Non, non, j'ai déjà eu mon nouveau baptême ! Je sens que je peux tout faire à présent, être qui je veux.

— Vous avez raison. L'Angleterre est derrière nous, mais la France aussi appartient au passé. Et à présent, qui voulez-vous être, dites-moi ?

Elle n'hésita pas une seconde.

— Je veux être Marguerite. Marguerite Ostrovsky. Une respectable femme mariée qui soigne ses vignes pendant le jour et passe ses nuits à danser !

— Et c'est ce que vous serez. Dès que nous aurons débarqué à Calais, je trouverai un prêtre qui nous mariera avant notre départ pour Venise. A moins que vous ne préfériez continuer avec Balthazar jusqu'aux Indes orientales…

— Je crois que j'ai eu mon content d'aventures dans cette vie. Comme vous, n'est-ce pas ? Foin du Nouveau Monde ! C'est à Venise que je veux aller.

Elle se blottit de nouveau dans ses bras, la tête nichée sous son menton. Pendant quelques instants, tous deux contemplèrent les vagues en silence.

— Je croyais ne jamais revoir Venise après… hum… après la dernière fois.

— Regrettez-vous de ne pas avoir pu finir votre travail cette nuit-là ?

Marguerite fut secouée d'un frisson.

— Ne parlez pas ainsi ! C'est ma sainte gardienne qui a retenu ma main ce soir-là.

Elle effleura son diamant du bout des doigts.

— Elle nous a sauvé la vie à tous deux.

— Quand nous serons à la maison, nous érigerons une petite chapelle en l'honneur de Notre Dame de la Dague. Qu'en pensez-vous ?

— Oh, oui ! Avec des cierges et un vitrail bleu… Et, chaque fois que j'y prierai, je me rappellerai la bénédiction qui m'a été accordée malgré tous mes péchés.

— Qui *nous* a été accordée, corrigea-t-il.

Marguerite l'embrassa. Ses lèvres étaient si tendres, si savoureuses… Elle n'était plus que désir, suavité, promesse d'un jour nouveau.

— Je vous aime, chuchota-t-elle. De tout mon cœur, de tout moi-même…

— Moi aussi, je vous aime, Marguerite. Pour toujours, quoi qu'il advienne.

Elle recula pour tracer du bout des doigts les contours de son visage, de ses pommettes à sa mâchoire et à ses lèvres sensuelles. Puis elle enfonça les mains dans ses cheveux. D'un regard émerveillé, elle suivait des yeux ses propres caresses, comme pour mémoriser chaque parcelle du corps aimé. Puis elle lui sourit, d'un sourire doux et tendre. Un sourire de bonheur que nuançait pourtant une étrange tristesse.

D'un geste brusque, elle se dégagea de ses bras et se releva d'un bond. Nicolaï la vit se tourner vers le bastingage et une peur irrationnelle le traversa à la vitesse de l'éclair. Seigneur, elle n'allait tout de même pas se jeter par-dessus bord ? Il s'élança pour la rattraper.

— Marguerite !

Elle lui jeta un coup d'œil par-dessus l'épaule.

— Tout va bien, mon amour.

Sous le regard inquiet de Nicolaï, elle tira sa dague du fourreau suspendu à sa ceinture. La lumière grise de l'aube fit étinceler l'émeraude et se refléta dans la lame d'acier si parfaitement équilibrée.

Marguerite la tint un instant devant elle, comme hypnotisée. L'espace d'un instant, ce fut comme si le passé prenait de nouveau possession d'elle, plus fort que le lien éphémère qui s'était tissé entre eux dès le premier instant où leurs regards s'étaient croisés dans le lupanar enfumé de Venise.

Puis elle fendit l'air avec sa dague, coupant à jamais le fil qui la liait au passé, et la jeta dans la mer.

L'arme se retourna, scintilla une dernière fois et dansa sur les flots avant de s'enfoncer dans les profondeurs glacées de l'océan.

Cramponnée au bastingage, Marguerite resta là, à regarder l'endroit où elle avait disparu. Nicolaï s'approcha d'elle et glissa un bras autour de ses épaules.

— Le Lys d'Emeraude est vraiment mort à présent, fit-elle d'une voix tranquille. Je suis libre

— A partir de maintenant, il ne reste donc plus que Marguerite Ostrovsky ?

— Oui. Marguerite et Nicolaï Ostrovsky, les excentriques viticulteurs.

Il s'esclaffa de bon cœur et elle se retourna dans ses bras pour l'embrasser de nouveau. Leurs rires se mêlèrent tandis qu'ils s'accrochaient l'un à l'autre, dans le vent froid qui cinglait de la mer.

— Les deux époux qui s'embrassent en public comme des paysans amoureux…

— Et qui font l'amour dans le soleil et chantent toute la

nuit, compléta-t-elle. Nous allons avoir une vie merveilleuse, n'est-ce pas, Nicolaï ?

Il la fit tournoyer dans ses bras, encore et encore.

— Oh, oui, *lubimaya*, une vie merveilleuse… La plus merveilleuse de toutes !

Épilogue

Un clair soleil d'été brillait sur les rangs de vignes, accentuant leurs riches teintes d'émeraude et d'améthyste. L'odeur de la terre fraîchement remuée se mêlait au parfum du raisin tiède et sucré.

Agenouillée près de l'un des plants, Marguerite examinait les pousses et émondait les feuilles. Les grappes étaient luxuriantes et gonflées à point, la saison s'étant révélée excellente, avec juste la quantité de pluie qu'il fallait. Ni trop ni trop peu… Avec un peu de chance, il y aurait dans quelques semaines une abondante récolte et d'excellents vins pour les mois à venir. Des vins au goût de terroir, harmonieux produit du soleil, de la terre et de l'eau. *Sa* terre. *Son* vin.

Son foyer et sa famille.

Elle abattit l'un des plus petits sarments avec sa faucille et se rassit sur les talons pour examiner son œuvre. Les grains pourpres, nuancés d'une ombre bleutée, étaient gonflés de sucre à éclater. Elle en porta un à sa bouche, savourant le jus doux-amer qui coulait sur sa langue.

Non loin de là, à l'ombre dense des feuillages, Alexandra — Shura — était installée sur sa couverture et se balançait d'avant en arrière, comme près de se dresser sur ses petits pieds pour se mettre à courir. Ce qui se produirait sans doute dans un proche avenir, songea tendrement Marguerite. Déjà, elle rampait avec énergie. Un vrai petit diable !

La petite Shura avait été abandonnée à sa naissance sur le seuil du couvent du village. Sachant qu'ils n'avaient toujours pas d'enfant après deux ans de mariage, l'abbesse leur avait apporté le bébé. Shura avait presque un an à présent, et c'était une belle petite fille débordante de vie et de gazouillis, avec ses cheveux blonds, ses yeux de velours sombre et ses menottes de satin. Bientôt, on la verrait trotter dans les champs avec les chiens, égrenant derrière elle les perles dorées de son rire.

Mais pour l'instant elle était en sécurité sur sa couverture, l'un des chiots nouveau-nés endormi tout près d'elle.

— Ma… maaa…, cria-t-elle en voyant le regard de Marguerite se poser sur elle.

Et elle tendit d'un geste implorant ses petites mains potelées.

Marguerite sourit et s'assit près de sa fille pour lui faire goûter une grappe. Shura roulait les grains dans sa bouche d'un air très sérieux, comme si elle testait les différentes saveurs et soupesait les chances de la récolte. Une vraie petite viticultrice en herbe…

Au bas du vignoble, la jeune femme pouvait apercevoir le toit de tuiles rouges de leur villa, dont les murs blancs reflétaient la lumière estivale. Toutes les fenêtres étaient ouvertes et des servantes s'affairaient à étendre le linge propre sur un fil. A l'ombre d'un cyprès, une longue table avait été dressée en prévision du dîner, non loin de la petite chapelle de Notre-Dame-de-la-Dague, dont l'étroite fenêtre couleur de turquoise étincelait dans le soleil.

Son foyer. Sa famille.

— Ma… maaa !

Elle sentit qu'on la tirait par un pan de sa blouse et

baissa les yeux vers Shura, qui quémandait un autre raisin. Marguerite s'esclaffa et prit le bébé sur ses genoux, non sans aspirer avec délice le tiède parfum de savon qui s'exhalait de l'enfant.

— Espèce de gourmande ! gronda-t-elle tendrement, en jetant un nouveau grain dans la petite bouche en forme de bouton de rose.

L'espace d'un instant, le souvenir de la France remonta à sa mémoire. Non pas Paris ni la cour, mais le château de son père. Tout lui revenait : la façon dont il lui prenait la main quand elle était petite pour la conduire entre les rangs de vignes, lui enseignant les méthodes qu'elle employait encore aujourd'hui. Ensuite, il la soulevait dans ses bras pour lui montrer le paysage, et instinctivement elle sentait qu'elle était chez elle dans ces lieux imprégnés d'amour.

Tout cela avait été balayé par la tourmente et elle avait perdu jusqu'à l'espoir de retrouver un jour la saveur des jours heureux. Elle avait cessé d'être Marguerite Dumas pour devenir le Lys d'Emeraude. Désirer un foyer n'aurait été qu'une souffrance de plus dans sa vie errante.

Mais aujourd'hui, elle avait tout cela et c'était bien à elle. La maison, les vignes. Un enfant et un mari.

Elle déposa un baiser sur le crâne duveteux du bébé.

— Est-ce que c'est un rêve, Shura ? murmura-t-elle.

Shura émit un gazouillis et agrippa l'une de ses mèches de ses petits doigts poisseux.

— Peut-être que tu es un rêve, toi aussi ?

Parfois, elle craignait vraiment que tout cela ne soit qu'un songe, surtout quand elle se réveillait brusquement au milieu de la nuit. L'espace d'un instant, elle redoutait presque d'être de nouveau sous les lambris de Fontainebleau ou de Greenwich, engluée dans la toile d'araignée des complots, les histoires de rois et l'incessante menace de la mort.

Puis elle voyait Nicolaï à son côté, sa chevelure d'or répandue sur l'oreiller. Elle entendait remuer Shura dans la nursery voisine, apercevait les vignobles éclairés par la lune dans l'encadrement de la fenêtre ouverte.

Et elle redécouvrait alors à quel point tout cela était réel, sans le moindre doute. Cet amour était bel et bien là et ne lui ferait jamais défaut.

Nicolaï avait tenu tout ce qu'il lui avait promis en ce jour déjà lointain, sur le bateau de Balthazar Grattiano. Les baisers en public, les danses toute la nuit, l'amour en plein soleil. Une famille, un foyer et cette vie simple, proche de la terre, une vie qui ne les rendait redevables de personne.

Plus que cela encore : il l'avait rendue à elle-même.

Comme un écho à ses pensées, elle entendit s'élever la voix de Nicolaï.

— Où sont donc mes belles dames par cette radieuse journée ?

Son cœur bondit à cet appel et elle se leva pour l'accueillir, Shura dans les bras.

Ce matin-là, il avait travaillé dans les champs situés plus bas dans la vallée. Vêtu d'une culotte de daim, d'une chemise blanche toute simple et de bottes poussiéreuses, il avait visiblement procédé à des ablutions au puits avant de les rejoindre, car son col était humide et ses cheveux mouillés laissaient tomber des gouttes irisées sur ses épaules. Le soleil le nimbait d'une lumière dorée et le large sourire qu'il arborait la fit sourire en retour.

Comme toujours.

— Pa… paaa ! cria Shura en lui tendant les bras.

— *Ryebyonak !* Petite Poucette… Tu es encore plus jolie que ce matin, ma parole !

Il la prit à sa mère et la balança un instant avant de la

soulever très haut dans les airs, déclenchant une salve de cris de joie et de rires perlés.

— Eh bien, voilà ! s'exclama Marguerite. Elle était parfaitement bien avec sa maman jusqu'à ce que son papa arrive et la charme au point de lui faire tout oublier.

Elle se hissa sur la pointe des pieds et posa les lèvres sur la joue bronzée de son mari.

— Exactement comme il m'a charmée moi-même…

Nicolaï l'embrassa à son tour. Un baiser débordant des promesses de ce superbe jour d'été — et de tous les jours à venir.

Puis il hissa Shura sur ses épaules et prit Marguerite par la main.

Et, sous l'étendue magique du beau ciel d'azur, ils reprirent tous trois la direction de la maison, où le dîner les attendait.

Retrouvez Balthazar Grattiano et d'autres personnages de ce roman dans un prochain titre à paraître dans la collection Les Historiques, *le 1er décembre 2009.*

A paraître le 1er décembre 2009

LA FIANCÉE DU BRIGAND, *de Kate Bridges* - *n°459*

Alaska, 1888. Orpheline et privée d'héritage, Autumn est parvenue à se faire engager comme chanteuse dans un hôtel prestigieux. Elle se réjouit encore de cette bonne fortune lorsqu'un soir, un inconnu la prend en otage. Son ravisseur, elle l'apprend bientôt, n'est autre que Quinn Rowlan, un bandit de grand chemin traqué dans tout l'Alaska et qui l'oblige à soigner son frère blessé... Terrifiée, mais néanmoins touchée par ce brigand qui veut à tout prix sauver son cadet, Autumn s'interroge : un hors-la-loi tel que Quinn est-il vraiment capable de sentiments ?

L'ÉPOUSE REBELLE, *de Helen Dickson* - *n°460*

Angleterre et Italie, 1895. Choyée durant son enfance, Christina découvre un jour qu'elle est promise à un homme dont elle ignore tout. Une situation d'autant plus effrayante qu'elle va devoir suivre son futur époux Maxwell Lloyd, comte de Marchesi, dans sa propriété de Toscane, isolée au milieu des vignes et des oliviers. Christina redoute déjà ce qui l'y attend : une existence rude qu'elle se refuse à subir sans combattre. N'en déplaise à ce Maxwell qui la traite comme une de ces femmes latines soumises aux désirs de leurs maris !

LA CHÂTELAINE DE WOOLTON MANOR, *d'Annie Burrows* - *n°461*

Angleterre, 1495. A seize ans, Maddy a déjà connu bien des chagrins : son père et ses frères ont donné leurs vies pour Richard d'York, ennemi juré d'Henry, l'actuel roi d'Angleterre. Hélas, ils n'ont pu empêcher ce dernier de confisquer tous leurs biens. Ruinée, Maddy croit avoir définitivement perdu le domaine de Woolton, la demeure familiale, lorsque le roi décide de le lui restituer. Mais à une condition : elle devra épouser Sir Geraint, un simple chevalier. Ce manant, cet usurpateur, sera désormais son seigneur et maître...

LA FEMME DU GUERRIER, ***de Michelle Willingham - n°462***

Irlande, 1175. Veuve et seule pour élever un enfant illégitime, Aileen se retrouve sans ressources lorsque le chef de clan lui interdit d'exercer ses talents de guérisseuse. Une activité à laquelle elle renonce la mort dans l'âme car elle se sent incapable d'ignorer la douleur d'autrui. Aussi est-elle confrontée à un terrible dilemme lorsque Connor MacEgan, l'homme qui lui a autrefois volé sa vertu, se présente à elle, grièvement blessé…

L'ESCLAVE ET LE BARBARE, ***de Louise Allen - n°463***

Italie, 410 av. J.-C. Arrachée à une existence dorée et réduite par la guerre à la condition d'esclave, Julia est désormais la propriété du guerrier Wulfric. Malgré sa fierté, elle doit admettre que servir un tel maître n'est pas si désagréable car, pour un barbare, il se montre étonnamment bon envers elle. Mais Wulfric est aussi un chef de clan qui, en fin stratège, envisage d'épouser la princesse d'une autre tribu. Une perspective qui désespère Julia car il y a fort à parier qu'une fois Wulfric marié, elle ne jouira plus du même traitement de faveur. Pire, elle devra s'habituer à le voir dans les bras d'une autre ; une idée qu'elle ne peut supporter…

L'INCONNUE D'HISPANIOLA, ***d'Amanda McCabe - n°464***

Venise et Hispaniola, 1535. Propriétaire d'une taverne à Hispaniola, Bianca Simonetti n'a rien oublié de son passé vénitien – rien surtout, de ce jour maudit où le puissant Ermano Grattiano a assassiné sa mère, cartomancienne, persuadé qu'elle lui avait livré une fausse prophétie. Depuis, Bianca est taraudée par la haine. Aussi croit-elle enfin tenir sa revanche lorsqu'arrive un jour dans sa taverne Balthazar, le fils d'Ermano, qui ne la reconnaît pas. Mais Balthazar n'est plus le garçon effacé qu'elle a connu autrefois : il est devenu un homme fier et fascinant. A tel point que Bianca ne sait bientôt plus ce qu'elle désire vraiment : le tuer… ou l'aimer malgré tout.

Best-Sellers n°392 • roman

Des roses pour Rebecca - Margaret Kaine

Lorsque Ian et Rebecca s'étaient rencontrés, tout les séparait. Pourtant, entre eux, le coup de foudre avait été immédiat. Rebecca aimait à se rappeler comment il lui avait fait découvrir la sensualité et le plaisir d'être femme, un plaisir duquel un enfant allait naître. Et voilà qu'aujourd'hui, alors qu'elle venait lui annoncer cette merveilleuse nouvelle, tout s'écroulait autour d'elle : disparu dans un accident, Ian ne verrait jamais grandir la petite fille qu'elle portait en elle. Désormais seule au monde, Rebecca va devoir réapprendre le goût de la vie et de l'amour…

Best-Sellers n°393 • suspense

Visions - Lisa Jackson

Terrorisée par le cauchemar d'une scène de meurtre si réaliste que son sang se glace, Olivia Benchet est certaine que le crime qu'elle a vu est réel. Une certitude qui l'incite à aller trouver le célèbre inspecteur Rick Bentz, un homme solitaire et secret dont elle gagne peu à peu la confiance. Mais malgré l'aide et la protection de Bentz, Olivia doit affronter seule les visions qui continuent de la terrifier, tout en lui révélant peu à peu des indices sur l'assassin.

Best-Sellers n°394 • thriller

Mort sur la ville - Alex Kava

Piégés par l'auteur d'une mystérieuse missive, le profileur Maggie O'Dell et son patron Cunningham, tous deux agents du FBI, se retrouvent en contact avec une fillette de 4 ans et sa mère en proie à une violente fièvre hémorragique. Au même moment, des enveloppes sont adressées à des personnes apparemment sans lien entre elles et qui développent par la suite des symptômes alarmants. Une véritable course contre la montre s'engage pour Maggie et son équipier Tully, afin d'enrayer la propagation fulgurante d'une arme de mort incontrôlable.

Best-Sellers n°395 • suspense

L'héritage maudit - Heather Graham

A peine arrivé à La Nouvelle-Orléans dans la plantation dont il a hérité, le détective privé Aidan Flynn trouve des ossements humains. Des crimes récents, selon Aidan. Rien de bien intéressant, selon la police. Décidé à percer seul ce mystère, il fait appel à Kendall Montgomery, une jeune femme qui affirme non seulement être dotée de visions prémonitoires, mais aussi être en contact avec les fantômes qui hantent la propriété. Car Aidan soupçonne qu'en plus de cette demeure, il a également hérité d'un sombre secret de famille.

Best-Sellers n°396 • roman

Le temps des promesses - Emilie Richards

Rongée par le remords d'avoir jadis abandonné Kendra, sa sœur aînée, Jamie se rend au cœur de Shenandoah Valley pour offrir à sa sœur ce qu'elle estime lui devoir depuis longtemps. Grâce à ses talents d'architecte, elle dessine à Kendra la maison que celle-ci a toujours voulue. Mais ce n'est pas seulement pour l'aider à bâtir ce rêve que Jamie est revenue. C'est aussi pour offrir à Kendra un cadeau inestimable : celui d'un enfant. L'enfant que Kendra et son mari Isaac désirent de tout leur cœur mais ne peuvent concevoir.

Best-Sellers n°397 • historique

Un palais sous la neige - Rosemary Rogers

Angleterre et Russie, 1820

Pour échapper à un beau-père qui veut la mettre dans son lit, Brianna Quinn espère l'aide du duc de Huntley, son tuteur et ami d'enfance. Mais, à la place de ce dernier, c'est son jumeau, Edmond Summerville, qui lui offre sa protection… Brianna accepte bien malgré elle, car Edmond est tout l'opposé de son frère : débauché et séducteur. On raconte même qu'il est un homme de main du Tsar. Aussi, lorsqu'il décide de l'emmener en Russie avec lui, Brianna est-elle soudain prise d'angoisse : auprès d'un tel homme, sa vertu et sa vie sont plus que jamais en danger…

BestSellers

Best-Sellers n°398 • suspense

L'ultime refuge - Nora Roberts

Depuis qu'un inconnu lui envoie des photos inquiétantes sur lesquelles elle croit se reconnaître, Jo Hathaway vit en permanence dans la terreur. Une terreur qui monte encore d'un cran le jour où elle s'aperçoit que l'un des clichés ne la représente pas elle, mais sa mère, Annabelle, disparue vingt ans plus tôt sans laisser de traces… Peu après, la photo est subtilisée dans son appartement. Sans preuve à fournir à la police, et épuisée par la tension et la peur, Jo se réfugie alors dans la maison familiale, sur une île au large de la Géorgie. Là, espère-t-elle, elle sera en sécurité. Mais Jo pourrait bien avoir trouvé là son dernier refuge…

Composé et édité par les
éditions Harlequin
Achevé d'imprimer en septembre 2009

à Saint-Amand-Montrond (Cher)
Dépôt légal : octobre 2009
N° d'imprimeur : 91021 — N° d'éditeur : 14491

Imprimé en France